BARBARA ERLENKAMP

Mein Herz will Meer

AF186194

Weitere Titel der Autorin:

Die Moselpension-Reihe:
Die kleine Pension im Weinberg
Einladung in die kleine Pension im Weinberg
Wiedersehen in der kleinen Pension im Weinberg
Die Café-Reihe:
Das kleine Café an der Mühle
Winterzauber im kleinen Café an der Mühle
Frühlingsglück im kleinen Café an der Mühle
Glückssterne über dem kleinen Café an der Mühle
Weihnachten im kleinen Café an der Mühle
Küstenromane:
Sommerzauber auf der kleinen Insel
Der Sommer hat doch Meer zu bieten
Strandkorbsommer

Über die Autorin

Andreas J. Schulte ist freier Journalist und Autor. Christine Schulte hat bereits in ihrer Schulzeit zusammen mit einer Freundin ihren ersten Roman verfasst und arbeitet heute als technische Redakteurin. Das Ehepaar lebt seit mehr als dreißig Jahren auf dem Land zwischen Andernach und Maria Laach. Unter dem Pseudonym Barbara Erlenkamp schreiben sie zusammen moderne, humorvolle Frauen- und Unterhaltungsromane. 2018 ist ihr erster Bestseller-Roman »Das kleine Café an der Mühle« erschienen.

Barbara Erlenkamp

Mein Herz will Meer

Lübbe

Vollständige Taschenbuchausgabe
der bei Bastei Lübbe erschienenen E-Book-Ausgabe

Copyright © 2025 by
Bastei Lübbe AG, Schanzenstraße 6 – 20, 51063 Köln, Deutschland

Bei Fragen zur Produktsicherheit wenden Sie sich bitte an:
produktsicherheit@bastei-luebbe.de

Umschlaggestaltung: Guter Punkt GmbH & Co KG unter Verwendung von Motiven © AdobestockImages (guitou60 | ah_fotobox | JennySturm) und © iStock/GettyImagesPlus (OlenaSv | detshana | primeimages | malerapaso | danilovi | Elen11 | ChristianHorz | Lemanieh | DmytroBuianskyi | frantic00 | tabaco)
Satz: 3w+p GmbH, Rimpar
Gesetzt aus der Adobe Caslon Pro
Druck und Verarbeitung: GGP Media GmbH, Pößneck

Printed in Germany
ISBN 978-3-404-19468-1

5 4 3 2 1

Sie finden uns im Internet unter luebbe.de
Bitte beachten Sie auch: lesejury.de

Für Clarissa
Eine bessere Lektorin
kann man sich nicht wünschen!

Denn was mir fehlt, sind ab und zu ein paar Geigen
Die mir das, was schön ist, zeigen
Damit ich's nicht überseh.

Oliver Gies

Prolog

Kiefern.

Mit der leichten Sommerbrise wehte der würzige Duft von sonnenwarmen Kiefern zu ihr herüber. Herrlich!

Viola lag mit geschlossenen Augen auf ihrem Badetuch. Mit den Fingern strich sie über den feinen Sand, der sich von der Nachmittagssonne aufgeheizt hatte. Langsam ließ sie den Sand durch die Finger rinnen, eine andere Aufgabe hatte sie gerade nicht. Sie fühlte sich rundum glücklich.

Im Geiste fing sie an, eine ihrer Hitlisten zusammenzustellen.

Die Top Five von Viola Fischer, warum das ein super Sommerurlaub wird.

Platz fünf: Vor mir liegen drei lange Wochen Ferien am Meer.

Platz vier: Ich wohne in einem großen Ferienhaus mitten im Kiefernwald, keine zweihundert Meter vom Ostseestrand entfernt.

Platz drei: Ich habe fest vor, neue Jungen kennenzulernen.

Platz zwei: Hier wird niemand an mir herumnörgeln.

Und – Trommelwirbel – *Platz Nummer eins:* Ich werde die Ferien mit Nicki verbringen. Drei Wochen mit meiner besten Freundin.

Viola seufzte zufrieden. Drei Wochen Nichtstun. Drei Wochen Lesen, Faulenzen, Cello spielen und vor allem Spaß mit Nicki haben. Was für ein wundervoller Gedanke.

Als Nicki ihr angeboten hatte, mit Nickis Familie nach Sulzhagen zu fahren, hatte sie zuerst gezögert. Sie wollte sich nicht aufdrängen, aber die Lingens sahen sie sowieso schon als ihre zweite Tochter an, und das Angebot mitzufahren, war von Herzen gekommen. Und so wurden in dem VW-Bus der Familie Lingen Violas geliebtes Cello, ein Rucksack voller Bücher und ihre Reisetasche verstaut. Nickis Vater war wirklich cool. Es sprach für Jürgen Lingen, dass der Familienvater bei Violas Frage, ob sie das Cello mitnehmen dürfe, nicht mal mit der Wimper gezuckt hatte. Er war wahrscheinlich Kummer gewöhnt, denn Frederik, Nickis älterer Bruder, war ein absoluter Computer-Freak, der ohne seinen Laptop und zwei Monitore nirgendwo länger als einen Tag hinfuhr.

Viola räkelte sich und legte sich noch bequemer auf ihrem Handtuch zurecht. Die Sonne zauberte kleine Lichtblitze unter ihre geschlossenen Augenlider. Lange würde sie so nicht mehr in der Sonne liegen können, ohne sich einen Sonnenbrand zu holen. Aber sie war fest entschlossen, nach diesem Strandurlaub als sonnengebräunte Blondine in der elften Klasse weiterzumachen. Ein ehrgeiziger Plan, denn auf ihrer hellen Haut machten sich mehr Sommersprossen breit, als ihr lieb war. Das Goldbraun, das ihr vorschwebte, würde noch lange auf sich warten lassen. Egal, sie würde das durchziehen.

Für einen kurzen Moment war sie sogar in Versuchung gewesen, an diesem einsamen Strandabschnitt das Oberteil ihres neuen Bikinis abzulegen, hatte sich dann aber doch nicht getraut.

»Na, schon gut durch?«

Neben ihr ließ sich jemand in den Sand fallen. Viola öffnete blinzelnd ein Auge und schielte zur Seite. Nicki war vom Schwimmen zurück.

»Meinst du, ich werde in drei Wochen braun genug sein?«, fragte Viola.

»Braun genug für was?«

»Frag besser, für wen. Auf dem Schulhof sehe ich Leon immer nur von Weitem. Ich wünschte, er würde endlich auf mich aufmerksam werden.«

»Süße, wenn er dich in diesem Bikini sehen würde, wäre dir seine ungeteilte Aufmerksamkeit sicher. Da könnte deine Haut auch grün oder schlumpfblau sein.«

»Den Bikini hat mir meine Mutter spendiert. War richtig teuer. Der muss auch einen Unterschied machen.«

»Ja, sie hat gezahlt, aber weiß sie auch, wie wenig Stoff sie für ihr Geld bekommen hat?«

Viola nahm eine kleine Handvoll Sand und warf sie in Richtung ihrer Freundin. »Bäh, wie gemein. Zum Glück hat Mama nicht darauf bestanden, ihren bezahlten Kauf noch zu begutachten. Und nach dem Urlaub ist es zu spät für einen Umtausch.« Viola kicherte.

»Ich glaube, selbst Fred würde seine Festplatte und jeden Programmcode vergessen, wenn er jetzt hier am Strand wäre. Guck nicht so erschrocken. Ich vermute mal, wir werden meinen lieben Bruder selten zu Gesicht bekommen. Bis der sich von seinem Rechner loseist, muss schon mehr geboten werden als nur strahlend blauer Himmel, ein milder Sommerwind und Meer.«

»Fürs Protokoll: Er hasst es, wenn du ihn Fred nennst, Nicki, und er ist leider so gar nicht mein Typ.«

»Er ist von niemandem der Typ. Ich habe ihm schon tausend Mal gesagt, dass er diese blöde Hornbrille und die Schlabberpullis abschaffen soll. Das, und er soll endlich zum Friseur gehen und sich einen ordentlichen Haarschnitt verpassen lassen. Aber hört er auf seine kleine Schwester? Natürlich nicht. Er spielt eher die Karte ›Du-hast-mir-nix-zu-sagen-ich-bin-achtzehn-Monate-älter‹ aus. Ich bin nicht mal sicher, ob er schon mitbekommen hat, dass außer seiner Schwester noch ein weiteres Mädchen mit im Ferienhaus wohnt. Echt, wenn er nicht ab und zu mal diesen coolen Blues auf dem Klavier spielen würde, ich würde mir Sorgen machen.«

»Stimmt, er spielt super Klavier. Wie ein Profi.«

Nicki grinste. »Wahrscheinlich denkt Papa ernsthaft über einen Vaterschaftstest nach, schließlich gibt es im ganzen Stammbaum der Familie Lingen keinen einzigen bekannten Fall von Hochbegabung – außer bei Fred. Weder musikalisch noch sonst irgendwie. Mir dagegen graut es schon vor der Oberstufe und dem Abi.«

»Sei bloß still. Jetzt haben wir Sommerferien.«

»Ach komm. Ich hab doch gehört, wie du heute früh schon Cello geübt hast.«

»Das war nur zum Spaß. Nichts für die Schule.«

»Also, Spaß sieht für mich anders aus. Ungefähr so: schwarzhaarig, etwa einen Meter neunzig groß, schlank und mit Sixpack, zwischen siebzehn und achtzehn Jahre alt und bereit, mehr als einen Cocktail auszugeben.«

»Hach, glaubst du wirklich, so was läuft hier frei herum?«

»Wir sollten die Hoffnung nicht aufgeben und bis dahin unser Glück in Erdbeereis suchen. Im Dorf gibt es am Marktplatz eine Eisdiele. Mit ein bisschen Glück treibt sich dort die Dorfjugend herum und wir checken schon mal den Bestand.«

»Eis klingt super. Und wie kommen wir ins Dorf?«

»Vertrau auf die Spürnase deiner Freundin. Im Schuppen neben dem Haus habe ich eben Fahrräder entdeckt.«

Viola setzte sich auf. »Cool, dann los.«

»Ähm … vielleicht ziehst du dir besser noch ein T-Shirt an?«

***

»Boah, schau dir das an. Kann man schockverliebt in ein Haus sein?«

Nicki bremste mit ihrem Rad auf dem Waldweg und zeigte auf ein einsames, weiß verputztes Haus.

Mit Schwung rollte Viola neben sie, schaute hoch und ließ das Fahrrad ins Gras fallen. Das reetgedeckte Haus duckte sich zwischen zwei Windschutzhecken. Es lag direkt am Rand der Steilküste. Vor dem Haus war auf dem kurz gemähten Rasen eine Wäscheleine zwischen zwei Pfosten gespannt. Mehrere bunte Handtücher flatterten im Wind. Die Fassade reflektierte das helle Sonnenlicht. Die Fenster im Erdgeschoss waren weit geöffnet, und auf einer Seite wehte ab und zu eine kleine Spitzengardine nach draußen. Die hellblauen Fensterläden glänzten in der Nachmittagssonne. Rund um das Haus blühten Stockrosen in allen Farben, die fast bis zur Dachrinne ragten. Von drinnen hatte man bestimmt einen irrsinnigen Blick aufs Meer.

»Ja, das ist echt schön«, stimmte Viola zu.

»Sei mal kurz leise«, unterbrach Nicki sie. »Hörst du das auch?«

Beide lauschten. Ein eigenartiges, knusperndes Geräusch war zu hören.

»Es kommt von da drüben«, wisperte Viola. »Hinter der Hecke. Lass uns nachsehen, was da ist.«

Sie schlichen ein paar Meter weiter, und dort, hinter der niedrigen Hecke, sahen sie es. Eine kleine Schafherde weidete auf einer eingezäunten Wiese. Sobald die Mädchen sichtbar wurden, stürzten die Tiere im Galopp laut blökend an den Zaun. Die größeren unter ihnen drängten die anderen zur Seite.

Viola rief: »Oh, Nicki, wie süß! Guck mal, da sind auch Lämmer dabei. Ganz jung sind die aber nicht mehr.«

»Was für lustige Sprünge die machen. Ich könnte ewig hier stehen bleiben und zusehen.«

»Man könnte überhaupt hier leben. Für immer am Meer«, sagte Viola.

»Oh, ja. Stell dir vor: Ich werde eine erfolgreiche Schriftstellerin, sitze da in meinem Arbeitszimmer, schaue aufs Meer und schreibe meinen nächsten Bestseller.«

»Äh, Nicki?«

»Ja, was?«

»Du hasst doch jede Art von Schreiben aus tiefster Seele. Bei jedem Aufsatz in Deutsch kriegst du die Krise.«

»Schon, aber als Besitzerin dieses Hauses würde ich natürlich zu meiner wahren Berufung finden.«

»Du hast einen Knall. Ich sag dir, was wirklich passiert: Ich werde eine berühmte Musikerin, kaufe dieses Haus und verbringe meine freie Zeit zwischen den erfolgreichen Welttourneen hier am Meer.«

Nicki lachte auf. »Na klar, träum weiter. Du bist doch total schüchtern. Also, das mit der Musik könnte schon klappen; wenn du Cello spielst, klingt das toll. Und im Schulchor bist du schon immer der Star gewesen. Aber eine Welttournee? Dafür müsstest du erst noch die Rampensau in dir wecken. Schon vergessen, wie es dir beim letzten Schulkonzert ging? Als die Lehmann einen Solopart von dir verlangt hat?«

»Erinnere mich nicht daran.« Es hatte nicht viel gefehlt, und Viola hätte sich vor lauter Aufregung hinter den Kulissen mit einem Schwall auf den Fußboden übergeben. Ihr hübsches langes Kleid hätte sie danach vergessen können. Einzig und allein Nickis Geistesgegenwart hatte sie in letzter Minute gerettet, der Putzeimer, den Nicki in einer Ecke erspäht hatte, war gerade noch rechtzeitig gekommen. Ebenso wie das Glas Wasser und die Pfefferminzpastille. Anschließend war Viola so weit wiederhergestellt gewesen, dass sie ihren Auftritt mit Bravour hinter sich gebracht hatte. Viola schüttelte sich. Dieses Erlebnis gehörte nicht gerade zu ihren liebsten Erinnerungen. »Komm, wir fahren weiter. Ich brauch jetzt ganz dringend das Eis.«

»Hey, hast du die hier gesehen? Die sind ja total süß.«

Nicki hielt in der einen Hand ihre Waffel mit drei Eiskugeln und zeigte mit der anderen auf ein paar Schlüsselanhänger, die vor einem Souvenirladen am Marktplatz an einem Ständer hingen.

Die Anhänger waren aus Metall, ungefähr sechs Zentimeter lang und zeigten einen cremefarbenen Leuchtturm. In geschwungener Schrift stand unter dem Leuchtturm *Sulzer Feuer*.

»Wow, ganz schön scharfkantig.« Nicki strich mit einem Finger über die Kante des Metallanhängers. »Aber echt hübsch.«

»Hältst du mal kurz mein Eis?«. Kurz entschlossen nahm Viola zwei Anhänger und verschwand im Laden. Eine Eiskugel später kam sie wieder heraus und hielt Nicki eine kleine Papiertüte hin. »Da, Nicki, ein Andenken an unseren legendären Urlaub.«

»Legendär? Wir sind doch erst einen Tag hier.«

»Vertrau meinem Bauchgefühl – er wird legendär.«

»Wenn du das sagst. Du, ich hab auch eine Idee. Jetzt bist du dran mit Eis festhalten.« Nicki holte aus ihrem Rucksack ihr Handy, an das sie zwei kleine Boxen angeschlossen hatte, die in den Außentaschen des Rucksacks verstaut waren.

Augenblicke später schlenderten die beiden Mädchen mit ihrem Eis in der Hand über den Marktplatz von Sulzhagen, lautstark begleitet von Adeles *Rolling in the Deep*.

Einige Passanten blieben stehen, und eine Gruppe von Jungen schaute neugierig zu den beiden Mädchen herüber. Nicki sah das und kicherte glücklich. »Ja, Viola Fischer, du hast recht. Sulzhagen aufgepasst, dieser Urlaub wird legendär.«

Gut elf Jahre später ...

»Orchester – noch einmal zurück zu Takt 75. Die Geigen ein wenig zurückhaltender. Und die Bässe, ich möchte hier mehr Bässe hören. Takt 75 – und bitte.«

Die Musiker im Orchestergraben setzten an der gewünschten Stelle ein. Ein paar Takte später winkte der Dirigent Leopold Sawern ab. »Sehr gut, genau so, ganz wunderbar. Und jetzt bitte der Chor. Wir gehen zu Takt 218. Daa, dadda, daaa. Und bitte.«

Achtzig Sängerinnen und Sänger des Opernchors stürmten zum Bühnenrand. Jedes einzelne Mitglied im Chor wusste genau, wo es zu stehen hatte und was in diesem einen Moment von ihm erwartet wurde. Aus vielen einzelnen Künstlern war ein einziger großer Klangkörper mit vielen Gliedern geworden.

Viola spürte die Energie der einzelnen Stimmen tief in ihrem Innersten. Sie war an ihrer Position angekommen und ließ sich auf die Knie fallen, genau wie die beiden Sängerinnen rechts und links von ihr. Flehend streckte sie beide Arme aus, die Handflächen nach oben. Da, ihr Einsatz. Die verschiedenen Stimmen gingen in einem einzigen großen Klang auf, der den hohen Zuschauerraum der Semperoper ausfüllte.

»Danke!«

Helmut Grain, der Regisseur des neuen Stückes, stand hinter seinem Tisch inmitten des abgedunkelten Zuschauerraums und hob den Arm. Augenblicke später erstarb der Chorgesang. Sawern schaute über den Rand der Balustrade, die den Orchestergraben vom Zuschauerraum trennte, in Richtung Regie. »Zufrieden, Helmut?«

»Ja, das wird großartig. Der Chor muss nur noch schneller nach vorne stürmen, denkt daran, ihr seid verzweifelt, aufgebracht, wütend. Die Wut muss fassbar werden, bedrohlich. Bitte noch einmal die gleiche Stelle.«

»O Mann, noch ein paar Wiederholungen und ich besorg mir Knieschützer, wie damals die Solosänger im *Don Carlo*«, raunte Susanne Viola zu.

»Ja, noch ein paarmal, und wir bitten wirklich um Erbarmen. Aber keine Sorge, gleich ist ja erst mal Pause.«

Viola hatte den Ablaufplan im Kopf. Bei der heutigen Bühnen- und Orchesterprobe standen nach dem Chor einige Soloparts auf dem Tagesprogramm. Für die Sängerinnen und Sänger des Chores hieß das – durchatmen. Ja, durchatmen hatte sie dringend nötig. Anders als die vielen altgedienten Mitglieder des Chors hatte sie, die erst seit einem halben Jahr offiziell dabei war, immer noch Nachholbedarf bei fast allen Opern, die aufgeführt wurden. Morgen Abend zum Beispiel stand Verdis *Otello* auf dem Spielplan. Für viele, die das Stück schon in den zurückliegenden Spielzeiten einstudiert hatten, waren nur ein paar Auffrischungsproben nötig gewesen, um die Oper wieder auswendig präsent zu haben. Viola dagegen hatte ihre Stimme zusätzlich zu den täglichen Proben der anderen Stücke auswendig gelernt. Konni, ihre WG-Mitbewohnerin, hatte bereits nach drei Tagen lautstark zu Protokoll gegeben, dass niemand so bekloppt sein konnte, sich diesen Stress freiwillig anzutun, sie hätte sich ja schließlich auch einen anderen Beruf aussuchen können. Konni hatte gut reden, sie musste ja nur für ihr Jura-Staatsexamen lernen.

So anstrengend das alles auch war: Viola hätte nie und nimmer mit Konni tauschen wollen. Ja, die Einzelproben, das Aussprachetraining, die Chorproben, die Aufführungen und das Nachholstudium der ihr noch unbekannten Stücke – das alles füllte ihren Tag so aus, dass sie manchmal vergaß, einzukaufen und sich etwas Richtiges zu kochen. Aber es war großartig. Die Monate, die hinter ihr lagen, waren die intensivsten und zugleich auch die besten Monate ihres bisherigen Lebens gewesen. Sie, Viola Fischer, hatte es geschafft. Sie hatte nicht nur ihr Gesangsstudium erfolgreich abgeschlossen und den Master mit dem Schwerpunkt Operngesang mit Bravour geschafft, sie war auch im Alter von nicht ganz siebenundzwanzig Jahren ordentliches Mitglied des Sächsischen Staatsopernchores geworden. Ein Chor, der 1817 gegründet worden war, den kein Geringerer als Carl Maria von Weber ins Leben gerufen und geformt hatte. Mit drei Worten: Viola war glücklich. Und wenn zu diesem Glück gehörte, dass sie sich noch weitere fünf Mal flehend auf die Knie werfen musste, dann war das eben so. Mit einem zufriedenen Lächeln kehrte Viola zusammen mit den anderen Sopranistinnen auf ihre Ausgangsposition zurück.

»Achtung, Takt 218. Und ... bitte.«

Mühelos verschmolz im selben Moment Violas heller Sopran mit den anderen Stimmen zu einem eindrucksvollen Ganzen.

Bin wieder da

»Bin wieder da! Hallo, jemand zu Hause? Konni?«

Viola warf den Hausschlüssel in die Schale, die auf dem Schuhschrank in der Diele der WG stand. Die Schale war aus Olivenholz geschnitzt. Ein Andenken aus ihrem Toskanaurlaub vor vier Jahren. Konni, ihre Mitbewohnerin, machte sich zwar darüber lustig, dass Viola ihre Schlüssel und das Portemonnaie nach dem Betreten der Wohnung immer direkt in der Schale deponierte, aber sie musste, wenn auch widerwillig, zugeben, dass Viola selten irgendetwas suchte.

Bei Viola hatten die meisten Dinge ihren festen Platz. Dafür gab es einen ganz praktischen Grund: Viola hatte schon als Teenager den verhängnisvollen Hang gehabt, Dinge an den unmöglichsten Stellen liegen zu lassen. Einmal hatte sich ihr Handy zwischen den Konserven in der Speisekammer ihrer Eltern gefunden. Ein anderes Mal hatte es drei Wochen gedauert, bis ihr Lieblingsfüller wieder aufgetaucht war. Während dieser Zeit hatte er am Rand des großen Kräuterbeets gelegen, weil Viola ihn dort vergessen hatte, nachdem sie für den Biounterricht ein paar Pflanzen beschrieben und gezeichnet hatte. Der Füller war der letzte Tropfen gewesen, der bei ihr das Fass zum Überlaufen gebracht hatte. Drei Wochen Kräuterbeet bei Sonne und Regen ... er war danach einfach nicht mehr derselbe gewesen. Jedenfalls hatte sich Viola von da an ein eigenes Ordnungssystem überlegt, mit festen Plätzen für alles und mit festen Routinen. Ergebnis: keine Überraschungsfunde mehr.

»Konni?«

Viola runzelte die Stirn. Merkwürdig, hatte Konni nicht

erst gestern Abend darüber gejammert, wie sehr sie es hasste, noch vor zehn Uhr am Schreibtisch sitzen zu müssen, um fürs Examen zu lernen?

Viola hatte ihr zugehört und mitleidig genickt, aber ansonsten geschwiegen. Sie mochte Konni. Seit vier Monaten teilte sich Viola die Vier-Zimmer-Wohnung mit der Jurastudentin. Mit Konni hatte Viola einen Glücksgriff getan: unkompliziert und absolut WG-tauglich. Wenn es überhaupt einen Kritikpunkt gab, dann den, dass Konni nicht fassen konnte, dass Viola schon um sechs Uhr aufstand, um genug Zeit zum Einsingen und Üben zu haben. In Violas Zimmer stand dafür extra eine schalldichte Kabine, kaum größer als eine Telefonzelle, aber sie erfüllte ihren Zweck. Die Kabine war Violas ganzer Stolz, sie hatte sie bei einer Onlineauktion erstanden und anschließend mit einem Freund in Leipzig beim Verkäufer, einem Tonstudio, abgeholt. Der Zusammenbau in ihrem Zimmer entpuppte sich als kleine Herausforderung, aber die Mühe hatte sich gelohnt. Viola konnte sich nun einsingen, ohne dass die Nachbarn auf die Barrikaden gingen, und sie konnte nach Herzenslust neue Partituren lernen, auch wenn es noch früh am Morgen war. Wobei »nach Herzenslust« die Übertreibung des Jahres war. Viola fand es schon anstrengend genug, zusammen mit dem Chor das aktuelle Programm zu lernen. Dass alle »Neuen« darüber hinaus natürlich auch noch die Opern präsent haben mussten, die der Chor längst einstudiert hatte, war der Grund für ihren frühen Start in den Tag.

Besorgt schaute sich Viola im gemeinsamen Wohnzimmer um. Keine Spur von Konni, dabei parkte ihr alter Golf unten an der Straße, und ihre Hausschlüssel lagen auf dem Küchentisch.

Vorsichtig klopfte Viola an Konnis Zimmertür. Fünf Sekunden warten, noch mal klopfen, diesmal energischer.

»Ja, was?«, ertönte von drinnen eine schlaftrunkene Stimme.

Viola öffnete die Tür. Konni saß auf ihrem Bett, die langen braunen Haare verstrubbelt, und rieb sich die Augen.

»Ist was passiert? Brennt es? Warum weckst du mich so früh?«

Viola ging durchs Zimmer, umrundete dabei mehrere Wäschehaufen auf dem Boden und zog den Rollladen hoch. Das Sonnenlicht sorgte für ein empörtes Aufstöhnen.

»Shit, warum ist das schon so hell?«, murmelte Konni.

»Weil wir bereits zwei Uhr haben. Zwei Uhr am Nachmittag.«

»Ach du Scheiße. Echt jetzt?«

»Jep. Was mich an den alten Witz erinnert, warum alle Studenten schon um sieben Uhr aufstehen müssen …«

»Sag schon, warum?«

»Weil in der Neustadt die Boutiquen um 20 Uhr zumachen.«

»Boah, Hammer-Pointe. Irre witzig.«

»Verstehe, das ist zu nah an der Wahrheit. Aber gestern Abend hast du mich noch extra gebeten, nein, du hast mich regelrecht angefleht, dass ich dich um neun Uhr anrufe, damit du auf keinen Fall verschläfst. Das habe ich gemacht, und wir haben miteinander gesprochen.«

»Und danach muss ich wohl wieder eingeschlafen sein.«

»Offenbar, dabei wolltest du lernen und auf jeden Fall um halb eins zur Sprechstunde deines Professors gehen.«

»Ach du guter Jesus. Wie viel Uhr haben wir, hast du gesagt?«

»Zwei Uhr!«

Konni stöhnte erneut auf und legte den Kopf in den Nacken. »Ich bin geliefert, vom Leben voll auf die zwölf. Das verzeiht mir der Kömmerling nie … ich muss … boah jetzt denk nach, blöde Kuh … Genau … ja.«

Konnis Selbstgespräch hatte durchaus Unterhaltungswert. Viola war gespannt auf das Endergebnis. Konni fischte neben ihrem Bett das Handy vom Boden und wählte eine Nummer.

»Ja, guten Tag, Frau Bremmel, Konstanze Grünberg hier. Ich hatte heute Mittag einen Termin mit Professor Kömmerling. Ja, genau, um halb eins. Natürlich, ich weiß … Würden Sie bitte dem Herrn Professor mitteilen, dass ich meine Nachbarin ins Krankenhaus fahren musste? Schreckliche Sache, die arme Frau Fischer ist über achtzig, plötzliche Herzschmerzen. In der Notaufnahme war leider Handyverbot, sonst hätte ich mich schon früher gemeldet. Was, ich … oh … in diesem Fall könnte ich auch noch am späten Nachmittag. Wie schön, das freut mich aber. Dann sehen wir uns um fünf.«

Viola hatte Konnis schamloser Lügengeschichte andächtig zugehört.

»Meine Fresse, das war knapp.« Konni warf das Handy auf ihre Bettdecke. »Zum Glück hab ich mal gehört, dass die Bremmel selber eine pflegebedürftige Mutter hat, so Leute haben Verständnis für Studentinnen, die alten Leuten helfen.«

»Ihh, du bist ja so was von berechnend. Und dann musstest du auch noch meinen Nachnamen ins Spiel bringen. Was, wenn ich mal Frau Bremmel treffe?«

»Dann hat es eben deine Oma erwischt. Mann, mir ist auf die Schnelle kein besserer Name eingefallen. Wäre es dir lieber, ich würde das Semester wiederholen müssen, weil der Kömmerling mich absägt?«

»Nein, lieber wäre mir, du würdest in die Puschen kommen und erst gar nicht solche Märchen erfinden müssen.«

»Ja, Mami. Ach, und Viola, danke, dass du mich heute früh angerufen hast. War ja nicht deine Schuld, dass es nicht geklappt hat.«

»Ist schon okay. Spring unter die Dusche, ich koch uns Kaffee.«

»Du bist klasse. Ich verspreche dir, wenn du mal so richtig Mist baust, bin ich an deiner Seite, Frau Fischer.«

»Ich nehme dich beim Wort.«

Was Passendes anziehen

»Und? Wie sehe ich aus?« Konni kam zu Viola in die Küche und stellte ihren leeren Kaffeebecher in die Spüle.

»Sehr seriös, so, als müsstest du gleich bei Gericht das Schlussplädoyer halten«, erwiderte Viola anerkennend. Und sie fand, das war nicht übertrieben. Konni hat ihre braunen schulterlangen Haare zu einem lockeren Knoten hochgesteckt, dazu trug sie ein dunkelgraues Kostüm und farblich passende Pumps. Unter der Kostümjacke blitzte eine weiße Stehkragenbluse hervor. Dezente Perlenohrringe machten Konnis Outfit komplett. »Vielleicht ein bisschen viel für eine Studentin, die lediglich ein Gespräch mit einem Professor hat.«

»Von wegen. Das ist nicht nur ein Gespräch, es ist *das* Gespräch. Der Kömmerling hat super Kontakte in den Verwaltungen und in der Industrie, er kennt unzählige Ansprechpartner im Landtag, bei Gericht und in den Kanzleien. Kurz, wenn du dein Referendariat nicht in einem Archivkeller verbringen willst, solltest du ihn besser beeindrucken.«

»Indem du deinen Termin bei ihm verschläfst?«

»Ja, ja, lästere du nur. Ich hoffe ja, dass meine kleine Notlüge bei der Bremmel alles wieder ins Lot gebracht hat. Auf jeden Fall ist der Kömmerling kleidungstechnisch total konservativ. Gerade bei denen, die kurz vor dem Examen stehen, legt er allergrößten Wert auf ein passendes Erscheinungsbild.« Konnis Stimme klang plötzlich wie die eines älteren Herrn. »Man kann nicht früh genug damit beginnen, meine Damen und Herren, sich auf die Rahmenbedingungen des juristischen Alltags einzustellen. Sowohl mental als auch, was das eigene Äußere betrifft.«

»Hat dein Professor das wirklich gesagt?«

»Wortwörtlich und nicht nur einmal. Es gibt das Gerücht, dass er vor ein paar Jahren eine Studentin, die in weiten Schlabber-Pumphosen bei ihm erschienen ist, hochkant hinausgeworfen hat. Auf so ein Erlebnis kann ich heute definitiv verzichten.«

»An deinem äußeren Erscheinungsbild wirst du jedenfalls nicht scheitern, so viel steht fest.«

»Ziel erreicht, würde ich sagen. So, ich fahr jetzt los, sicher ist sicher. Ach übrigens, dein Lover hat angerufen, und zwar heute früh schon, kurz bevor ich wieder in Morpheus' Armen gelandet bin.«

»Marcus? Was wollte er?«

»Er hat was von einer total wichtigen Party erzählt und dass er dich nach der Vorstellung am Eingang abholen will. Du sollst dir was Passendes anziehen. Klang wie: ›Ich zeig meiner Freundin das große Musik-Business.‹« Konni schnaubte. »Sorry, ist ja dein Freund, aber mir wäre der zu anstrengend.«

»Nein, Marcus ist wirklich süß, allerdings hat er in letzter Zeit einen deutlichen Hang zu Höherem. Und seit eine seiner Produktionen in die Charts gekommen ist, wähnt er sich im Producer-Himmel.« Viola unterdrückte ein Seufzen. Ihr gefiel nicht, dass sie Marcus gegenüber Konni verteidigen musste. »In der letzten Zeit trifft er sich mit allen möglichen Geldgebern und Investoren.«

»Wenn du meine Meinung hören willst: Er sieht sich schon als den nächsten Dieter Bohlen.«

»Na ja, als er nur Werbemusik komponiert und produziert hat, war es leichter.« Leichter und nicht so anstrengend, ergänzte Viola im Stillen. Jetzt erwartet er immer, dass ich auf ihn Rücksicht nehme. »Heute Abend, sagst du? Okay, dann nehme ich mal besser ein Kleid mit in die Oper.«

»Gut, ruf an, wenn du noch etwas brauchst. Ich bin später

wieder zu Hause und kann dir notfalls noch Sachen in die Oper bringen.«

»Lieb von dir.«

Konni warf ihr einen Luftkuss zu und verließ die Küche. Augenblicke später fiel die Wohnungstür ins Schloss.

Heute Abend nach der Aufführung – Himmel, das war eigentlich die Zeit, in der sie vom Adrenalin der Bühne wieder runterkam und sich aufs Bett freute, schließlich musste sie am nächsten Morgen wieder um sechs Uhr aufstehen. Diesmal ließ Viola ihrem Seufzer freien Lauf. Irgendwie hatte sie bei Marcus den Anschluss verloren. In den letzten Wochen redete er nur noch von Businessplänen, Studioneubau, Chart-Erfolgen und dem ganz großen Geld.

Sie sollte also »was Passendes« anziehen. Okay, Konni war nicht die Einzige, die sich aufbrezeln konnte, o nein, auch sie brauchte sich nicht zu verstecken. In Violas Kopf bildete sich wie von selbst eine ihrer Top-Five-Listen, eine Gewohnheit, die sie nie abgelegt hatte.

Die Top Five von Viola Fischer zum Thema Aussehen.

Platz fünf: Ich passe gut in mein Etuikleid in Größe sechsunddreißig.

Platz vier: Glücklicherweise sind die Pausbäckchen von Mama an mir vorübergegangen.

Platz drei: Ich habe Papas schmales Gesicht und die hohen Wangenknochen geerbt, was ziemlich hübsch aussieht.

Platz zwei: Meine langen weißblonden Haare sind echt.

Und Platz Nummer eins: Die übrigen Körperformen, inklusive Busen, sind auch ganz ansehnlich. Rund und weiblich mit einer schmalen Taille. Ich habe keinen Grund, mich zu beschweren!

Gut, auf die Stupsnase und die Sommersprossen hätte sie verzichten können, aber man musste die Dinge eben so nehmen, wie sie kamen.

Fazit, Marcus konnte sich glücklich schätzen, wenn sie ihn auf eine seiner Partys begleitete. Vor allem, wenn sie »was Passendes« anzog. Männer! Er stellte sich das wahrscheinlich ganz einfach vor. Viola schnaubte kurz. Nach der Aufführung partytauglich auszusehen, war keine Kleinigkeit.

Zum einen musste sie das Bühnen-Make-up abnehmen. Was auf der Bühne aus etwa fünfzig Metern Entfernung im Licht der Scheinwerfer gut aussah, war für eine normale Party viel zu viel. Sie würde sich also abschminken und anschließend mindestens ihren leicht getönten Puder und etwas Rouge auftragen und vor allem die hellen Wimpern kräftig tuschen.

Zum anderen brauchte sie jetzt sofort etwas Schönes zum Anziehen. Sie stürmte in ihr Zimmer und legte ihren Kleidersack bereit. Zum Glück hatte sie als Sängerin eine ansehnliche Anzahl von Abendkleidern. Vor den weit geöffneten Schranktüren überlegte sie: Welches der Kleider würde für Marcus' Party passen? Ihre Fingerspitzen strichen prüfend über die Holzbügel, die leise auf der Stange klackerten. Das schwarze mit den Pailletten? Zu feierlich. Das zartrosa Seidenkleid? Nein. Zu dünn, damit würde sie sich den Tod holen. Ein schneller Blick auf die Armbanduhr. Sie musste sich beeilen, sie hatte vor der Probe noch zwei große Chorpartien zu wiederholen. Kurz entschlossen griff sie nach ihrem wadenlangen eisblauen Wickelkleid, das konnte sie offen über schwarzen Skinny-Jeans tragen. Dazu die neue Halskette, die aus Dutzenden von versilberten Rechtecken zusammengesetzt war. Schnell verstaute sie noch die passenden Pumps unten im Kleidersack.

Sie goss sich ein Glas Wasser ein, stellte die erste Partitur auf den Notenständer und vertiefte sich in die erste Seite.

Von wegen Mega-Party

Die kühle Abendluft tat gut. Viola zog die Glastür hinter sich zu und schaute sich erwartungsvoll auf dem Platz vor dem Bühneneingang um. In einer idealen Welt hätte jetzt Marcus mit einem Lächeln im Gesicht auf sie gewartet. Viola seufzte. Was war schon ideal? Nein, hier war kein Auto, kein Marcus ... hier war einfach niemand außer ihr. Wie konnte so was passieren? Er hatte ausrichten lassen »nach der Vorstellung«. Die Uhrzeit hätte ihm klar sein müssen, Marcus holte sie schließlich nicht zu ersten Mal nach einer Aufführung ab. Wo blieb er nur?

Einige ihrer Kolleginnen wollten sich später noch im Freiberger Schankhaus im Schatten der Frauenkirche treffen. So ein Treffen kam selten genug vor, weil jeder im Chor wusste, dass man am nächsten Tag wieder hundertprozentig fit sein musste. Aber Gilla hatte am Wochenende Geburtstag gehabt.

Na klasse, sie sagte den Umtrunk ab und wofür? Dafür, dass sie sich hier in Abendkleid und High Heels die Beine in den Bauch stand. Ja, sie hatte sogar darauf verzichtet, mit dem Rad zur Oper zu fahren und stattdessen die Straßenbahn genommen. Warum auch nicht? Marcus wollte sie ja abholen.

Vielleicht stand er am Haupteingang der Oper und dachte nicht daran, dass sie hinten am Bühnenausgang wartete. Viola ging links um das Sandsteingebäude mit den braunen verspiegelten Fensterflächen herum, vorbei an dem Fahrradständer, wo sie normalerweise ihr Rad abstellte. Hier war der Anlieferungsbereich des Operngebäudes, nicht gerade ihre Traumstrecke am späten Abend, aber der kürzeste Weg, um vor die Semperoper zu gelangen. Vor dem majestätischen Prachtbau blieb sie einen Moment stehen und ließ ihren Blick über den Platz schweifen. Egal wie anstrengend ein Tag gelaufen war, dieser Anblick erinnerte sie immer wieder daran, dass die ganze Mühe nicht umsonst war. Das alte Residenzschloss war angestrahlt, Touristen schlenderten über den gepflasterten Platz vor der Oper, die ... ja, wie eigentlich genau aussah? Prächtig! Ja, das war wahrscheinlich die passende Beschreibung für das beeindruckende Gebäude mit seinen großen Fenstern, aus denen das Licht golden schimmerte. In einiger Entfernung sah man den Biergarten am Ufer der Elbe. Er war in grünes, blaues und rotes Licht getaucht, da fand wahrscheinlich wieder irgendeine private Party statt. Was sie daran erinnerte, dass sie und das gesamte Ensemble übernächstes Wochenende dort ihr eigenes Frühlingsfest feiern würden. Schon seit Wochen freute sie sich auf den Abend, man durfte sogar Partner mitbringen.

Ha, Partner! Partner und Party, das waren die richtigen Stichworte. Viola riss sich von dem Anblick los. Sie zog ihr Handy aus dem Rucksack, in dem sie Jeans, Sweatshirt und ihre Sneakers verstaut hatte.

Sie würde ihn jetzt anrufen und ihm die Hölle heiß machen. Mann, so ein Mist. Auf dem weiten Platz vor ihr war kein Marcus zu sehen, und sie konnte wirklich alles gut überblicken. Bis zum Reiterdenkmal in der Mitte des Platzes war niemand, der auch nur annähernd Ähnlichkeit mit Marcus gehabt hätte. Mittlerweile war er schon über zwanzig Minuten zu spät dran.

Sie wählte seine Handynummer. Es klingelte einmal, zweimal, dreimal. Wenn jetzt die Mailbox ansprang, würde sie auflegen und mit der Straßenbahn nach Hause fahren.

»Joh, Alter, wer stört die Party?«

»Hallo? Ähm ... hier ist Viola, ich wollte Marcus sprechen.«

Die Männerstimme am anderen Ende war definitiv nicht

die von Marcus, und definitiv lief da im Hintergrund eine wilde Party ab. Allein das, was aus dem kleinen Lautsprecher zu ihr durchdrang, klang anstrengend.

»Sorry, der ist gerade nicht in Sichtweite. Sind aber auch echt viele People hier im Raum. Wo hab ich ihn denn zuletzt gesehen? Warte mal. Genau. Da war diese Coco, trägt ein enges grünes Kleid. Mit der ist er, tja, keine Ahnung, wo Big M abgeblieben ist. Ich bin hier nur ans Telefon gegangen, weil das so lange geklingelt hat.«

Coco? Wer war Coco? Enges grünes Kleid? Big M? ... Es reichte, irgendwann war auch mal genug. Viola schaltete in die Stimmlage »Bootcamp« um, ein Tonfall, den sie sich als Trainerin einer Volleyball-Mannschaft vor ein paar Jahren zugelegt hatte. Ein Tonfall, der keinen Spielraum für Ausflüchte ließ.

»Shit, wo ist er? Na los, beweg dich und hol ihn ans Telefon.«

»Chill mal, ist ja gut.« Das Telefon wurde wohl durch den Raum getragen. Viola hörte abwechselnd Stimmengewirr, Musik, Gläserklirren und lautes Lachen.

»Hey, da ist so eine total angepisste Tussi am Telefon ... Ja, für dich, Big M. ... Keine Ahnung, wer ... Was? Warum ich drangegangen bin? Hat halt geklingelt wie blöd ... Ja, dein Phone, sag ich doch.«

Das Telefon wurde offenbar weitergereicht. Der zur Hälfte mitgehörte Dialog reichte aus, um Violas Stimmung endgültig in den Keller zu schicken.

»Marcus hier.«

»Und rate mal, wer hier ist? Die Tussi, die total angepisst ist.«

»Viola? Bist du das?«

»Was denkst du denn, wer hier dran ist?«

»Mann, wie bist du denn drauf? Und vor allem, wo bleibst du überhaupt? Hier steigt wirklich eine Mega-Party. Ich ...«

»Marcus, du wolltest mich abholen. Ich warte seit fast einer halben Stunde am Bühneneingang auf dich.«

»Echt? Oh, fuck, ja, stimmt. Boah, Mann, das tut mir jetzt mega leid. Aber ich habe schon mehr als nur ein paar Shots intus, da ist mit Autofahren Sense, ich kann dich nicht abholen. Komm, fahr los und wir sehen uns gleich. Du wirst das nicht bereuen.«

»Sag mal spinnst du jetzt völlig? Was denkst du dir eigentlich dabei? Ich setz mich doch jetzt nicht in die Straßenbahn und fahre eine halbe Stunde durch die Stadt, um zu dir zu kommen.«

»Wow, ja, Mensch, das ist schade. Du, Viola, hey, ich mach das wieder gut, versprochen. Nur, jetzt muss ich Schluss machen, da kommt gerade der Timo von SP-Records rein. Stell dir vor, SP-Records bei mir auf der Party! Tschüs.«

»Marcus, ich …« Fassungslos starrte Viola auf ihr Hany. Marcus hatte einfach das Telefonat beendet. »Ohhh, fuck!« Sie stampfte wütend mit dem Fuß auf. Ein asiatisch aussehendes Touristenpärchen schaute neugierig zu ihr herüber und ging dann lachend weiter.

Das darf doch wohl nicht wahr sein. Der hat sie doch wohl nicht alle. Wie kann man nur so rücksichtslos, unsensibel und vergesslich sein? Von der Frau im engen grünen Kleid mal ganz zu schweigen. »Hmmm.« Viola brummte grollend und ging dann quer über den Platz in Richtung Straßenbahnhaltestelle. Sie würde jetzt nach Hause fahren, sich einen Kräutertee kochen und dabei überlegen, wie sie Marcus am besten zur Schnecke machen konnte. Und wer diese Coco war, konnte er ihr dann auch erklären.

Dafür sind Freundinnen da

»Ich will dir was sagen, Viola: Der Typ hat dich nicht verdient. Ich meine, wer lässt sich denn schon Big M nennen? So heißen doch allenfalls Burger mit doppelt Käse und Bacon.«

Nickis Entrüstung tat ihr gut. Viola saß auf ihrem Bett, die Tasse Kräutertee auf dem Nachttisch, und telefonierte mit ihrer besten Freundin. Es war reiner Zufall gewesen, dass Nicki ausgerechnet zu dem Zeitpunkt angerufen hatte, als Viola in einer Mischung aus Wut, Enttäuschung und Selbstmitleid den Abend ausklingen lassen wollte. Aber bereits nach fünf Minuten, so lange hatte sie gebraucht, um Nicki von dem ganzen misslungenen Abend zu berichten, sorgten Nickis Mitgefühl und Entrüstung dafür, dass es ihr schon wieder besser ging.

»Weißt du, Nicki, noch heute Nachmitttag habe ich Marcus gegenüber meiner Mitbewohnerin verteidigt.«

»Schon klar, kann man ja auch mal machen, aber doch nicht mehr nach so einem Auftritt. Also, meiner Meinung nach muss sich dein Marcus in den nächsten Tagen richtig ins Zeug legen, um deutlich zu zeigen, was er konkret mit ›Ich mach das wieder gut‹ meinen könnte. Ich habe ihn ja nur zwei, drei Mal getroffen. Bei deiner Geburtstagsfeier im letzten Jahr habe ich mich eine Weile mit ihm unterhalten. Er machte wirklich einen netten Eindruck. Hat sogar angeboten, Manuel zu unterstützen. Er wollte die Band für die Jugendgottesdienste aufnehmen, damit die ihr Demovideo zu dem Kirchenwettbewerb einschicken konnten.«

»Ja, damals hat er ja auch nur Werbejingles produziert und stand noch mit beiden Beinen auf der Erde«, sagte Viola.

»Ich finde, seit einem Vierteljahr, genau seitdem er diesen einen Überraschungshit gelandet hat, ist er wie ausgewechselt.«

»Nur, dass er leider nicht die Ausrede verwenden kann, dass sich Körperfresser an ihm gütlich getan haben und er gar nicht mehr er selbst ist. Mann, Mann, Mann, es muss doch Abstufungen zwischen einem gedankenlosen, egoistischen Idioten und einem harmlosen, aber sympathischen Musikproduzenten geben. Wenn das so weitergeht, befürchte ich, dass er lediglich die fette Kohle wittert und sich keinen Deut bessern wird. Wie hat mein lieber Gatte in seiner letzten Sonntagspredigt gesagt? ›Wer Geld liebt, wird vom Geld niemals satt, und wer Reichtum liebt, wird keinen Nutzen davon haben.‹ Steht so schon im Alten Testament.«

Dass Nickis Ehemann evangelischer Pfarrer war, färbte langsam ab. »Bestimmt wird sich Marcus morgen früh bei mir melden. Sobald er ausgeschlafen hat«

»Träum weiter, Viola. Big M sieht sich doch jetzt auf der Startbahn zum großen Durchbruch. Da macht man sich keine Gedanken mehr über die Befindlichkeiten von Einzelnen. Im Gegenteil, der wird sich wahrscheinlich wundern, warum du so spießig bist und ein paar Stunden Nachtschlaf seiner Mega-Party vorziehst. Ganz ehrlich, wenn noch mal so ein Spruch kommt, darfst du ihm eine runterhauen. Ach was, verpass ihm gleich noch eine in meinem Namen. Ich finde, so geht man nicht mit Menschen um, und schon gar nicht mit meiner besten Freundin.«

»Du bist ein Schatz, Nicki.«

»Weiß ich, höre ich aber trotzdem immer wieder gern.«

»Und warum hast du eigentlich angerufen? Gab es einen bestimmten Grund? Ich habe dir mein Herz ausgeschüttet, aber was ist mit dir?«

»Stimmt, das hätte ich ja fast vergessen. Also: Manuel kann in diesem Jahr keinen Sommerurlaub nehmen. Wir werden wahrscheinlich erst im Herbst nach Frankreich fahren können.«

»Aber warum?«

»Weil er eine zusätzliche neue Gemeinde betreuen muss. Bei denen ist ein Pfarrer in den Ruhestand gegangen, und sie finden keinen Nachfolger.«

»Okay – und was bedeutet das?«

»Das bedeutet, dass wir umziehen werden. Es gibt ein Pfarrhaus, von dem aus man die einzelnen Orte besser erreichen kann. Manuel muss ja jetzt vier Kirchengemeinden gleichzeitig betreuen. Besser, wir wohnen zentral, dann sind die Wege nicht so lang.«

»Oh, ihr zieht also noch mal um?«

»Sag ich doch.«

»Ich wunder mich nur. Du klingst überhaupt nicht genervt. Findest du das nicht schlimm, schon wieder woanders hinzuziehen?«

»Nein! Das ist es ja gerade. Das neue Haus ist ein Traum, Riesengarten inklusive. Und jetzt rate mal, wo das Ehepaar Overrath seine Zelte aufschlagen wird.«

»Sag schon.«

»Sulzhagen!«

Viola brauchte einen Moment, um zu begreifen, was ihre Freundin da gesagt hatte. »Im Ernst? Ihr zieht nach Sulzhagen?«

»Mit Sack und Pack. Das Pfarrhaus liegt keinen Kilometer von dem Strand entfernt, an dem wir diesen sagenhaften Sommerurlaub verlebt haben.«

Eine Flut von Erinnerungen stürmte auf Viola ein. Gott, war das damals schön gewesen. Immer, wenn sie Nicki und ihren Mann in den letzten zwei Jahren in Ribnitz besucht hatte, hatte sie sich vorgenommen, noch einmal am Bodden entlangzufahren und Sulzhagen, den malerischen Küstenort auf dem Darß, zu besuchen. Aber irgendwie war immer wieder etwas dazwischengekommen.

»Ach, Nicki, jetzt würde ich ja doppelt gerne im Sommer zu euch kommen.«

»Dann tu es doch einfach. Wir haben dermaßen viel Platz, dass du auch noch deinen halben Chor mitbringen könntest. Ohne Flachs: Im Vergleich zu unserer jetzigen Wohnung ist das Pfarrhaus in Sulzhagen ein Palast.«

»Mal sehen, was ich in der Sommerpause zu tun hab. Es gibt da ein paar Anfragen für Auftritte, aber noch nichts Festes.«

»Frau Fischer, Sie werden ja wohl bei sechs Wochen Sommerpause Zeit und Gelegenheit finden, Ihre Freunde zu besuchen, vor allem, wenn die jetzt am absoluten Traumort unserer Teenager-Tage wohnen. Ich sage nur: Amarena-Schoko-Becher. Die Eisdiele am Marktplatz gibt es nämlich immer noch. Sogar mit dem netten dicken Italiener hinter der Theke. Ich habe Luigi erst vorgestern getroffen.«

»Boah, der Amarena-Schoko-Becher. Stimmt, der war sensationell.«

»Luigi erinnert sich allerdings mehr an deinen Bikini, hihi. Er brauchte ein bisschen, aber als dann bei ihm der Groschen fiel, wer ich war, hat er sofort deinen Bikini erwähnt.«

Viola spürte, wie ihr die Röte den Hals emporkroch. Na klasse, offenbar hatte sie vor elf Jahren einen bleibenden Eindruck hinterlassen.

»Bist du noch dran, Süße?«

»Ja, ja, ich versinke nur gerade vor Scham im Boden.«

»Blödsinn, nimm es als Kompliment. An die hässliche Schnepfe, die immer zusammen mit der Blondine unterwegs war, erinnert sich Luigi jedenfalls nicht mehr.«

»Hässliche Schnepfe, du spinnst ja. Aber okay, ich werde schauen, dass ich genug Zeit freihalte, um euch zu besuchen.

Schließlich sind es noch fast vier Monate bis zur Sommerpause.«

»Das ist die richtige Antwort. So, und jetzt muss ich Schluss machen, ich habe einen langen Tag hinter mir. Fühl dich umarmt, Viola.«

»Du dich auch, Nicki. Und danke fürs Zuhören.«

»Jederzeit! Dafür sind Freundinnen schließlich da.«

Viola legte ihr Handy zur Seite und griff nach dem Kräutertee, der mittlerweile nur noch lauwarm war. Egal, er schmeckte trotzdem.

Sulzhagen!

Da konnte man ja richtig neidisch werden. Ob Nicki ihren Laden nach Sulzhagen verlegen würde? Als Optikerin hatte sie sich in Ribnitz ein erfolgreiches Geschäft aufgebaut. Gleichzeitig selbstständig und innerhalb der Kirchengemeinde aktiv zu sein, dazu gehörten eine Menge Energie und Selbstdisziplin.

»Wie ich Nicki kenne, wird sie auch dafür eine Lösung finden«, murmelte Viola. Mit einem Blick auf ihren Wecker stellte sie den leeren Teebecher auf den Nachttisch und schaltete das Licht aus. Wenn sie die Augen schloss, sah sie wieder den weißen Ostseestrand, das reetgedeckte Haus im Kiefernwald, die langen Abende in den Dünen, das Lagerfeuer und den Rotwein, den Nicki organisiert hatte. Über diesen sehnsuchtsvollen Erinnerungen an einen Sommer am Meer schlief sie ein.

Versöhnungsrosen

Schlaftrunken tappte Viola am nächsten Morgen um kurz nach sechs in die Küche. Sie wollte sich wie immer einen großen Becher Kaffee und eine Schale Müsli zum Frühstück machen. In der Tür blieb sie überrascht stehen. Es duftete nach frisch aufgebrühtem Kaffee. Der Esstisch war gedeckt, im Brotkorb lagen frische Brötchen und Croissants, auf einer Platte waren Käsescheiben und Schinken angerichtet. Vivaldis *Vier Jahreszeiten* tönten leise aus den Lautsprechern. Ein Traum.

»Guten Morgen. Na, ausgeschlafen?«

Am Küchenherd stand Konni. Sie füllte Rührei in eine Schüssel, streute noch ein paar Schnittlauchröllchen darüber und trug es zum Esstisch. »Komm, Viola, setz dich. Frühstück ist fertig.«

»Guten Morgen, Konni. Was ist denn mit dir los? Sag mal, weißt du eigentlich, wie spät es ist?«

»Die Frage müsste lauten: Weißt du eigentlich, wie früh es ist? Und die Antwort lautet: Ja, weiß ich, es ist zehn nach sechs. Ganz ehrlich, so früh bin ich seit Wochen nicht mehr aufgestanden. Mir ist es ein totales Rätsel, wie du es schaffst, jeden Morgen um diese Zeit wach zu werden. Mir fiel es schon schwer genug, mich auf die Zubereitung von Rührei zu konzentrieren. Und du machst das jeden Morgen. Nicht nur aufstehen, sondern dann auch noch deine Notenpartituren studieren. Ich bin gerade ehrfürchtig hoch zehn.«

Viola gähnte hinter vorgehaltener Hand. Heute früh war sie definitiv nicht auf der Höhe ihrer geistigen Kräfte. »Aber das alles hier ...«

»… habe ich für dich vorbereitet, und es hat mich eine gute halbe Stunde gekostet. Aber ich hab es gern gemacht. Das ist mein Dankeschön. Ohne dich hätte ich gestern ein komplettes Jurasemester gegen die Wand gefahren. Mein Gespräch war nämlich super erfolgreich, aber wenn du mich nicht geweckt hättest, hätte es gar kein Gespräch gegeben. Da dachte ich mir, Konni, sorg dafür, dass Viola einen guten Start in den Tag bekommt. Also, greif zu. Ich habe auch noch frisch gepressten Orangensaft gemacht.«

Viola setzte sich an den Esstisch, trank einen großen Schluck Kaffee, nahm sich ein Croissant, brach eine Ecke ab und bestrich sie mit Butter und Orangenmarmelade.

»Du wirst das nicht wissen, aber ich komme an normalen Tagen mit einer Schale Müsli aus.«

»Uaah, Müsli, jetzt wirst du mir unheimlich. Die fleischgewordene Selbstdisziplin in Kombination mit totaler Anspruchslosigkeit – nur fürs Protokoll, das ist einschüchternd.«

»Das hat nichts mit Anspruchslosigkeit zu tun, sondern lediglich mit der Tatsache, dass mir die Zeit fehlt, jeden Tag so ein tolles Frühstück vorzubereiten«, erwiderte Viola mit vollem Mund. »Ich finde das supernett von dir. Und weil ich weiß, wie schwer es dir fällt, morgens aufzustehen, schätze ich das hier umso mehr. Wie hast du das nur geschafft?«

»Gestern Abend habe ich die meisten Sachen eingekauft, aber für die Brötchen und die Croissants musste ich heute früh zum Bäcker. Leider hat der bei uns um die Ecke Betriebsferien. Mann, ich hatte ganz vergessen, wie viele Menschen morgens schon unterwegs sind. Ach übrigens: Ich bin nicht die Einzige, die heute sehr früh auf den Beinen war, um sich bei dir zu bedanken. Als ich mit meinen Brötchen zurückkam, stand unten vor dem Haus ein Bote, der verzweifelt überlegte, wie er seine Lieferung loswerden könnte. Er hatte wohl Hemmungen, schon vor sechs Uhr an der Tür zu klingeln. Da drüben, ich denke, die sind für dich. Ich hab sie in einen Eimer gestellt.«

Erst jetzt bemerkte Viola, dass in einer Küchenecke ein riesiger Strauß roter, langstieliger Rosen stand.

»Das muss ja gestern eine rauschende Party gewesen sein, wenn Marcus schon Rosen vorbeibringen lässt. Oder hast du etwa einen heimlichen Verehrer und die Blumen sind gar nicht von ihm?«

»Aus der Party wurde nichts, Marcus hat mich versetzt. Und für einen heimlichen Verehrer habe ich keine Zeit.«

»Autsch, bei der Größe des Straußes muss er sich ja mega mies benommen haben.«

»Wo hat er nur so früh die Rosen kaufen können?«, murmelte Viola nachdenklich.

Konni lächelte breit. »Zum Glück gibt es Tankstellen, die auch nachts geöffnet haben.« Sie schob die Hände zwischen die Blumen und erklärte: »Dem kundigen Auge fällt natürlich auf, dass es sich hier um mehrere Einzelsträuße handelt, die jemand, ohne sie auszuwickeln, zu einem großen Strauß zusammengefasst hat. Aber was soll ich sagen, die Geste zählt.«

Stimmt, dachte Viola, zumal es sicher nicht leicht gewesen war, die Blumen zu organisieren. Trotzdem würde sie abwarten, wann und wie Markus sich meldete. So einfach sollte er nicht davonkommen.

»Willst du darüber sprechen?«

Auf Konnis Frage hin schüttelte Viola lächelnd den Kopf. »Lieb von dir, Konni, aber da gibt es nicht viel zu erzählen. Marcus hat mich einfach vergessen und war dann zu betrunken, um noch Auto zu fahren. Ich hatte keine Lust, so spät am Abend noch mit der Straßenbahn durch die halbe Stadt zu gondeln, um für eine oder zwei Stunden Gast bei seiner Party zu sein.«

»Und nun?«

»Nun werde ich dieses Croissant zu Ende essen, gefolgt

von einer großen Portion Rührei und einem Brötchen. Danach möchte ich einen weiteren Becher Kaffee trinken und dann unter die Dusche gehen, bevor ich mich einsinge.«

»Kein Anruf ›O Marcus, was für wundervolle Rosen.‹? Bestimmt wartet er schon darauf.«

»Da kann er lange warten. Ich finde, ein paar persönliche Worte als Entschuldigung sind das Mindeste.«

Jeder hat eine zweite Chance verdient

Viola besaß einen knallroten Nissan Micra. Der Wagen war etwas in die Jahre gekommen, aber er brachte sie zuverlässig von A nach B. Marcus hatte einmal bei einem Abendessen gelästert, dass angesichts der Beinfreiheit auf dem Rücksitz das Auto besser *Nissan mickrig* heißen müsse. Viola konnte über diesen Scherz nicht lachen. Sie hatte lange gespart und endlose private Musikstunden geben müssen, um sich diesen Wagen kaufen zu können. Zum Glück sitze ich ja vorne, wenn ich fahre, hatte sie damals geantwortet. Eine Spitze, die Marcus, rückblickend betrachtet, wahrscheinlich nicht einmal bemerkt hatte. Er machte sich weiter lustig über ihren Kleinwagen, und sie versuchte, das Ganze zu ignorieren.

Viola rollte auf den Parkplatz und hielt Ausschau nach einer freien Lücke. Marcus hatte damals schon gezeigt, dass er sich zu Höherem berufen fühlte. Nur war ihr das gar nicht so klar gewesen. Sie nahm ihre große Umhängetasche mit den Noten vom Beifahrersitz und lief zum Bühneneingang. In der Tasche klingelte ihr Handy. Die Rufnummer kannte sie nicht, eine Sekunde zögerte sie, ob sie den Anruf überhaupt annehmen sollte.

»Fischer, hallo.«

»Viola, es tut mir leid.«

»Marcus? Was ist das für eine Nummer?«

»Was? Ach so, das ist das Handy von Bert. Ich bin gerade in der Neustadt im Aufnahmekeller, aber ich wollte dich unbedingt erreichen, bevor du mit der Probe anfängst.«

»Ist dir gelungen.« So leicht, mein Lieber, werde ich es dir nicht machen, dachte Viola, und schwieg.

»Äh … ja … richtig. Also, ich wollte mich bei dir entschuldigen. Ich hoffe, die Blumen gefallen dir. Es war echt gar nicht so einfach, so früh am Morgen so viele Rosen zu organisieren.«

Diesmal beschränkte sich Viola auf ein vages Brummen, was man sowohl als Zustimmung als auch als Mitgefühl hätte deuten können. Marcus fühlte sich offenbar von dem Brummen ermutigt. Die Anspannung wich aus seiner Stimme.

»Wie gesagt, es tut mir schrecklich leid. Da waren gestern so viele Gäste und ich hatte unsere Verabredung völlig aus dem Blick verloren. Ja, und dann, dann hat mich dein Anruf … ähm … überrumpelt.«

»Das tut mir leid, ich hätte natürlich einfach noch ein oder zwei Stunden an der Oper im Abendkleid warten können, damit dich mein Anruf nicht so sehr aus der Bahn wirft.« Violas Stimme triefte vor Ironie.

»Nein, nein, so meine ich das gar nicht.« Selbst Marcus hatte nun mitbekommen, dass Viola immer noch wütend auf ihn war. »Ich hatte halt nur nicht damit gerechnet, mit dir, also während der Party … äh … so Organisatorisches zu besprechen.«

»Organisatorisches? Solche Kleinigkeiten wie: Wir sind verabredet, du holst mich ab, ich zieh mich extra um, du lässt mich ewig warten und am Ende legst du auf, weil irgendein Musikkumpel die Szene betritt?«

»Ey, ja okay, das war total arschig von mir und es tut mir wirklich leid.«

Das klang jetzt tatsächlich zerknirscht.

»So kann das nicht weitergehen, Marcus. Ich verstehe, dass dir der Erfolg deiner Arbeit ganz neue Türen öffnet. Aber wenn du willst, dass wir zusammen durch diese Türen gehen, musst du aufmerksamer werden.«

»Ja, sicher, Viola. Es ist im Moment alles im Umbruch, ich muss das ganze Business komplett neu denken. Und da habe ich dich, da habe ich uns einfach aus dem Blick verloren. Hey, was hältst du davon, wenn ich dich heute Mittag abhole? Ich koche uns bei mir zu Hause ein paar Nudeln, so wie früher, und dann gehen wir später ein bisschen spazieren oder so. Ich muss jetzt wieder in den Probenraum, aber hättest du Lust und Zeit?«

»Ist gut. Ich bin um Viertel nach eins fertig.«

»Dann sehen wir uns. Bis später.«

Viola hatte den Eindruck, dass Marcus das Gespräch schnell beendet hatte, damit sie es sich nicht noch einmal anders überlegen konnte. Okay, er hatte Rosen geschickt und er hatte sich entschuldigt. Mehr konnte man eigentlich nicht verlangen, und jeder hatte doch eine zweite Chance verdient, oder etwa nicht? Irgendwo hatte sie mal den Spruch gelesen, dass man sich entscheiden müsse, ob man nur eine Seite umblättern oder gleich ein neues Buch anfangen wolle. Ich blättere mal die Seite um und schaue, was mich dort erwartet, dachte Viola. Mit Schwung öffnete sie die Glastür und begrüßte mit einem breiten Lächeln und einem fröhlichen »Guten Morgen, die Herren« die beiden Männer vom Sicherheitsdienst, die den Zutritt zum Gebäude hinter der Oper beaufsichtigten.

***

Marcus wartete mittags vor dem Bühneneingang auf sie. Etwas unbeholfen umarmte er Viola zur Begrüßung, ganz so, als wäre er sich noch nicht sicher, ob sie seine Entschuldigung auch wirklich angenommen hatte.

»Ist wieder alles okay?«, fragte er sie, während er sie noch im Arm hielt.

»Ja, Marcus.«

»Alles klar, dann komm mal mit, ich muss dir was zeigen.«

»Moment mal, ich bin mit dem Auto da.«

»Kein Problem, ich fahr dich gerne später nach Hause und dann wieder zur Aufführung. Du kannst dein Auto dann heute Nacht nehmen, um damit nach Hause zu fahren. Es sei denn, du möchtest nach der Aufführung zu mir kommen.«

Viola entging nicht das Begehren in seinem Blick.

»Das entscheiden wir später, würde ich sagen. Aber gut, was willst du mir zeigen?«

»Lass dich überraschen. Komm!«

Hand in Hand gingen sie zur Tiefgarage. Mit einem breiten Grinsen im Gesicht lief Marcus zu einem Stellplatz. Er blieb stehen und breitete die Arme aus, wie ein Schauspieler, der auf den Applaus aus dem Publikum wartete.

»Na, was sagst du? Ich hab diesen Wagen nur zur Probe, aber genau so einen kann ich nächste Woche abholen. Der Händler hatte noch einen Jahreswagen, gleiches Modell, gleiche Farbe. Er braucht nur ein paar Tage für die Zulassung und die Papiere.«

»Wow!«

Mehr brachte Viola im ersten Moment nicht heraus. Vor ihr stand ein blaues Porsche Cabriolet.

»Das ist ein klassischer 911er. So einen habe ich mir immer gewünscht. Enzianblau-metallic. Dreihundertvierundneunzig PS. Drei. Hundert. Vier. Und. Neunzig. Von null auf hundert in vier Komma drei Sekunden. Kostet mit der Ausstattung, wie er da steht, einen Schluck mehr als Hundertfünfzigtausend. Aber ich krieg noch einen Rabatt.«

»Einhundertfünfzigtausend Euro. Für ein Auto?«

»Na ja, ich muss halt standesgemäß unterwegs sein. Glaub mir, auf so was achtet man in der Szene.«

Standesgemäß? Viola verkniff sich eine Bemerkung, zu frisch war der gerade erst geschlossene Frieden.

Marcus öffnete die Tür und ließ sie einsteigen. In so einem

teuren Auto hatte sie noch nie gesessen. Mit den Fingerspitzen strich Viola vorsichtig über das schwarze Leder der Sportsitze.

»Schnall dich an. Es geht los. Wenn es dir nicht zu kalt ist, können wir offen fahren.«

Viola nahm einen Schal aus ihrer Tasche und wickelte ihn um den Hals. »Bis Loschwitz werde ich es überleben.« Als Sängerin war sie immer sehr darauf bedacht, sich nicht zu erkälten. Das hatte er sich immerhin gemerkt.

»Cool, dann halt dich fest. Der Wagen ist irre.«

Ist Marcus noch derselbe?

»Und, wie gefällt dir der Wagen?«, fragte Marcus.

Er schaltete den Motor ab und lächelte dabei so glücklich, dass Viola die Antwort ›Ich halte den für unnötig‹ herunterschluckte und lediglich erwiderte: »Sehr luxuriös.« Eine Frage konnte sie sich dann doch nicht verkneifen: »Brauchst du wirklich ein so teures Auto, Marcus?«

»Brauchen? Nein. Wollen? Ja. Ich finde, ich hab mir ein bisschen Luxus verdient. Und um ehrlich zu sein, ist auch ein bisschen Berechnung dabei. So ein Wagen ist auch eine der wenigen Anschaffungen, die man steuerlich geltend machen kann. Sagt zumindest mein Steuerberater. Glaub mir, in den nächsten Monaten werde ich mit dem Studio richtig abheben. Dazu kommen Promotion-Aufträge, Merchandising und die Vermittlung von Künstlern.«

»Aber du ...«

»Aber was?«

»Nee, schon gut.« Viola winkte ab.

»Nee, sag schon.«

»Merchandising und Events? Kennst du dich denn damit überhaupt aus?«

»Viola!« Marcus lachte auf. »Darüber muss ich mir überhaupt keinen Kopf machen. Dafür hab ich meine Leute.«

»Deine Leute?«

»Klar. Denkst du, ich will das alles alleine stemmen? Ich hab schon die ersten Gespräche geführt und mein Team zusammengestellt. In Omas Haus ist schließlich Platz genug. Und die Tolstoistraße ist eine super Adresse. Der Timo von SP-Records war voll neidisch auf die Location.«

Kann ich verstehen, dachte Viola. Marcus hatte von seiner Oma vor fünf Jahren eine alte Jugendstilvilla geerbt. Der Stadtteil Loschwitz mit seinen herrschaftlichen Häusern lag hoch oben über dem Fluss und bot vom Hang aus einen wunderbaren Blick auf die Elbwiesen und die Landeshauptstadt. Anfangs hatte Marcus nur das Dachgeschoss zu einer großzügigen Wohnung umgebaut und in der ersten Etage sein Studio eingerichtet. Die Zimmer im Erdgeschoss blieben, wie sie waren.

Viola musste zugeben, dass die hohen Räume im Erdgeschoss mit ihren stuckverzierten Decken repräsentative Geschäftsräume abgeben würden.

»Komm mit rein, ich zeig dir mal, was ich mir überlegt habe.« Mit einer Hand schloss Marcus die petrolblau lackierte Haustür auf, griff nach Violas Hand und zog sie ungeduldig durch den Flur in den ehemaligen Salon auf der rechten Seite.

Marcus' Begeisterung war ansteckend. Der Raum war wie verwandelt. Noch vor wenigen Wochen hatten hier nur die alten ungeliebten Möbel seiner Großmutter gestanden, halb verdeckt von Kisten voll Geschirr und aufgestapelten Altkleidersäcken. Viola hatte sich mehr als einmal gefragt, wann Marcus sich einen Ruck geben würde und die Sachen endlich entsorgte. Vermutlich stand alles bereits seit fünf Jahren einfach herum. Seit sie vor anderthalb Jahren ein Paar geworden waren, hatte Marcus jedenfalls keine Anstalten gemacht, das Erdgeschoss auszuräumen, so viel war sicher. Stolz führte Marcus sie durch die leeren Zimmer.

»Ich habe mir professionelle Hilfe geholt«, erklärte er. »Innerhalb von anderthalb Tagen waren die fertig. Hier vorne könnte eine Theke stehen für dem Empfang. Der große Vorbau mit den Sprossenfenstern zum Garten raus soll der Konferenzraum werden. Für Vertragsverhandlungen und so. Und der kleinere Raum da drüben wird ein weiteres Büro. Ich stelle einen Mitarbeiter ein, damit ich den Kopf für wichtige Dinge freibehalte. Klar, ich brauch auch noch Schreibtische, Netzwerk und neue Computer. Vielleicht auch eine schwarze Ledergarnitur hier in der Ecke als ›Bewerbungscouch‹.« Er malte mit zwei Fingern Anführungszeichen in die Luft.

Entsetzt sah Viola ihn an. »Meinst du das, wovon ich denke, dass du es meinst? Marcus! Ich habe davon gehört, wie weit die angehenden Filmschauspielerinnen in Hollywood gehen müssen, um eine Rolle zu bekommen.«

»Nee, war nur Spaß.« Marcus hob entschuldigend beide Hände.

»Mann, Marcus, du Blödmann.« Viola schüttelte den Kopf. »Für einen Moment hab ich dir wirklich geglaubt.«

»Sorry, das war ein dummer Spruch.« Sein strahlendes Lächeln hatte auf Viola dieselbe Wirkung wie immer. Besänftigt lächelte sie zurück. Er fuhr fort: »Aber jetzt sag schon, was denkst du? Wird das nicht toll?« Ihm schien wirklich an ihrer Meinung zu liegen.

Man konnte sagen, was man wollte, aber zum ersten Mal seit Wochen hatte Viola den Eindruck, dass ihr Freund nicht nur mit Statussymbolen angab, sondern es mit seinen Geschäftsplänen wirklich ernst meinte.

Plötzlich knurrte vernehmlich ihr Magen.

»Shit, ich hatte dir ja Nudeln versprochen. Komm, wir gehen in die Küche, und ich beeile mich mit dem Kochen«, sagte Marcus.

***

Eine halbe Stunde später drehte Viola Spaghetti auf ihre Gabel. Marcus hatte eine Sahnesauce mit Kochschinken, frischen Chilischoten und Kräutern gezaubert.

»Mmm, diese Sauce schmeckt sensationell«, lobte sie. »Wenn das mit dem nächsten Hit nicht klappt, könntest du immer noch Streetfood anbieten.«

»Schön, dass es dir schmeckt. Ich finde, da gehört eigentlich noch frischer Knoblauch rein, aber ich weiß ja, was du von Knoblauch vor der Aufführung hältst.«

»Den Geschmack mag ich schon, aber Knoblauchdunst im Chor? Geht überhaupt nicht. Knoblauch kannst du dann gerne am übernächsten Samstag genießen. Bei unserem Frühlingsfest gibt es bestimmt wieder Knoblauchbutter und Aioli.«

»Richtig, euer Frühlingsfest.« Er rieb sich die Stirn.

»Sag jetzt nicht, du hast das vergessen.«

»Nein, natürlich nicht. Ich hab nur so viele Termine im Kopf, dass ich diesen kurz aus dem Blick verloren hatte. Das ist echt schon in der kommenden Woche?«

»Ja, wir haben das Dock 19 angemietet und es wird bestimmt ein schöner Abend. Du kommst doch?«

»Ich … ich komm auf jeden Fall, da kannst du dich drauf verlassen. Dock 19, übernächsten Samstag. Daran hätte ich natürlich gedacht.«

Viola schüttelte lachend den Kopf. »Mensch, Marcus, du kannst froh sein, dass du Musik machst, als professioneller Lügner wärst du wirklich eine Niete.«

»Ich nehme das mal als Kompliment.« Marcus beugte sich zu ihr herüber und küsste sie sanft. Über die nächsten Küsse vergaß Viola, dass sie vor der Probe eigentlich noch hatte üben wollen.

Dock 19

In den folgenden Tagen hatte Viola so viel zu tun, dass an ein längeres Treffen mit Marcus gar nicht zu denken war. Der Opernchor sollte in Kürze ein Chorkonzert geben, und entsprechend anspruchsvoll waren die Proben. Gleichzeitig absolvierte auch Marcus im Studio Vierzehn-Stunden-Tage. Insgeheim war sie froh darüber, dass sie in der Beziehung nicht allein dafür verantwortlich war, dass es keine längeren Treffen gab. Beide hielten einander mit kurzen Textnachrichten und spätabendlichen Telefonaten auf dem aktuellen Stand. Umso mehr freute sich Viola auf das Frühlingsfest.

Die Idee war bei einem von Violas Treffen mit einigen Kolleginnen und Kollegen aus dem Chor entstanden. Außerhalb der offiziellen Veranstaltungen und Feiern der Oper hatten sie einen Samstagabend im März ausgewählt. Man wollte sich nach der Aufführung im Biergarten des Dock 19 treffen. Als dann neben den Chormitgliedern noch etliche Orchesterkollegen und viele der Tänzerinnen und Tänzer aus dem Ballett ihre Teilnahme angekündigt hatten, war klar gewesen, dass es mehr als nur ein kleiner Umtrunk werden würde. Sie würden einen Raum buchen müssen. Glücklicherweise hatte der Betreiber des Biergartens nicht nur einen großen Saal, in dem man feiern konnte, sondern auch noch einige freie Termine. Schnell hatte sich das Organisationsteam mit dem Besitzer des Dock 19 darauf geeinigt, den Saal zu mieten und die Getränke bei ihm zu kaufen. Zum Büfett dagegen würde jeder etwas beisteuern.

»Nimmst du die Schüssel bitte mal?« Viola war von ihrer Kollegin Susanne im Auto mitgenommen worden. Fürs Büfett hatte sie eine Mascarpone-Creme mit Kirschen und karamellisierten Mandelblättchen mitgebracht. Sie reichte Susanne die Schüssel und stieg dann aus.

»Toll siehst du wieder aus«, sagte Susanne. »Wo treibst du nur immer solche ausgefallenen Schuhe auf?«

»Ach, die.« Violas Blick streifte kurz nach unten über ihre hellblauen Doc Martens. Sie lachte. »Mit meiner Schuhgröße einundvierzig finde ich nicht so leicht Schuhe, die mir passen und die gleichzeitig schön sind. Letztes Jahr habe ich diese hier in einem englischen Onlineshop entdeckt und sofort bestellt. Ich liebe hellblau.«

»Wirklich ein super Outfit, auch diese Kombination mit Jeans und Spitzenbluse«, sagte Susanne. »Ich bereue schon jetzt, dass ich ein Kleid angezogen habe. Diese Riemchensandaletten werden mich noch umbringen. Na ja, schick sind sie schon. Komm, lass uns rübergehen.«

Marcus hatte versprochen, direkt zur Feier zu kommen. Erleichtert sah Viola, dass der enzianblaue Porsche bereits auf der anderen Straßenseite parkte. Wie schön, dachte sie, er hat sein Versprechen wirklich gehalten. Beschwingt lief sie über die Straße und betrat den Saal. Die Kollegen vom Ballett hatten den freien Nachmittag genutzt, um den Saal und die Tische mit Luftballons, Girlanden, Blumen und Tischdecken zu schmücken. Viola stellte ihren Nachtisch auf das Büfett zu den anderen Schüsseln mit Desserts und Obst. Im Saal herrschte schon ziemlich viel Betrieb. Ein Kellner kam mit einem Tablett voller Gläser vorbei. »Guten Abend, wie wäre es mit einem Campari Orange als Aperitif?«

»O ja, sehr gerne. Vielen Dank!« Viola nahm ein Longdrink-Glas vom Tablett und rührte mit dem gläsernen Trinkhalm noch einmal um, bevor sie den ersten Schluck trank.

»Hi, Viola, du bist aber früh dran.« Thomas, einer der Posaunisten, kam lächelnd auf sie zu. »Wir haben alle fest damit gerechnet, dass die Chormitglieder erst später kommen. Ich hab ja den Vorteil, dass ich heute spielfrei hatte.«

»Wir haben uns beeilt. Ich glaube, wir haben uns in Rekordzeit umgezogen und abgeschminkt.«

»Fein, ich finde es toll, dass das geklappt hat. Die Musik ist so gut wie aufgebaut. Die Tische sind dekoriert, das Essen trudelt langsam ein. Ich würde sagen, die beste Party des Frühjahrs steht in den Startlöchern.« Während Thomas redete, schaute sich Viola unauffällig um. An einem Tisch entdeckte sie über einer Stuhllehne Marcus' Lederjacke.

»Suchst du wen?«, fragte Thomas. So ganz unauffällig waren ihre Blicke wohl doch nicht gewesen.

»Entschuldige bitte, Thomas, ich wollte nicht unhöflich sein. Ich hab mich nur nach meinem Freund umgesehen. Sein Wagen parkt schon draußen an der Straße, und seine Jacke hängt da über der Stuhllehne. Nur hier im Saal kann ich ihn nicht sehen.«

»Mittelgroß, braune Haare, Pferdeschwanz?«

»Ja, genau. Weißt du, wo er ist?«

»Ich habe mich vorhin kurz an der Bar mit ihm unterhalten. Er sagte, dass er davon ausgeht, dass der Chor erst später erscheinen wird. Das war vor gut zehn Minuten. Wenn seine Jacke dort drüben hängt, kann er ja nicht weit sein.«

»Das stimmt. Dann werde ich mich mal auf die Suche begeben.«

»Wir sehen uns später am Büfett.«

Unschlüssig, ob sie sich schon an den Tisch zu Marcus' Lederjacke setzen sollte, blieb Viola mitten im Saal stehen. Wo war er nur?

»Kann ich Ihnen helfen?« Der nette Kellner mit den Longdrinks trat auf Viola zu. »Sie sehen aus, als würden Sie jemanden suchen.«

»Ich weiß auch nicht. Mein Freund muss schon länger hier sein, ein Kollege hat ihn das letzte Mal vor zehn Minuten gesehen. Gibt es denn hier noch andere Räumlichkeiten für das Frühlingsfest?«

»Nein, eigentlich nur den Saal und natürlich die Garderobe draußen. Seit zehn Minuten sagen Sie – davon kann ich auch ein Lied singen. Ich habe eine Kollegin, die sollte mich bei den Aperitifs unterstützen, wenn das Gros der Gäste eintrifft. Die hat sich auch dünne gemacht. So ist das mit den Aushilfen. Aber ich sage Ihnen, wenn ich Coco in die Finger kriege, bekommt die was zu hören.«

Viola wurde hellhörig. »Ihre Kollegin heißt Coco?«

»Ja, sie kellnert hier öfter. Macht ansonsten irgendwas mit Musik. Sie entschuldigen mich, ich muss noch ein paar Gläser unter die Gäste bringen. Wenn ich Ihren Freund treffe, schicke ich ihn vorbei.«

»Das ist nett von Ihnen. Danke.«

Coco!

Die unbekannte Frau mit dem engen grünen Kleid. Die Frau auf Marcus' Party hieß auch Coco. Konnte das ein Zufall sein? Ziemlich unwahrscheinlich. Wahrscheinlicher war, dass ihr Marcus und diese Coco ziemlich beste Freunde waren. *Coco macht irgendwas mit Musik.*

Ja, jede Wette, dass sie gerne auch irgendetwas mit Marcus machte. Wut und Eifersucht ballten sich in Violas Magen zu einem kalten Klumpen zusammen. Durchatmen, ermahnte sie sich selber, es ist bloß ein Name, das alles muss gar nichts bedeuten.

Am hinteren Ende des Saals gab es einen offenen Flur, vermutlich der Weg zur Garderobe und zu den Toiletten. Viola stellte ihr Longdrink-Glas so heftig auf dem nächstbesten Tisch ab, dass Campari Orange auf die Tischplatte schwappte. Normalerweise hätte sie die Pfütze beseitigt, jetzt war aber nicht normalerweise. Sie ging zum Flur. Eine Kellnerin kam ihr entgegen. »Suchen Sie etwas?«

»Eine Bekannte von mir, Coco, kellnert heute hier. Sie

wollte mir noch einen Schlüssel geben. Sie sagte, ich soll einfach kurz zu ihr kommen, aber hier ist niemand.«

»Bestimmt unten im Personalraum. Ich meine, ich hätte Coco dort in der Nähe gesehen. Ist aber schon eine Weile her.«

»Personalraum, natürlich. Und der ist wo?«

Die Kellnerin zögerte einen Moment. Schnell schob Viola nach: »Ich gehöre zum Orga-Team der Oper, wir haben heute den Saal gemietet.«

»Ach so, ja dann. Drüben bei den Toiletten, die Treppe runter in den Keller und die erste Tür rechts. Die sollte allerdings abgeschlossen sein.«

»Ich geh mal nachsehen. Vielleicht ist Coco ja noch unten, wenn nicht, muss ich sie später hier oben suchen«, erklärte Viola leichthin. Sie hoffte, dass ihr Gegenüber die Anspannung in ihrer Stimme nicht bemerkte.

»Wenn ich sie sehe, sag ich Bescheid, dass Sie sie suchen.«

»Lieb von Ihnen. Sagen Sie ihr, Viola Fischer sucht sie. Coco weiß dann schon Bescheid.« Viola lief zur Kellertreppe und stieg hinunter. Vor der Tür blieb sie stehen. Das Herz schlug ihr bis zum Hals. Sie konnte auch einfach umkehren und so tun, als ob das alles nicht geschehen wäre. Nein! Kam gar nicht infrage.

Die Tür war nicht abgeschlossen. Vor ihr lag ein langgestreckter Raum, in der Mitte unterteilt von einer halbhohen Sichtschutzwand mit Spinden auf beiden Seiten. Weiter hinten gab es noch einen offenen Durchgang, darüber das Schild *Personal WC/Duschen*. Der Raum vor ihr war leer, aber von hinten hörte man Wasserrauschen. Viola folgte dem Rauschen. Ein kleiner Flur teilte sich auf: Herren und Damen – Viola hatte die Wahl. Das Wasserrauschen kam aus dem Damenbereich. Im Vorraum standen weitere Bänke, vermutlich, um Handtücher und Bademäntel darauf abzulegen. Jetzt waren da nur zwei unordentliche Haufen Kleidung. In Viola verkrampfte sich alles. Die Jeans kam ihr bekannt vor. Aus einer Hosentasche war ein Schlüsselanhänger halb herausgerutscht. Sie zog den Anhänger ganz heraus. Es war ein emailliertes Porschelogo. Erst jetzt fiel ihr das rote Seidenhemd daneben auf. Ja, das kannte sie nur zu gut.

Viola ging wie in Trance weiter in Richtung Wasserrauschen. Ihre Hand umklammerte den Autoschlüssel mit so viel Kraft, dass sich der Anhänger schmerzhaft tief in ihre Handfläche grub. Sie ignorierte den Schmerz.

»Ja, komm, weiter, jaa, jaaa.« Die Schreie aus der Dusche kamen eindeutig von einer Frau. Viola ging in den Duschraum. Nur eine Glaskabine war besetzt, allerdings mit zwei Menschen. Zwei nackte, eng umschlungene Körper, die im Wasserdampf nur undeutlich zu sehen waren.

»Na los, sag es. Sag: Coco, ich liebe dich.«

»Coco, ich liebe dich. Jaaaa.« Das Ja ging in ein lustvolles Stöhnen über.

Viola stand starr da und merkte nicht einmal, wie ihr Tränen über die Wangen liefen. Das war Marcus in der Dusche, ihr Marcus. Der Mann, der ihr noch gestern Abend am Telefon gesagt hatte, er würde sie lieben. Der Mann, der wusste, dass sie erst später zur Feier kommen konnte. Sie wollte weglaufen und blieb doch wie angewurzelt stehen, unfähig, einen klaren Gedanken zu fassen. Es konnten nur wenige Sekunden vergangen sein, seit sie den Raum betreten hatte, doch die Zeit dehnte sich zu gefühlten Stunden.

Die Lustschreie aus der Duschkabine brachen schließlich den Bann. Sie wirbelte herum und stürzte aus dem Raum. Noch im Hinauslaufen schaltete sie mit einer schnellen Handbewegung die Deckenlampen aus.

»Shit, hey, wieso ist das Licht aus?« In Marcus' Stimme schwang plötzlich Sorge mit.

Es war das Letzte, was Viola von ihm hörte. Wütend

schlug sie die Kellertür hinter sich zu und rannte dann die Treppe hinauf.

»Viola, alles in Ordnung bei dir?«

Violas Kollegin Gilla stand an der Garderobe.

»Ich muss weg, Gilla, mir ... mir ist schlecht. Macht euch keine Sorgen. Ich komm schon klar«, stammelte Viola, und ohne auf eine Antwort zu warten, lief sie nach draußen. Die Straße, die Laternen, der Biergarten, alles verschwamm in einem Tränenschleier. Wohin sollte sie jetzt laufen? Auf der anderen Straßenseite stand Marcus' Wagen. Plötzlich wurde ihr bewusst, dass sie immer noch den Autoschlüssel fest umklammerte. Sie rannte zu dem Wagen, öffnete die Tür, startete den Motor und trat aufs Gas. Augenblicke später raste sie die Straßen entlang. Weg von hier, sie wollte das alles hinter sich lassen. Viola raste in halsbrecherischem Tempo am Elbeufer entlang.

***

Bing!

Eine Warnleute im Display zeigte an, dass im Tank nur noch sehr wenig Benzin war. Viola schlug mit der flachen Hand aufs Lenkrad. Mist, Mist, Mist! Das war wieder typisch Marcus. Anstatt zu tanken, einfach mal abwarten, wie weit man mit dem Rest im Tank noch kam. Mut zum Risiko, das war sein Lieblingsspruch in so einer Situation.

Mut zum Risiko ...

War das der Grund dafür, dass er sich auf eine schnelle Duschnummer in einem Personalraum einließ? Gab ihm das einen besonderen Kick? Oder war er einfach nur ein hirnloser Mistkerl, der sich um die Gefühle anderer keine Gedanken machte?

Viola wischte sich mit dem Handrücken die letzten Tränen von der Wange. Wo war sie eigentlich?

Sie hatte überhaupt nicht darauf geachtet, wohin sie fuhr. Gut, dass es hier in der Gegend um diese Uhrzeit nur wenig Verkehr gab. Sie schaute um sich und sah am anderen Ufer der Elbe einige Gebäude, die sie erkannte. Immerhin wusste sie, wo sie sich befand. Wenn sie jetzt am Straßenrand anhielt, konnte sie von hier aus in einer guten halben Stunde zu Fuß nach Hause gehen. Sollte sie weiterfahren oder das Auto einfach hier abstellen? Da vorne, direkt unter einer Straßenlaterne, war eine große Parklücke. Ohne weiter nachzudenken, fuhr Viola in die Parklücke und stieg aus. Wenn sie nett war, würde sie Marcus später verraten, wo sein geliebtes Cabrio parkte. Vielleicht später, sollte er ruhig erst mal schwitzen. Wie er hier hinkommen sollte, war ihr egal. Er konnte sich ja ein Taxi nehmen oder sich von Coco fahren lassen. Vielleicht wollten sie ja auch noch mal in ihrem Auto ... Mut zum Risiko. Mistkerl!

Mit Schwung trat sie gegen die Fahrertür, mitten in die hochglänzende enzianblaue Metallfläche. Der Tritt hinterließ eine tiefe Delle. Kleine Erinnerung an mich. Aber jetzt war es Zeit, nach Hause zu gehen. Hatte sie überhaupt ihre Schlüssel dabei? Für eine Schrecksekunde tastete Viola nach ihrer Handtasche. Gott sei Dank, die hatte sie im Dock 19 gar nicht erst aus der Hand gelegt. Ja, da war ihr Haustürschlüssel. Der Leuchtturm-Anhänger, den sie seit dem Urlaub in Sulzhagen immer an ihrem Schlüsselbund trug, fühlte sich vertraut an, vertraut und tröstlich. Plötzlich wurde ihr klar: Eine einfache Delle in der Autotür war zu wenig. Marcus sollte ruhig wissen, wie wütend sie auf ihn war. Sie hockte sich neben die Fahrertür. Mit der scharfen Ecke des Leuchtturmanhängers kratzte sie ein großes H in den Türlack. Dem H folgte ein U, ein R, ein E, ein N. HUREN... sollte sie SOHN oder besser BOCK schreiben? Es passte beides wie die Faust aufs Auge. Viola betrachtete ihr bisheriges Werk. Das würde Marcus zur Weißglut bringen.

»Guten Abend, würden Sie bitte von dem Fahrzeug weg-treten!«

Die Stimme klang ziemlich bestimmt, ziemlich amtlich und ziemlich nach Polizei.

Viola schaute hoch. »Was würden Sie schreiben: Huren-bock oder Hurensohn?«

»Ich fürchte, diese Frage werden Sie heute Abend nicht mehr beantwortet bekommen. Würden Sie mir bitte Ihre Papiere zeigen, Frau ...«

»Fischer, Viola Fischer.«

Ein weiterer Polizist, der eben noch auf sein Tablet geschaut hatte, kam jetzt näher.

»Das ist der Wagen.«

»Nun, Frau Fischer, können Sie uns erklären, wie Sie an diesen Porsche kommen und warum Sie den Lack zerkrat-zen?«

»Das ist der Wagen von meinem Freund. Ex-Freund. Ex, seit er es gerade mit der Schlampe unter der Dusche getrieben hat. Warum der Lack zerkratzt ist? Ich würde es eine letzte Botschaft an ihn nennen. Der Mistkerl.«

Die beiden Polizisten wechselten einen Seitenblick. Viola war sich nicht sicher, ob der eine nicht sogar kurz gelächelt hatte.

»Tja, was soll ich sagen, Sie kommen jetzt erst mal mit mit zur Polizeistation, damit wir Ihre Personalien aufnehmen können. Herr Boland hat seinen Wagen als gestohlen gemeldet und Anzeige gegen Unbekannt erstattet.«

»Moment mal, ich hab den Wagen nicht gestohlen, ich bin nur damit losgefahren, weil ›Herr Boland‹ mit dieser Aushilfs-kellnerin zu beschäftigt war, um mir selber die Wagenschlüs-sel zu geben.«

»Sagen Sie, Frau Fischer, haben Sie getrunken?«

»Nein, nur ein oder zwei Schlucke von meinem Campari Orange.«

Ein weiterer Seitenblick, diesmal ohne Lächeln.

»Na klar, glauben wir Ihnen gern, Frau Fischer, trotzdem sind Sie jetzt erst mal verhaftet, und zwar wegen Fahrzeugdiebstahls und … ähm … Sachbeschädigung.«

»Halt, warten Sie, müssen Sie mich nicht über meine Rechte belehren oder so?«

»Müssen wir nicht, wir sind ja nicht in einem US-Krimi, aber Sie, Sie müssen uns jetzt bitte begleiten.«

Viola widerstand nur mit Mühe dem Impuls, noch mal in die enzianblaue Tür zu treten, und folgte stattdessen den Polizisten zu deren Auto.

Die Anzeige wird nicht zurückgezogen

»Was für ein Mistkerl!« Konni warf den Brief auf den Küchentisch. »Ist das denn zu fassen, diese Ratte hat doch tatsächlich die Anzeige nicht zurückgezogen. Der betrügt dich, und am Ende dann das.«

Die lautstarke Entrüstung ihrer Mitbewohnerin fand Viola tröstlich. Und Trost hatte sie in diesen Tagen wirklich nötig. In den letzten zwei Wochen hatte sie an ihrer Menschenkenntnis gezweifelt, an ihrer Fähigkeit, in einer Beziehung zu leben. Hatte, nachdem die erste Wut über Marcus' Verrat verraucht war, angefangen, die Schuld bei sich zu suchen. Sie arbeitete schließlich im Opernchor. Sie war es, die über kaum freie Tage verfügte. Wenn andere ein langes Wochenende, beispielsweise an den Pfingsttagen, genossen, musste sie arbeiten. Wenn andere abends noch ausgingen, achtete sie darauf, genug Schlaf zu bekommen, um am nächsten Morgen fit für das Einsingen, die Proben, die zusätzliche Partiturarbeit zu sein. Die Proben starteten erst um zehn Uhr, aber ihr Tag begann viel früher. Sie hatte zwar oft am Nachmittag Zeit, aber das war ein Tagesabschnitt, an dem alle anderen Freunde und Bekannten gerade selber im Job oder an der Uni waren.

Lag es da nicht auf der Hand, dass Marcus sich in eine andere Frau verliebt hatte, eine, die über mehr freie Zeit verfügte?

»Hallo? Konni an Erde«, Konni wedelte mit der Hand vor Violas Gesicht herum und riss sie damit aus ihrem Grübeln.

»Du hast schon wieder diesen Gesichtsausdruck. Diesen Ich-bin-selber-schuld-Blick. Geht's noch?«

»Du hast ja recht, aber ...«

»Nix aber! Marcus Boland, Mister Big M, ist ein Mistkerl. Der bumst sich durch die Weltgeschichte, und du denkst ernsthaft darüber nach, dass er ja auch gar nicht anders konnte. Ha, dass ich nicht lache.«

»Ziemlich genau das hat Nicki gestern Abend am Telefon auch gesagt. Ihr seid euch wirklich sehr ähnlich.«

»Eine kluge Frau, deine Nicki, die musst du mir unbedingt demnächst mal vorstellen, vorher aber müssen wir verhindern, dass du eine Vorstrafe am Hals hast.«

»Du meinst, ich muss ins Gefängnis?« Viola riss erschrocken die Augen auf. Daran hatte sie noch gar nicht gedacht.

»Quatsch«, beruhigte Konni sie. »So weit kommt es noch. Nur dein Showerpopper hat offenbar Gefallen daran, die Anzeige weiter aufrechtzuerhalten.« Konni tippte mit dem Finger auf das Schreiben. »Hier steht, dass der Gesamtsachschaden, den du mit dem Fußtritt und deiner wohlgemeinten Nachricht auf der Autotür verursacht hast, bei geschätzten fünftausend Euro liegt.«

Viola nahm den Brief vom Tisch. »Lass mal sehen, das hab ich gerade beim ersten Überfliegen gar nicht gesehen.«

»Vierter Absatz unten.«

Viola suchte die entsprechende Stelle und las halblaut vor: »Werden Ihnen folgende Straftaten vorgeworfen: Unbefugter Gebrauch eines Kraftfahrzeugs (§ 248b StGB), Sachbeschädigung (§ 303 StGB) sowie Beleidigung (§ 185 StGB). Beleidigung? Wieso das jetzt?«

Konni lächelte breit. »Autotür hin oder her, die Wörter Hurensohn oder Hurenbock gelten als Beleidigung, meine Liebe. Da solltest du mal Professor Kömmerling hören.«

»Aber ich bin nur bis zur ersten Hälfte der Beleidigung gekommen.«

»Ich fürchte, das ist allenfalls ein nettes Diskussionsthema in unserem Doktorandenseminar. Im richtigen Leben bleibt es leider bei dem Straftatbestand der Beleidigung nach § 303 Strafgesetzbuch.«

Viola hielt es nicht mehr auf dem Küchenstuhl. Wütend ging sie in der Küche auf und ab, unfähig, einen klaren Gedanken zu fassen.

»Boah, ich hätte besser zwei Mal in seine blöde Tür treten sollen.«

Das eben noch aufgekeimte Verständnis für Marcus schmolz dahin wie ein großes Softeis in der Mittagssonne. Ich werde vorbestraft sein, wer weiß, was die Intendanz davon hält. Vielleicht fliege ich raus. Und: Kann ich mich dann überhaupt noch woanders bewerben?

»Nun hör mal auf, hier herumzutigern, das macht mich wahnsinnig. Du bist berufstätig und, wie es so schön unter Juristen heißt, zuvor noch nicht strafrechtlich in Erscheinung getreten. Oder gibt es schon Vorstrafen?«

»Natürlich nicht.«

»Wollte ich nur wissen. Wir machen Folgendes: Wir setzen jetzt ein Schreiben auf und beantragen bei der Staatsanwaltschaft eine Einstellung nach § 153a Strafprozessordnung.«

»Eine Einstellung? Was ist das denn?«

»Eine Einstellung bedeutet, es wird eine Strafe festgelegt, in der Regel ein Geldbetrag, den du zu zahlen hast, und im Gegenzug wird die ganze Sache eingestellt. Als ob nichts gewesen wäre.«

»Das geht?«

»Na ja, ich werde Christopher bitten, das Ganze auf seinem offiziellen Kanzleipapier abzuschicken.«

»Das würde dein Verlobter tun?«

»Wäre es sonst mein Verlobter? Aber hallo, das ist ja wohl das Mindeste. Immerhin habe ich ihm einen Teil seiner Abschlussarbeit geschrieben. Außerdem ist Christophers Chef ein großer Fan von Pro-Bono-Fällen, vielleicht übernimmt der auch deine Sache. Also, unser Schlachtplan sieht so aus: Wir beantragen Einstellung nach § 153a, denn du hast dir vorher noch nie etwas zuschulden kommen lassen. Du bezahlst die fünftausend Euro und es wird daher keine Vorstrafe in deinem Lebenslauf geben.«

»Aber ich habe keine fünftausend Euro!«, warf Viola ein. »Der größte Teil meiner Ersparnisse ist für den Nissan Micra draufgegangen, und ich muss auch noch den Bafög-Kredit abbezahlen.«

»Uhh, nicht gut. Okay, mal nachdenken ...« Konni murmelte vor sich hin und kritzelte etwas auf einen Notizblock. »Hmmm, fünftausend, das wären ... okay, da gibt es Möglichkeiten. Wie war das noch gleich: Der Mann deiner Freundin Nicki ist doch Pfarrer, richtig?«

»Was hat den Nickis Mann mit der ganzen Sache zu tun?« Viola verstand gerade gar nichts.

»Lass das mal meine Sorge sein. Ich muss ein paar Punkte klären und mich mit Christopher beraten.«

Viola schaute auf die Küchenuhr. »Ich habe aber keine Zeit mehr, ich muss zur Aufführung.«

»Nur zu, fahr du zur Arbeit. Ach, gib mir doch bitte mal eine Telefonnummer von Nicki, das wäre hilfreich.«

Als Viola eine Viertelstunde später von ihrer Altbauwohnung mit dem Rad in Richtung Innenstadt fuhr, war sie so in Gedanken versunken, dass sie einem Lastwagen fast die Vorfahrt genommen hätte. Nur eine Vollbremsung bewahrte sie vor Schlimmerem als einem wütenden Hupen. Ihr ganzes Leben schien mit einem Schlag aus den Fugen geraten zu sein. Hoffentlich wusste Konni, was sie tat. Wobei ... Konni schien das Ganze wirklich Spaß zu machen.

Ein guter Vorschlag

Als Viola um kurz nach elf von der Abendvorstellung zurückkam, brannte in Konnis Zimmer kein Licht mehr. Ihre Mitbewohnerin war offenbar bereits schlafen gegangen. Ziemlich
vernünftig, schließlich wollte Konni am nächsten Morgen
schon ganz früh in die Uni. Ob sie das wirklich schaffte?

Viola, das geht dich nichts an, ermahnte sie sich selber.
Konni ist alt genug, um zu wissen, was sie zu tun hat. Außerdem sollte ich mal ganz leise sein, wenn es um das Thema
»Vernünftiges tun« geht. Da sollte ich mich nicht gleich in die
erste Reihe drängeln, schließlich drohen mir und nicht Konni
fünftausend Euro Strafe. Wer weiß, vielleicht wird es sogar
noch teurer.

Viola ging in die Küche und goss sich ein Glas Milch ein.
Sie setzte sich an den Küchentisch und bemerkte erst jetzt,
dass dort ein großer Zettel am Brotkorb lehnte. Sie nahm ihn
und begann zu lesen.

Hi, Viola!
Mach dir keine Sorgen, auch Christopher ist mehr als zuversichtlich,
dass wir das Ganze hinkriegen. Ich habe übrigens mit Nicki telefo-
niert, und ich soll dir schöne Grüße von ihr bestellen. Sie wird mit
ihrem Mann sprechen.

Viola ließ den Zettel sinken. Nicki sollte im Auftrag von Konni mit deren Mann sprechen? Warum nur? Schnell las sie weiter.

Nicki klang auch ganz optimistisch. Ist 'ne Nette, zumindest ist das

*mein Eindruck. Muss ja auch, wenn sie deine beste Freundin ist.
Also Kopf hoch, das wird schon. Ich fahre jetzt zu Christopher, er
bringt mich morgen früh zur Uni. Ist auch besser, ich sollte auf kei-
nen Fall zu spät kommen.
Wir sehen uns – mach's gut
Konni*

»Ach, deshalb ist hier alles still und dunkel«, murmelte Viola.
»Was aber Manuel mit meinem Problem zu tun hat, ist mir
ein Rätsel. Er ist evangelischer Pfarrer. Wie soll er mir helfen?
Vielleicht so etwas wie eine positive Beurteilung schreiben?
Quatsch, so was gibt es bestimmt gar nicht mehr. O
Mann ...«

Mit Bauchgrummeln nahm Viola ihr Milchglas und ging
in ihr Zimmer. Schon bei der heutigen Aufführung hatte sie
Mühe gehabt, sich zu konzentrieren. Auf keinen Fall durfte
ihre Arbeit im Chor unter Marcus' Strafanzeige leiden. Reiß
dich zusammen, Viola Fischer, wenn Konni und Nicki sagen,
dass es gut ausgehen wird, dann wird es das auch.

***

»Überraschung!«

Als Viola am nächsten Tag mittags nach der Bühnen- und
Orchesterprobe auf den Parkplatz kam, lehnte eine schlanke,
hochgewachsene Frau mit einem breiten Lächeln im Gesicht
an ihrem Wagen. Viola brauchte mehrere Sekunden, um zu
begreifen, wer da auf sie wartete. Dunkelbraune kurze Locken,
schmales Gesicht, leuchtend blaue Augen.

»Nicki, was machst du denn hier in Dresden?«

»Zufall, der reine Zufall. Manuel musste heute zu einem
Treffen in die Frauenkirche und da habe ich gesagt: Schatz,
wenn du nach Dresden fährst, wirst du mich gefälligst mitnehmen, damit ich bei Viola vorbeischauen kann. Ich habe

den Laden meinem Mitarbeiter überlassen, und wir sind heute Morgen um Punkt acht ins Auto gestiegen und von Sulzhagen hierhergefahren. Zum Glück gab es keine Staus, und wir sind gut durchgekommen. Viel Zeit hab ich zwar nicht, Manuel ist um drei mit seinem Kirchentreffen fertig und er will heute Abend noch eine Beerdigungsansprache vorbereiten, aber für ein kleines Mittagessen und eine Tasse Kaffee reicht es allemal.«

Viola umarmte ihre Freundin und drückte sie fest an sich. »Ich bin so froh, dass du hier bist, Nicki.«

Ihre Freundin erwiderte die Umarmung. »Ich weiß, Süße, in der letzten Zeit ist bei dir einiges nicht so optimal gelaufen.«

»Nicht optimal ist die Untertreibung des Jahres. Marcus will die Anzeige aufrechthalten, mir droht eine hohe Geldstrafe, die ich nicht zahlen kann, und ich merke, dass meine ganze Arbeit darunter leidet. Abgesehen von der Tatsache, dass mein Selbstvertrauen einen ziemlichen Tiefschlag abbekommen hat.«

»Geschenkt, Süße, das wird schon wieder. Dein Selbstvertrauen holen wir von den Brettern zurück in den Ring, und wie wir den Rest auf die Kette kriegen, verrate ich dir beim Essen. Mir wäre jetzt nach einem großen Salat. Komm mit, in zehn Minuten treffen wir beim Italiener am Neumarkt deine Mitbewohnerin.«

»Konni kommt auch?«

»Klar, wir haben nämlich einen ziemlich guten Vorschlag für dich.«

***

»Also, Christopher ist sicher, dass das alles so klappen kann.« Konni spießte mit der Gabel eine Scheibe Tomate auf und verspeiste sie genüsslich.

»Wäre es dir möglich, ohne Tomatensalat-Unterbrechungen über mein Leben zu sprechen? Ich sterbe vor Neugierde«, forderte Viola.

»Sorry, aber du kannst dir gar nicht vorstellen, was ich für einen Hunger habe. Heute Morgen war keine Zeit zum Frühstücken.« Sie legte Messer und Gabel aus der Hand und sagte: »Also, dein Fall wird eingestellt, wenn du bereit bist, fünftausend Euro zu bezahlen …«

»Die ich nicht habe.«

»Die du nicht hast. Und deshalb wirst du gemeinnützige Leistungen erbringen.«

»Ich werde was erbringen?«

»Gemeinnützige Leistungen, besser bekannt unter dem Stichwort Sozialstunden. Insgesamt vierzig Stunden.«

»Moment mal, vierzig Sozialstunden, wann soll ich die denn noch ableisten? Ich bin Vollzeit berufstätig.«

Nicki hob lächelnd die Hand. »Hier kommt das Ehepaar Overrath ins Spiel, Euer Ehren. Konni hat mir erklärt, dass man Sozialstunden … äh … ich wollte sagen, gemeinnützige Leistungen, durchaus auch in einem anderen Bundesland ableisten kann. Die Einrichtung muss halt gemeinnützig sein, das ist die Bedingung. Zufällig trifft das auf unsere Kirchengemeinde zu.«

Konni hatte die kurze Pause genutzt und sich ihrem Salatteller gewidmet. Sie nickte mit vollem Mund und strahlte, als hätte sie gerade den Nobelpreis erhalten.

»Goonz genau, so isscht es.« Konni schluckte, trank etwas von ihrem Wasser und erklärte dann: »Christopher ist sicher, dass er die Regelung so durchbekommt. Aufgrund deiner Arbeit ist eine Ableistung der Stunden am Wochenende nicht denkbar. Das wäre normalerweise die häufigste Variante. Nur, samstags und sonntags hast du meistens nicht frei. Auch die Abende unter der Woche kommen nicht infrage, denn deine Pausenzeiten zwischen den Proben und Aufführungen sind ja genau festgelegt. Deshalb wirst du die vierzig Stunden in der Sommerpause ableisten.«

Nicki hob eine Hand, um Konnis Erklärungen zu unterbrechen. »Du kommst zu uns nach Sulzhagen«, platzte sie heraus. »Bis dahin habe ich auch eine Aufgabe gefunden, die du übernehmen kannst. Du kannst dich auf mich verlassen. Und wir werden jede Menge Spaß haben«, erklärte sie und übertraf mit ihrem Strahlen sogar noch das von Konni.

»Du hast Spaß, und die Einstellung nach § 153a haben wir in der Tasche – Ziel erreicht.«

»Aber ... aber ich wollte im Sommer nach Florenz. Das heißt, ich habe noch nichts fest gebucht. Aber ich hatte mich schon so darauf gefreut«, erwiderte Viola.

Konni schüttelte den Kopf. »Florenz muss warten. Sulzhagen und die vierzig Stunden stehen auf dem Programm.«

Nicki griff nach Violas Hand und drückte sie. »Weißt du noch, was wir damals über unseren Sommer in Sulzhagen gesagt haben? Und das wiederhole ich gerne heute noch mal: Dieser Urlaub wird legendär.«

Fast vier Monate später ...

Die Straße vor ihr war ein kurvenreiches, dunkel schimmerndes Asphaltband. Der Wald rechts und links neben der Straße bildete eine undurchdringliche Wand aus einzelnen Schatten. Nur schemenhaft konnte Viola einzelne krumm gewachsene Kiefern ausmachen. Und dabei sagte alle Welt, dass hier oben an der Ostküste die Sommerabende länger, fast schon skandinavisch, wären. Okay, es war schon nach dreiundzwanzig Uhr, da konnte man schwerlich noch von Abend sprechen. Viola fluchte leise. Irgendwann musste doch mal ein Hinweis auf Sulzhagen auftauchen. Ihre Navi-App behauptete jedenfalls, dass sie nur noch zwanzig Minuten vom Ziel entfernt sei.

So hatte sich Viola ihre Reise nach Sulzhagen jedenfalls nicht vorgestellt. Klar, in Mecklenburg-Vorpommern hatten die Sommerferien begonnen, und die Halbinsel Fischland-Darß-Zingst war ein begehrtes Reiseziel, aber mit kilometerlangen Staus hatte sie dann doch nicht gerechnet. Ihr einziger Trost war, dass die Fahrt am Wochenende wahrscheinlich noch furchtbarer gewesen wäre. Viola hatte sich entschieden, erst am Montag loszufahren, und zwar am späten Vormittag, um nicht in den morgendlichen Berufsverkehr rund um Dresden zu geraten. Der Berufsverkehr wäre allerdings im Vergleich zu dem, was sie dann auf der Autobahn hatte ertragen müssen, eine Erholung gewesen. Aber für sie hätte es ohnehin keine andere Möglichkeit gegeben. Denn dieses Wochenende hatte sie dringend nötig gehabt, um ihre Sachen für sechs Wochen Ostsee zu packen, alles in ihrem Micra zu verstauen, ihr Zimmer aufzuräumen und endlich einmal auszuschlafen. Vor allem das Ausschlafen hatte sie gebraucht. Der Stress der letzten Wochen hatte Spuren bei ihr hinterlassen, sie war wirklich urlaubsreif. Dass sie noch nicht wusste, was genau sie in Sulzhagen erwartete, machte alles nicht gerade entspannter. Nicki hatte ihr mehrfach am Telefon versichert, dass es schon Aufgaben für sie geben würde, die könnten sie dann vor Ort besprechen. Sechs Wochen Ostsee, das klang jedenfalls mehr nach Urlaub als nach Strafe.

Nicki machte auch keinen Hehl daraus, dass sie sich riesig auf Viola freute, und unter anderen Umständen hätte Viola sich auch gefreut, so aber blickte sie den kommenden Wochen mit gemischten Gefühlen entgegen.

Immerhin war es Konni und Christopher gelungen, alles mit der Staatsanwaltschaft abzustimmen. Viola hatte die offizielle Erlaubnis erhalten, ihre vierzig Stunden in Sulzhagen abzuleisten. Manuel als Vertreter der Kirchengemeinde würde am Ende das Ganze lediglich bestätigen müssen. Damit wäre dann die letzte Seite im Kapitel »Marcus-meine-unglückliche-Beziehung« geschrieben. Bei dem Gedanken an Marcus schnaubte Viola empört. Der hatte sich in den ganzen Monaten nicht ein einziges Mal bei ihr gemeldet. Insgeheim bedauerte sie es, dass sie beim Einritzen ihrer Nachricht an ihn von der Polizei so frühzeitig unterbrochen worden war.

»Och, komm schon, fahr doch wenigstens ein bisschen schneller!«

Der Treckerfahrer, der auf der Landstraße im Schneckentempo vor ihr her kroch, konnte sie zwar nicht hören, aber es tat gut, sich wenigstens mal lautstark zu beschweren. Warum durfte so ein Gefährt um diese Zeit noch auf der Straße unterwegs sein? So was gehörte doch verboten. Es gab nicht mal die Möglichkeit, ihn zu überholen. Die Straße war viel zu unübersichtlich.

Ruhig bleiben, weit konnte es ja nicht mehr sein.

»Na endlich!«

Bremslichter flammten auf, der Trecker setzte den Blinker

und bog nach rechts in einen Feldweg ab. Viola konnte endlich wieder Gas geben. Ein leiser Warnton lenkte Violas Aufmerksamkeit von der Straße auf ihr Handy.

»Nö, och nö, das darf doch nicht …«

Das Display wurde schwarz. Klarer Fall, Akku leer. Viola kramte mit einer Hand in ihrer Tasche auf dem Beifahrersitz, doch so sehr sie auch herumtastete, da war kein Ladekabel.

»Ach, Mist!«

Sie boxte auf den Sitz neben sich. Sie hatte tatsächlich ihr Ladekabel in Dresden vergessen.

Auch gut, man konnte sein Ziel ja auch ohne Handy-Navigation finden. Bei einem Blick aus dem Fenster schwand ihre Zuversicht allerdings. Rechts und links der Straße stand dichter Wald, kein Sulzhagen, kein Haus, schon gar keine Kirche oder ein Pfarrhaus – nichts außer unberührter Landschaft.

»Irgendwohin wird diese Straße ja führen. Allzu weit kann es nicht mehr sein.« Sogar ihre Selbstgespräche klangen wie das berühmte Pfeifen im Wald. In diesem Fall sogar wortwörtlich gemeint. Mann, sie hatte wirklich von dieser Fahrt die Nase voll.

Die Top Five für einen gelungenen Start in den Urlaub von Viola Fischer:

Platz fünf: Plane genug Zeit zum Packen ein.

Platz vier: Nutze Anreisetage, an denen nicht die halbe Republik unterwegs an den Ostseestrand ist.

Platz drei: Verschaffe dir einen Überblick über die Reiseroute, dein Handy kann ausgehen.

Platz zwei: Keine Panik, wenn dein Handy ausgeht.

Platz eins: KEINE PANIK!

Viola schluckte trocken und starrte weiter in das nächtliche Dunkel. Wo gab es denn das, dass noch nicht mal ein Hinweis-

schild den Weg wies? Normalerweise wurde doch jedes Kuhkaff
schon kilometerweit vorher angekündigt.

Da vorne ... da parkte ein Geländewagen mit eingeschalte-
tem Blinker am Straßenrand. Ein paar Meter vom Wagen entfernt stand ein Mann am Weidezaun.

Sollte sie anhalten und nach dem Weg fragen oder weiterfahren? Das war hier die Frage. Ein einzelner Mann an einer
einsamen Straße und niemand sonst in der Nähe. War das
eine gute Idee?

Quatsch, man musste auch mal an das Gute im Menschen
glauben. Das war sicher nicht der Ripper, der an einer Weide
auf sein nächstes ahnungsloses Opfer wartete. Wenn ihr etwas
verdächtig vorkam, konnte sie ja zurück zum Auto laufen und
schnell weiterfahren. Kurzentschlossen bremste Viola hinter
dem Wagen und stieg aus.

»Guten Abend, entschuldigen Sie bitte, können Sie mir
vielleicht helfen?«

Der Mann kam bereits näher. »Guten Abend, ja sicher,
was gibt es denn?«

Das klang doch nett, und der Mann sah auch nicht gefähr-
lich aus.

»Ich möchte nach Sulzhagen. Genauer gesagt zum Pfarrhaus in Sulzhagen. Aber ich habe keine Ahnung, in welche
Richtung ich von hier aus fahren muss. Und mein Handyakku
hat gerade den Geist aufgegeben.«

»Ach, das ist nicht mehr weit. Sie müssen einfach nur dieser Straße folgen. Nach gut drei Kilometern zweigt eine Straße
nach links ab, die nehmen Sie. Danach fahren Sie immer gera-
deaus und landen dann mitten auf dem Marktplatz. Das
Pfarrhaus liegt direkt neben der Kirche, Sie können es nicht
verfehlen.«

»Herzlichen Dank.«

Der Mann hatte sich schon wieder halb von ihr wegge-
dreht. Er stieß einen lauten Pfiff aus. Augenblicke später

rannten ein paar blökende Schattengestalten in Richtung Zaun.

»Ähm, sind das Ihre Schafe?« Viola konnte gar nicht anders, als zu fragen.

»Ja, die fünf Racker verstecken sich immer drüben in den Büschen.«

Im Licht der Scheinwerfer konnte Viola ein verschmitztes Lächeln im Gesicht des Mannes erkennen. Gut fünfzig, aber durchtrainiert. Ein durchaus ansehnliches Exemplar der Gattung Mann.

»Die Jackson five sind ein bisschen scheu. Sind meine Schafe, ich bin der Tierarzt im Ort, Alexander Martensen.« Der Mann zog etwas aus der Jackentasche und hielt es dem ersten Schaf auf der flachen Hand entgegen. »Bleiben Sie länger in Sulzhagen?«

»Sechs Wochen. Ich wohne bei den Overraths, Nicki ist eine alte Schulfreundin von mir.«

»Wenn Sie bei den Overraths sind, dann bestellen Sie doch bitte Manuel schöne Grüße, er kann morgen früh vorbeikommen. Ich habe den Impfstoff für Tante Doris bekommen.«

»Tante Doris?«

Der Tierarzt lachte auf. »Er weiß dann schon Bescheid.«

»Mach ich, und danke für die Wegbeschreibung.«

Während Viola zum Wagen zurückging, widmete sich der Tierarzt wieder seinen Schafen.

Ein paar Jahrzehnte jünger und sie wäre versucht gewesen, in den kommenden Tagen mal in der Praxis vorbeizuschauen. Er hatte etwas an sich, das direkt Vertrauen und Sympathie erweckte. Hoffentlich waren alle in Sulzhagen so.

Viola fuhr wieder los und betätigte einmal kurz die Lichthupe, während sie an Mann und Schafen vorbeirollte. Der Tierarzt hob eine Hand und winkte ihr zu.

Warum nur lernte sie nie solche Männer kennen, die dann auch noch in ihrem Alter waren?

Willkommen in Sulzhagen

Dank der Wegbeschreibung des sympathischen Tierarztes stand Viola bereits zehn Minuten später vor dem Pfarrhaus in Sulzhagen. Während die Kirche lediglich als ein undeutlicher Umriss gegen den Nachthimmel zu erkennen war, wurde das Pfarrhaus von mehreren Außenlampen beleuchtet. Viola hielt unwillkürlich die Luft an, bevor sie ausstieß: »Wow, hier wäre ich auch sofort eingezogen.« Als Nicki gesagt hatte, dass das Haus ein Traum sei, hatte sie nicht übertrieben.

Das Pfarrhaus bestand aus zwei großen, zweistöckigen Gebäuden mit Reetdach, die über Eck zusammenstanden. Die Holzfassade war dunkelrot gestrichen. Dass die Hausbewohner noch wach waren, bewies das warme goldene Licht aus etlichen weißen Sprossenfenstern, das in die Nacht schimmerte. Die sanft geschwungenen Dachgauben im oberen Stock hatten halbrunde Fenster. Es sah einfach nur zauberhaft aus. Ein hüfthoher Staketenzaun umschloss das Grundstück. Rosafarbene und weiße Stockrosen blühten am Zaun und auch rechts und links neben der hellblau lackierten zweiflügeligen Haustür. Beinah ehrfürchtig ging Viola den gepflasterten Weg entlang, vorbei an einzelnen Blumen- und Kräuterbeeten und ein paar großen Findlingen. Zwischen den Findlingen und den Beeten gab es eine weite Rasenfläche. Ach, wie herrlich, dachte Viola und verglich im Stillen ihre Altbauwohnung mit diesem Traumhaus. Keine Frage, für dieses Haus hätte sie jede Wohnung in Dresden links liegen gelassen.

Das Haus war größer, als sie es sich vorgestellt hatte. Ja, Nicki hatte davon gesprochen, dass es jetzt Platz genug gab, aber hier hätte auch leicht eine komplette Dorfschule unterkommen können.

An der Haustür angekommen, schaute sich Viola suchend um. Neben einem schmiedeeisernen Ring, der in früheren Zeiten vermutlich zum Anklopfen gedient hatte, fand sich auch ein Klingelknopf. Drinnen ertönte ein mehrstimmiger Gong. Der war noch nicht verhallt, da wurde auch schon die Haustür weit geöffnet.

»Meine Güte, Süße, da bist du ja endlich. Himmel, noch eine halbe Stunde länger und wir hätten die ersten Suchtrupps losgeschickt. Komm her, lass dich drücken.« Nicki schloss Viola in ihre Arme. Sie murmelte in Violas Haar: »Ich freu mich wie verrückt auf die nächsten Wochen.«

Viola spürte, wie die Anspannung der letzten Tage unter dieser Umarmung von ihr abfielen.

»Danke, dass ich hier sein darf, Nicki.«

»Von wegen, wir haben zu danken, warte es nur ab. So, und nun rein mit dir, bestimmt hast du Hunger. Ich habe Nudelauflauf im Ofen warm gehalten, Salat gibt es auch noch und natürlich Merlot zur Begrüßung. Manuel, Schatz, füllst du schon mal die Gläser?«

Hinter Nicki trat Manuel in den Flur. »Erst mal will ich unseren Gast begrüßen, oder wollen wir gleich hier im Flur anstoßen?« Nickis Antwort bestand lediglich aus einem ergebenen Seufzen, was Manuels Lächeln noch eine Spur breiter machte. Manuel Overrath war eine beeindruckende Erscheinung. Über ein Meter neunzig groß, breite Schultern wie ein Holzfäller, kurze glatte braune Haare und ein gut gestutzter Vollbart.

»Herzlich willkommen in Sulzhagen, Viola. Und ja, ich bin auch froh, dass du endlich da bist. Nickis Nervosität hat mich ganz kribbelig gemacht«, erklärte er mit tiefer Bassstimme und schloss Viola ebenfalls in seine Arme. Für sie war es ein Gefühl, als würde ein Grizzlybär sie liebevoll an sich drücken.

Manuel überragte die beiden Frauen um mehr als Haupteslänge.

»So, und nun zum Merlot, Herr Pfarrer, zack, zack, ich hole das Essen. Viola ist bestimmt halb verhungert«, kommandierte Nicki.

»Aye, aye, Ma'am.«

Manuel zwinkerte Viola vergnügt zu und führte sie dann in ein großes Wohnzimmer. Zwei Wände waren mit hohen Bücherregalen bedeckt, ein Kaminofen stand in einer Ecke des Raumes, davor zwei ausladende Sessel und ein Sofa. Die andere Seite des Zimmers diente als Essplatz. Das Ehepaar Overrath hatte zwar noch keine Kinder, aber der Tisch wäre auch für eine Großfamilie geeignet gewesen. Viola zählte insgesamt acht Holzstühle.

»Hier im Haus gab es ursprünglich nur kleine Räume, die waren leichter zu heizen, aber einer meiner Vorgänger hat mehrere Wände herausreißen lassen und diesen großen Raum geschaffen«, erklärte Manuel. »Man kann das immer noch ganz gut an den Übergängen im Dielenboden erkennen. Wir haben den Holzboden abgeschliffen, die dunkelbraune Farbe machte mich ganz trübsinnig. Der warme Naturton gefällt mir viel besser.«

Viola konnte ihm da nur zustimmen. »Die bunten Wollteppiche sind aber sicher Nickis Wahl gewesen, oder?«

»Natürlich, ebenso wie die Gemälde mit Küstenmotiven, kombiniert mit den modernen Grafikdrucken drüben an der Wand. In solche Entscheidungen mische ich mich gar nicht erst ein. Ich weiß, wo meine Grenzen sind.«

Auf dem Tisch standen Weingläser, und für eine einzelne Person war auch Geschirr gedeckt.

»Setzt ihr beiden euch doch schon mal hin, ich hole schnell noch Violas Essen«, sagte Nicki und verschwand in Richtung Küche.

»Wir haben schon vor mehr als zwei Stunden gegessen, ich

hoffe, das macht dir nichts aus«, sagte Manuel entschuldigend.

»Aber nein, ihr konntet doch nicht wissen, wann ich hier eintreffe, und ich hätte mir ehrlich gesagt auch gewünscht, viel früher hier anzukommen. Der Verkehr war ein einziger Fiebertraum.«

»Wir haben in den letzten zwanzig Minuten mehrmals versucht, dich anzurufen«, tönte es aus der Küche.

»Mein Akku war leer«, rief Viola zurück.

»Na, da kommt ja alles zusammen, was zusammenkommen kann«, sagte Manuel, während er Wein einschenkte.

»Zum Glück habe ich auf der Landstraße euren Tierarzt getroffen, der hat mir den Weg beschrieben.«

»Alexander? Richtig, er hat ja im Moment seine Schafe da draußen stehen.«

»Ich soll dir ausrichten, dass er den Impfstoff für Tante Doris bekommen hat, du kannst morgen bei ihm vorbeikommen.«

»Oh, super, das ging ja flott.«

Manuel sah Violas fragenden Blick und grinste. »Lass mich raten, er hat dir nicht gesagt, wer oder was Tante Doris ist.«

»Exakt.«

»Spätestens morgen wirst du sie sicher kennenlernen, abends ist sie meistens irgendwo draußen unterwegs. Tante Doris ist die große, fette Kirchenkatze, die wir mit dem Einzug ins Pfarrhaus sozusagen adoptiert haben. Böse Stimmen behaupten, dass die langjährige Vorsitzende des Häkelkreises Namenspatin für die Katze war. Leicht wird es nicht sein, das Viech zum Tierarzt zu schaffen, aber Alexander meinte, dass sie mal wieder gegen Katzenschnupfen geimpft werden sollte.«

»Vorsicht, heiß!« Nicki erschien am Esstisch. Sie trug eine Auflaufform und stellte sie auf dem Korbuntersetzer ab.

»Habe ich das gerade richtig mitbekommen, dass ihr über unsere Katze gesprochen habt? Ich habe mir morgen Vormittag frei genommen, weil es doch Violas erster Tag hier ist. Viola und ich könnten mit Tante Doris in der Praxis vorbeischauen. Zu zweit kriegen wir sie sicher in den Katzenkorb. Die eine lenkt sie mit einem Katzen-Leckerli ab, und die andere macht schnell die Klappe zu. Das geht schon.«

Manuel reichte Viola ein gefülltes Weinglas und gab auch seiner Frau ein Glas.

»Noch einmal offiziell: Schön, dass du da bist, Viola. Auf die nächsten Wochen.«

Die drei stießen miteinander an. Der Wein schmeckte nach dunklen Trauben und Brombeeren. Köstlich!

Nicki zerteilte die goldbraune Käsekruste des Auflaufs und legte eine großzügige Portion auf Violas Teller.

»Danke, Nicki, das ist eigentlich schon zu viel. Ich hab zwar Hunger, aber ich muss morgen immer noch in meine Shorts passen.«

»Daran werden ein paar Nudeln nichts ändern, glaub mir. So hier … guten Appetit.«

Das ließ sich Viola nicht zweimal sagen, schon beim Anblick der Käsekruste und dem verführerischen Duft, der ihr vom Teller in die Nase stieg, lief ihr das Wasser im Mund zusammen.

Schweigend genoss sie die ersten Gabeln. »Es schmeckt köstlich, Nicki. Ich wusste gar nicht, dass du mittlerweile so gut kochst.«

»Tue ich auch gar nicht. Manuel ist bei uns derjenige, der am Herd die Köstlichkeiten zaubert. Ich bin mehr für die Basics zuständig. Eier hartkochen, Salat waschen, Brot schneiden.«

»Dann also Manuel, es schmeckt großartig, vor allem die Sauce mit den Pilzen und Kräutern«, lobte Viola.

»Herzlichen Dank.«

Viola aß noch eine Gabel voll, dann siegte ihre Neugierde über jede weitere höfliche Zurückhaltung. »Sagt mal, ihr beiden, wisst ihr denn jetzt, wie ich hier bei euch meine Sozialstunden ableisten soll?«

»Nun ja, tatsächlich hat sich letzte Woche eine Sache ergeben, die optimal zu dir passt«, begann Manuel.

»Etwas, das dir bestimmt gefallen wird«, ergänzte Nicki.

»Mensch, ihr macht es aber spannend.«

»Nö, gar nicht. Also: Wir hatten in Sulzhagen bis vor Kurzem einen gemischten Shanty-Chor, aus dem nun auch die letzten Frauen ausgetreten sind. Viele waren es sowieso nicht mehr, ich glaube, die hatten zuletzt noch genau vier Frauenstimmen.«

»Ich soll einen Shanty-Chor leiten?« Viola schossen Bilder von bärtigen, schunkelnden Männern in gestreiften Fischerhemden durch den Kopf.

»Nee, keine Sorge.« Nicki hatte offenbar ihr entsetztes Gesicht gesehen. »Aber hier in Sulzhagen gibt es keinen Frauenchor, und wir denken, du bist genau die Richtige, um so einen Chor auf die Beine zu stellen.«

»Einen Frauenchor aufbauen?« Viola überlegte kurz. Warum eigentlich nicht? Das klang spannend. »Das ist wenigstens etwas, wovon ich was verstehe. Ich hatte insgeheim schon befürchtet, ich müsste im Krankenhaus arbeiten oder den örtlichen Handarbeitskreis unterstützen. Handarbeiten ist nämlich so gar nicht mein Ding. Aber Singen … das kann ich. Erfüllt das denn die Vorgaben für die Sozialstunden?«

»Davon bin ich überzeugt, es ist ja ein wichtiges soziales Projekt für Frauen in unserer Kirchengemeinde«, sagte Manuel vergnügt. »Und nicht nur das. Ich habe sogar den Segen von unserem Superintendenten. Der wäre sogar bereit, ein entsprechendes Schreiben an die Staatsanwaltschaft aufzusetzen, sofern das nötig wird.«

Nicki nickte zustimmend. »Ich habe schon ausgerechnet,

wie man das Ganze umsetzen könnte. Du musst vierzig Stunden in sechs Wochen leisten. Wir setzen zwei Chorproben pro Woche an. Das wären dann vier Stunden, zwei Stunden werden jeweils für die Vorbereitungen benötigt, macht in Summe sechsunddreißig Stunden. Die letzten vier könnte man zum Beispiel für einen ersten Auftritt nutzen.«

»Ja, das klingt gut«, stimmte Viola zu. »Und zwei anderthalbstündige Proben plus Pause pro Woche sind auch angemessen, wenn man einen Chor in sechs Wochen auf die Beine stellen will.«

»Aber meinst du, wir finden so schnell genügend Sängerinnen, die bei dem Chor mitmachen wollen?«

»Aber klar, da bin ich hundert Prozent sicher. Auf so ein Angebot haben wir in Sulzhagen nur gewartet. Um die Einzelheiten kümmern wir uns morgen.« Nicki griff nach ihrem Weinglas.

»Dann erhebe ich jetzt mein Glas auf den neuen Chor von Sulzhagen.«

Viola und Manuel prosteten sich ebenfalls zu. »Und wie soll der Chor heißen?«, fragte Viola, nachdem alle drei getrunken hatten.

»Tja, Süße, ist noch offen. Einen Namen zu finden, wird zu deinen ersten Aufgaben gehören. Du warst schon immer die Kreative von uns beiden.« Nicki machte eine Pause, damit die folgenden Worte besser zur Wirkung kamen. »Allein, was du dir immer für hübsche Sachen mit Autotüren einfallen lässt … irre.« Sie kicherte. Es war ein ansteckendes Kichern, aus dem leisen Glucksen wurde ein vergnügtes Lachen. Viola konnte gar nicht anders, als nach wenigen Augenblicken mit einzustimmen.

***

Leise knarrten die Holzstufen, während Nicki nach oben ging.

Sie hatte Viola die Reisetasche aus der Hand genommen. Jetzt drehte sie sich um und sagte: »Ist das etwa alles, was du mitgebracht hast?«

»Nein, natürlich nicht. Der Rest ist noch im Auto. Aber die Sachen hole ich morgen, ich bin so müde, dass ich glatt im Stehen einschlafen könnte.«

»Glaub ich dir gerne.« Nicki warf einen Blick auf die Standuhr, die auf dem Treppenabsatz stand. »Guck mal, es ist schon nach eins.« Manuel hatte sich schon vor einer Stunde zurückgezogen, er wollte den Frauen Gelegenheit geben, noch ungestört zu reden.

Viola gähnte hinter vorgehaltener Hand. »Ich bin total fertig. Und gleichzeitig habe ich das Gefühl, dass ich immer noch im fahrenden Auto sitze. Was für ein Tag.«

Nicki brummte verständnisvoll, öffnete dann eine Tür, schaltete das Licht ein und ließ Viola den Vortritt. »Bitte sehr, das ist dein Reich für die nächsten sechs Wochen.«

»Oh, wie schön!« Mehr brachte Viola nicht heraus. Auf der rechten Seite befand sich ein sehr breites Bett. Die glatte Baumwollbettwäsche hatte ein feines Streifenmuster in Weiß und einem ganz hellen Beige. Die Decke war schon einladend zurückgeschlagen. Vier verschiedene Kissen lehnten am Kopfende, große und kleine. Viola konnte nicht anders, sie ging hinüber und befühlte mit einer Hand die Matratze unter dem blütenweißen Laken. Herrlich, genau die richtige Mischung von nachgiebig und fest! Sie schlüpfte schnell aus den Schuhen und fühlte den flauschigen Teppich unter ihren bloßen Füßen. Der ganze Raum war in einen warmen Lichtschein getaucht. Mehrere Messingleuchten mit Lampenschirmen aus weißem Milchglas sorgten dafür. Neugierig schob Viola mit einer Hand den blauen Vorhang beiseite. Dahinter fand sich eine kleine Nische mit einem halbrunden Fenster, genau auf der richtigen Höhe, um aus dem Ohrensessel hochzuschauen und draußen den Marktplatz zu beobachten.

Sie ließ den Vorgang zurückfallen und sagte: »Was für ein schönes Zimmer. Und an was du alles gedacht hast!« Sie schnupperte an dem Rosenstrauß, der auf der weißen Kommode stand. »Meine Güte, die duften ja sogar.«

»Sind aus dem Garten, gefallen sie dir?«

Viola nickte. Tränen stiegen ihr in die Augen, so dankbar war sie für dieses warme Willkommen.

»Na, komm her. Jetzt ist doch alles gut.« Nicki umfasste ihre Schultern und drückte sie kurz an sich. »Du wirst schon sehen, aus dieser Sache machen wir etwas richtig Gutes. Hier ist dein Kleiderschrank, reichlich Platz. Ein Schreibtisch ...« Nicki wies auf einen weißen Holztisch mit gedrechselten Beinen. »Die Tür in der Ecke führt ins Bad, das teilst du dir mit dem anderen Gästezimmer. Handtücher habe ich dir hingelegt. Das Bad hat kein Tageslicht, aber der Lichtschalter ist hier direkt neben der Tür. Damit geht auch die Lüftung an. Brauchst du sonst noch was?«

»Nein, nein«, stammelte Viola. »Alles gut. Ich glaube nur, ich muss jetzt dringend schlafen.«

»Geht mir genauso. Gute Nacht, Süße.« Leise schloss sich die Tür hinter Nicki.

Mit einem tiefen Seufzer ließ sich Viola auf die Bettkante sinken. Wie still es plötzlich war. Und wie einsam. Nicki hatte es gut, die krabbelte jetzt zu ihrem liebenswerten Mann unter die Decke. Aber sie? Sie war ganz allein. Anderthalb Jahre ihres Lebens hatte sie auf eine Beziehung verschwendet, die den Namen Beziehung nicht verdient hatte. Anderthalb Jahre mit Marcus, die ihr nicht gutgetan hatten und in denen es vor allem um ihn gegangen war.

Es kostete sie eine unglaubliche Anstrengung, sich noch einmal vom Bett zu erheben und sich zum Schlafen fertig zu machen. Und trotzdem, als sie dann endlich auf den kühlen weichen Kissen lag, wollte der Schlaf nicht kommen.

Tante Doris

Leise klopfte es an Violas Zimmertür, bevor die Tür geöffnet wurde und Nicki den Kopf ins Zimmer steckte.

»Guten Morgen, du Langschläferin, raus aus den Federn.«

Verschlafen drehte sich Viola zu der Stimme um.

Och Mann, wie spät ist es denn überhaupt? Warum muss Nicki mich mitten in der Nacht ... Viola dachte den Gedanken nicht mehr zu Ende, weil ihr Blick auf den altmodischen Digitalwecker neben ihrem Bett fiel. Mit einem Schlag war sie hellwach: Schon zehn Minuten vor zehn! Sie setzte sich im Bett auf. »Gib mir zwei Minuten, bin gleich da.«

»Kein Stress, ich wollte nur verhindern, dass du erst gegen Mittag wach wirst und mir dann Vorwürfe machst, ich hätte dich nicht geweckt. Ich stell dir den Becher hier neben die Tür.«

»Danke. Hab dich lieb, Nicki.«

Die Tür wurde wieder zugezogen. Viola gähnte herzhaft, räkelte sich und wuschelte sich mit beiden Händen durch die Haare. Sie schnupperte: Kaffee, keine Frage, das da neben der Tür duftete nach Kaffee. Behände schwang sie sich aus dem Bett und nahm den Becher vom Boden. Herrlich! Heißer Milchkaffee. Nicki wusste genau, was sie morgens brauchte. Mit dem Becher in der Hand trat sie an das schmale Fenster. Von hier oben konnte sie den langgezogenen Marktplatz des kleinen Küstenortes gut überblicken. Da vorne, tatsächlich, da war die Eisdiele, die sie kannte. Und dahinter, Viola fühlte sich mit einem Schlag zurück in ihren Teenager-Sommer versetzt, dahinter stellte gerade ein Verkäufer einen Ständer mit Schlüsselanhängern vor das Andenkengeschäft.

Viola Fischers Top Five für einen guten Start in den Tag.

Platz fünf: So lange schlafen, bis man von selbst wach wird.

Platz vier: Ist Top fünf nicht möglich, sollte man immer eine gute Freundin haben, die einen Wecker besitzt.

Platz drei: Ein Becher Milchkaffee.

Platz zwei: Strahlender Sonnenschein und ein wolkenloser blauer Morgenhimmel.

Platz eins: Die Aussicht auf einen Vormittag mit der besten Freundin.

Zum Schlafen trug Viola im Sommer gerne Shorty-Pyjamas. Rasch zog sie einen Bademantel über und schlüpfte mit bloßen Füßen in die offenen Sandalen. Den halb leeren Becher in der Hand, ging sie die breite Holztreppe nach unten. In der Küche wartete Nicki und begrüßte sie mit einem strahlenden Lächeln.

»Das war dir doch hoffentlich recht? Ich meine, dass ich dich geweckt habe. Ich hätte es unendlich schade gefunden, wenn wir den Vormittag nicht zusammen verbracht hätten.«

»Nee, wirklich, alles gut. Ich stehe normalerweise um halb sieben schon in der Schallschutzkabine und übe.«

»Das wirst du in den nächsten Wochen schön bleiben lassen. Du hast Urlaub, und abgesehen von dieser bekloppten Sozialstunden-Geschichte hast du ein Anrecht auf Entspannung.«

»Schon, aber schlafen bis um zehn Uhr muss nicht sein. Ich denke, ich war einfach nur geschafft von der Fahrt.«

»Geschenkt. Was möchtest du zum Frühstück? Brötchen, Rührei, Fisch, Wurst, Käse?«

»Am liebsten noch einen Becher Kaffee. Und eine Schale Haferflocken oder Müsli mit Milch wäre klasse.«

»Uhh, bis du gerade auf so einer Art Enthaltsamkeitstrip?«

»Quatsch, ich esse meistens später am Vormittag in der Probenpause noch was.«

»Wie du willst. Schalen sind da drüben im Schrank, Löffel in der zweiten Schublade. Ich habe Müsli mit Trockenfrüchten, wenn das okay ist. Oben in der Vorratsdose im Regal.«

»Super. Das hole ich mir gleich.«

»Gut, dann weißt du für morgen früh Bescheid, falls ich schon im Laden sein sollte, wenn du wach wirst. Milch steht immer im Kühlschrank. Und wie man diesen Vollautomaten bedient, erkläre ich dir später. Damit du immer Kaffee-Nachschub bekommst. Ich flitze mal eben nach nebenan ins Gemeindebüro.«

»Gemeindebüro?«

»Ja, die Holztür im Flur, die hast du bestimmt gesehen. Wenn du da durchgehst, kommst du zum Büro von Uschi, unserer Gemeindesekretärin, und zum Arbeitszimmer meines Göttergatten. Uschi hat selber zwei Katzen, und sie hat schon vor Tagen angeboten, ihren Transportkorb mitzubringen. Ich habe sie heute früh angerufen. Ich hol mal das Teil, und wenn du angezogen bist, stürzen wir uns auf Tante Doris und versuchen unser Glück.« Nicki verließ die Küche.

Nachdenklich löffelte Viola ihr Müsli. Sie überlegte, was für eine Art von Tier diese Gemeindekatze wohl war. Warum sollte es nötig sein, dass sich zwei erwachsene Frauen darauf stürzen mussten? So schwierig konnte es ja wohl nicht sein, eine Katze in einen Katzenkorb zu setzen.

***

»Boah, das ist ja viel schlimmer, als ich mir vorgestellt hatte«, stöhnte Viola.

Tante Doris, eine große rostbraune Katze, entpuppte sich als hartnäckige Gegnerin, wenn es um den Transport in einer Katzenbox ging. Die beiden Frauen hatten zwar das Tier bereits ins Wohnzimmer des Pfarrhauses getrieben und die Tür geschlossen, aber im Moment versteckte sich Tante Doris unter einem der Bücherregale und beantwortete alle Annährungsversuche mit einem wütenden Fauchen. In Violas Augen hätte diese fette Katze durchaus das lebende Vorbild für Garfield, den verfressenen, Lasagne liebenden Comic-Kater, gewesen sein können. Plötzlich kam ihr eine Idee.

»Vielleicht können wir sie mit Essen aus dem Versteck locken«, schlug sie vor. »Sie liebt Fressen, sonst wäre sie nicht so fett.«

»Glaubst du, das könnte klappen?«

»Hey, es ist immerhin einen Versuch wert.«

***

»Sag mal, Nicki, sind das da Reste von Käsekruste und Nudelauflauf in der Katzenbox?« Alexander Martensen zog erstaunt eine Augenbraue hoch und hatte sichtlich Mühe, sich ein Grinsen zu verkneifen.

»Unser letzter Versuch, Tante Doris in die Box zu locken«, erklärte Nicki verlegen. »Sie hat sich gedreht und gewunden, und sie hat sogar versucht zu beißen.«

»Tatsächlich hatten wir es zunächst mit Leberwurst probiert, die müsste da auch noch irgendwo liegen«, ergänzte Viola.

»Soso, aber das gilt ja beides nicht gerade als klassische Tiernahrung ...«

»Es hat aber geholfen. Bei dem Nudelauflauf gab es kein Halten mehr, darauf fährt diese Katze voll ab. Kann ich aber auch verstehen, der Auflauf hat mir gestern Abend auch ganz köstlich geschmeckt«, sagte Viola.

»Trotzdem, gesund ist das nicht. Vielleicht mache ich bei den nächsten Untersuchungen doch lieber einen Hausbesuch. Unsere Dame hier hat sowieso schon zu viele Pfunde auf den

Rippen. Gut, ich werde sie untersuchen, impfen und schauen, was sonst noch nötig ist.« Der Tierarzt blickte zu Viola. »Sie haben also den Weg gefunden, das freut mich.«

»Ohne Ihre Wegbeschreibung hätte es nie geklappt. Nochmals vielen Dank.«

»Und Sie verbringen einen schönen Urlaub bei Ihrer Freundin?«

»So ähnlich«, murmelte Viola und starrte auf ihre Fußspitzen. Sie musste sich unbedingt überlegen, wie sie ihren Aufenthalt in Sulzhagen so darstellen konnte, dass sie nicht wie eine verurteilte Straftäterin dastand.

Zum Glück sprang Nicki in die Bresche. »Meine Freundin wird in den nächsten Wochen einen neuen Frauenchor auf die Beine stellen«, erklärte sie. »Wenn du mögliche Kandidatinnen kennst, die mitmachen wollen – einfach in den Gemeindesaal schicken. Heute Abend um neunzehn Uhr findet die erste Probe statt, die nächste ist dann am Donnerstag.«

»Ein Frauenchor? Das ist mal eine nette Idee. Wir haben ja nur noch unseren Shanty-Chor. Beim letzten Strandfest waren die Altmännerstimmen unserer Jungs selbst für mich, der ich nicht sehr musikalisch bin, nur bedingt ... ähm ... unterhaltsam. Sie sind also Musiklehrerin? Und machen Sie das ehrenamtlich für Ihre Freundin?«

Die Frage überrumpelte Viola. Sie wusste immer noch nicht so recht, was sie antworten sollte, die Sozialstunden waren ihr plötzlich sehr peinlich. Was sollte sie sagen? Ja, ich wurde erwischt, wie ich ein Auto absichtlich beschädigt und den Besitzer beleidigt habe. Ja, bei mir ist eine Sicherung durchgebrannt, als ich meinem Freund mit der Kellnerin in der Dusche erwischt habe. Fieberhaft suchte sie nach Worten. Und wieder war es Nicki, die ihr zu Hilfe kam. »Nein, Viola singt im Chor der Semperoper. Sie hat Gesang studiert und bleibt für sechs Wochen bei uns.«

»Toll, in Dresden war ich mit Julia, meiner Frau, im letzten Herbst, da haben wir auch eine Opernaufführung besucht. Vielleicht habe ich Sie da sogar auf der Bühne gesehen.«

»Ziemlich wahrscheinlich, aber in den Kostümen sind wir nicht immer leicht zu erkennen.«

»Also, das nenne ich einen Gewinn für unser Dorf und die Kirchengemeinde. Schön, dass Sie das machen. So, und jetzt kümmere ich mich mal besser um diese Katze und meine anderen Patienten. Ich bringe dir Tante Doris später vorbei, Nicki.«

Draußen vor der Tür sagte Viola: »Ein toller Mann. Leider so überhaupt nicht unsere Altersgruppe, aber sehr ansehnlich und sympathisch.«

Nicki nickte zustimmend. »Julia, seine Frau, solltest du kennenlernen. Sie ist die Besitzerin des Leuchtturms hier außerhalb des Ortes, du weißt schon – der Schlüsselanhänger von damals. Das Sulzer Feuer.«

»Wirklich? Wow, was muss man denn tun, um einen Leuchtturm zu besitzen?«

»Also, was ich weiß, ist, dass sie vor ein paar Jahren den Turm samt marodem Haus gekauft hat, und heute produziert sie da Pralinen. Ganz köstliche Pralinen übrigens, die müssen wir mal probieren. Du wirst sie lieben.«

»Stichwort probieren: Wie wäre es, wenn ich uns ein Eis ausgebe?«, schlug Viola vor. »Und anschließend zeigst du mir den Gemeindesaal.«

»Zu einem Eis sag ich nicht Nein«, erwiderte Nicki, hakte sich bei Viola unter, und gemeinsam schlenderten sie weiter in Richtung Marktplatz.

Gute Voraussetzungen für eine erfolgreiche Probe

Der Gemeindesaal war ein großes einstöckiges Ziegelgebäude mit hohen Sprossenfenstern und stand unmittelbar neben der Kirche.

»Ich hab mal gehört, dass diese Kirche hier irgendwann im 19. Jahrhundert erbaut wurde. Ursprünglich gab es ein anderes Gebäude, das aber bei einem Brand völlig zerstört wurde. Der Gemeindesaal stammt, denke ich, aus der gleichen Zeit«, erklärte Nicki, während sie den Seiteneingang zum Saal aufschloss. »Erinnere mich daran, dass wir gleich Uschi bitten, dir einen Schlüssel für die Tür zu geben, damit du hier arbeiten kannst. So, und jetzt hereinspaziert.«

»Wer war noch mal Uschi?«

»Mensch, Viola, wo hast du denn deinen Kopf? Unsere Gemeindesekretärin. Du lernst sie sicher bald kennen. Uschi ist so eine Frau, die man nicht vergisst.«

Viola trat in den Saal und schaute sich voller Neugierde um. Der Raum mochte etwa hundert Quadratmeter groß sein. Entlang der weiß verputzten Wände waren an den Längsseiten Stühle aufgestapelt. Ein paar Tische waren auch da. Weiter hinten im Saal gab es eine Bühne, die man über ein paar Holzstufen betreten konnte. In der kühlen Luft tanzten Staubkörner im Sonnenlicht, das durch die Fenster hereinfiel. In den Fensternischen kümmerten Topfpflanzen vor sich hin.

»Der Saal müsste von der Größe her doch ausreichen, was denkst du?«, fragte Nicki.

Viola nickte. »Natürlich, im Grunde würde sogar ein kleinerer Probenraum genügen.« Sie klatschte einmal laut in die Hände und horchte dem Echo nach. »Die Akustik ist auch okay. Nicht so trocken, dass kein Ton im Raum stehen bleibt, aber auch nur wenig Echo. Das ist immer ein Problem, wenn die Sängerinnen sich plötzlich doppelt hören. Der alte Dielenboden und die abgehängte Decke mit den Holzpanelen helfen auch. Ich musste vor ein paar Wochen mal in einem Saal singen, der einen Fliesenboden hatte. Genauso gut hätte ich ein Konzert in einer U-Bahn-Station geben können.«

Nicki ging zu den Lichtschaltern neben der Tür und fing an, die Schalter zu erklären. »Hier kannst du die Deckenbeleuchtung einschalten. Mit diesem wird das Licht gedimmt. Der da ist nur für die Bühne. Warte mal – was musst du sonst noch wissen? Im Einbauschrank da vorne sollten noch Noten von unserer ehemaligen Kantorin liegen, die ist vor zwei Jahren in den Ruhestand gegangen. Die Schiebetür da führt in die Küche, im Kühlschrank findest du Wasser und Saft. Das kannst du heute in der Pause anbieten.«

Während Nicki redete, ging Viola zu dem großen schwarzen Klavier, das an einer Wand stand. Praktischerweise war es auf Rollen, sodass man es leicht durch den Raum schieben konnte. Sie klappte den Deckel hoch.

»Oh, ein altes Bechstein. Die haben einen herrlichen Klang.« Viola schlug einen Akkord an. Die Töne hallten durch den leeren Raum. »Uhh, das ist nicht gut.«

Nicki kam näher. »Himmel, ich bin ja nicht anspruchsvoll, aber das klingt sogar für mich total schräg. Das ist wohl ein Fall für den Klavierstimmer.«

»Gibt es denn einen im Ort?«

»Nee, in Sulzhagen nicht, aber ich lasse Uschi direkt in Ribnitz anrufen, da gibt es ein großes Klaviergeschäft, die stimmen auch Instrumente.«

»Gut, mach das bitte. Heute Abend improvisiere ich einfach, das wird schon gehen. Ich könnte notfalls sogar die Töne auf dem Cello vorspielen.«

»Du hast dein Cello eingepackt?«

»Natürlich, warum sollte ich sechs Wochen ohne Cello sein?«

»Hätte nicht gedacht, dass das in den Micra passt.«

»War nicht leicht, aber hat funktioniert. So ein Micra ist eben kein VW-Bus. Dafür habe ich übrigens deinen Vater immer bewundert, dass er damals keine Miene verzogen hat, als er gerade den gesamten Computerkram von Frederik im Auto verstaut hatte und dann kam ich mit meinem Koffer und dem Cellokasten um die Ecke.«

»Ja, mein Dad ist in der Beziehung echt cool. Ach übrigens, Fred hat heute früh geschrieben, er wird irgendwann in den nächsten Tagen zu uns kommen.«

»Dein Bruder kommt nach Sulzhagen? Den habe ich ewig nicht gesehen. Was macht er denn jetzt eigentlich beruflich?«

Nicki setzte sich auf einen der Tische und ließ die Beine baumeln. »Er hat in Rekordzeit Informatik und Mathematik studiert.«

»Das weiß ich natürlich, davon hast du mir erzählt. Ich meinte, was macht er jetzt.«

»Schon während des Studiums hatte er ein kleines Start-up-Unternehmen mit drei Mitarbeitern. Das hat er irgendwann sehr erfolgreich verkauft, ich denke, das hat ihm ein ordentliches Finanzpolster verschafft. Die letzten zwei Jahre hat er dann freiberuflich gearbeitet. Und jetzt hat er ein Angebot von einer Münchner IT-Firma bekommen. Die möchten ihm quasi den Hintern vergolden. Ernsthaft, mittlerweile werden Kopfprämien für die erfolgreiche Vermittlung eines Entwicklers gezahlt. Jedenfalls hat mein Bruderherz sein WG-Zimmer in Hamburg gekündigt, und dann will er noch ein bisschen Urlaub machen, bevor er im September seine neue Stelle als Abteilungsleiter und Chief-irgendwas antreten wird.«

Viola überlegte kurz. »Ich glaube, ich habe ihn das letzte Mal kurz nach unserem Abi auf deiner Geburtstagsfeier gesehen, danach ist er doch in die USA gegangen.«

»Er hat sogar ein Begabtenstipendium bekommen, um am MIT zu studieren, der alte Streber.«

Viola versuchte, sich an Nickis Bruder zu erinnern. Sie hatte immer noch den pickeligen Computernerd vor Augen, die große Brille und die strubbeligen Haare.

»Wie er wohl heute aussieht? Kann ich mir so gar nicht vorstellen.«

»Das siehst du dann ja. Er wird auf jeden Fall bei uns wohnen, Platz genug ist im Pfarrhaus. Ich freue mich darauf, denn wenn er erst einmal in München ist, wird das schon eine ziemliche Anreise, um sich gegenseitig zu besuchen.«

Da hatte Nicki recht. Viola dachte an ihre drei Jahre ältere Schwester Carmen, die mit ihrer Frau in der Nähe von Göttingen wohnte. Gut drei Stunden Autofahrt waren das von Dresden aus, und die Schwestern sahen sich nicht so häufig. Aber im Vergleich zur Strecke Sulzhagen–München waren drei Stunden eigentlich ein Katzensprung.

Viola schwang sich neben Nicki auf den Tisch und sah sie von der Seite an. Eine Frage ging ihr schon seit gestern Abend durch den Kopf: »Sag mal, warum mach ich das hier alles?«

»Weil du Big M den Spaß an seinem Luxusschlitten verdorben hast?«

»Nein, Nicki, jetzt mal ernsthaft. So meinte ich das nicht. Wieso seid ihr beide, Manuel und du, auf die Idee mit dem Frauenchor gekommen?«

Nicki schaute in die Luft. Sie schien nach Worten zu suchen.

»Sulzhagen ist ein hübscher kleiner Ort, und ganz viele Touristen verlieben sich in dieses Fleckchen auf dem Darß. Einige träumen sogar davon, für immer hier zu wohnen. Aber was sie nicht sehen: Irgendwann ist der Sommer vorbei. Die Eisdiele schließt, der Andenkenladen räumt seine Ständer ein und die Herbst- und Winterzeit beginnt. Dann wird es langweilig. Für jüngere Frauen oder auch die mittlere Generation gibt es hier im Ort wenig Abwechslung. Für die älteren Frauen bieten wir das ganze Jahr über Seniorennachmittage an, aber für den Rest? Fehlanzeige.«

»Und der Shanty-Chor bietet das alles nicht? Spaß, Unterhaltung, andere Leute treffen?«

Nicki schnaubte empört. »Als wir neu hierhergezogen sind, habe ich da mal ein paar Wochen mitgemacht. Es ging nur ganz am Rande ums Singen. Die haben jede einzelne Probe mit Nordhäuser Doppelkorn gefeiert. In der Pause und nach der Probe ging's weiter. Manche Sänger kamen nur jede zweite oder dritte Woche. Ergebnis: Wir haben gefühlt immer wieder bei null angefangen. Am schlimmsten aber war dieser Chauvinismus. Bei einem Kaffeetrinken erklärte mir ein Tenor, er trinke seinen Kaffee gerne schwarz und süß, so wie ich es sei. Boah, Himmel hilf. Da musste ich schon meine ganze Selbstbeherrschung aufbringen, um ihm nicht meine Tasse Kaffee in den Schritt zu schütten. Und als wir dann einen Auftritt hatten, zogen sich die Männer ihre Fischerhemden, die Halstücher und diese Prinz-Heinrich-Mützen an. Und wir Frauen? Wir sollten nabelfreie enge Tops tragen mit türkisfarbenen Pailletten. Und superkurze Miniröcke. Unsere Chor-Nixen nannten sie uns plötzlich … puh.«

»Paillettentops wird es in dem neuen Chor wohl kaum geben.«

»Und wenn, dann nur, weil sich die Frauen selber dafür entschieden haben – verstehst du, worauf ich hinauswill? Der neue Frauenchor kann mehr sein als ein Musikprojekt.«

Viola blies die Wangen auf und stieß dann die Luft aus. »Eine ganz schöne Verantwortung.«

»Ach was, wenn eine das kann, dann du. Komm mit, wir gehen zu Uschi und holen deine Schlüssel ab. Mach dir keine Gedanken, das wird heute Abend ein fulminanter Erfolg.«

Und nun ...?

Nervös ging Viola vor der Tür zum Gemeindesaal auf und ab. Immer wieder schaute sie auf ihre Uhr. Fünf Minuten vor sieben, und bislang hatte sich noch niemand blicken lassen.

»Nun komm schon rein, du machst mich mit dem Herumgerenne ganz verrückt«, rief Nicki von drinnen. Dass ihre Freundin bei den Chorproben mit dabei sein wollte, fand Viola tröstlich. Aber was, wenn niemand sonst kam?

Sie hatte am Nachmittag, während Nicki in ihrem Brillengeschäft gearbeitet hatte, die Zeit genutzt und das Klavier in die Mitte des Saals geschoben und dreißig Stühle aufgestellt. Uschi hatte auf ihre Bitte hin für den nächsten Tag den Klavierstimmer bestellt.

Danach hatte Viola die freie Zeit genutzt, ein wenig Cello gespielt und sich in die Noten von Verdis *La Traviata* vertieft. Das Stück stand nach der Sommerpause auf dem Programm der Semperoper, und es konnte nicht schaden, sich schon mal mit der Partitur vertraut zu machen.

Die Kirchturmglocken schlugen sieben Mal. Mit hängenden Schultern ging sie zurück in den Gemeindesaal. »Da ist niemand, Nicki. Weit und breit keine Menschenseele. Draußen auf dem Marktplatz hängen nur ein paar Teenager rum und essen Eis.«

Nicki hob beide Hände, als wollte sie sich ergeben. »Ich gebe zu, ein fulminanter Start sieht anders aus.«

»Und was machen wir jetzt?« Viola sah sich im Geiste doch beim Häkelkreis sitzen, wobei, sechs Stunden in der Woche Häkelkreis ... das ging auch nicht, da müsste sich Manuel vermutlich noch weitere Aufgaben für sie einfallen lassen.

Viola stampfte mit dem Fuß auf. Hätte sie in diesem Moment wieder vor der enzianblauen Porschetür gestanden, sie hätte vermutlich mehrmals zugetreten.

»Kann denn nicht einfach mal was funktionieren?«, schimpfte sie.

»Du weißt doch, was man immer sagt: Wer aus Niederlagen nichts lernt, wird niemals gewinnen.«

Viola ließ sich auf einen der Stühle fallen. »Ach, Nicki, und was soll mir diese Glückskeks-Weisheit sagen?«

»Na ja, erst einmal, dass du nicht die Schuld bei dir suchen solltest. An der Uhrzeit für die Proben kann es nicht liegen. Auch wenn wir jetzt mitten in der Touristen-Hochsaison stecken, kenne ich viele Frauen, die abends Zeit haben. Die Geschäfte haben dann geschlossen und die Ferienunterkünfte sind gereinigt. Die Kinder haben Schulferien, niemand muss sie bei den Hausaufgaben überwachen. Und in vielen Familien ist dann der Mann, die Schwiegermutter oder die beste Freundin für die Kinder da. Nein, die Uhrzeit passt. Wenn für diesen leeren Saal jemand verantwortlich ist, dann ich. Ich habe einfach zu wenig Werbung gemacht. Ja, ich habe ein paar Frauen erzählt, dass heute die erste Chorprobe stattfinden wird. Und Manuel hat es am Sonntag kurz in den Abkündigungen erwähnt, aber das war offensichtlich zu wenig. Wir müssen schwerere Geschütze auffahren.«

»Und wie sollen die aussehen?«

»Plakate und Handzettel, ein Anruf bei Radio Darß, der Ostseewelle, beim NDR, wir informieren die *Ostsee-Zeitung* und den *Sulzhagener Blitz*. Uschi hat die Kontaktdaten, um so was kümmert sie sich immer, außerdem kann sie dir bei den Plakaten zur Hand gehen, darin ist sie richtig gut. Du nutzt einfach den zweiten Computer im Büro, wir drucken alles auf dem großen Laserdrucker im Gemeindeamt aus, der kann sogar A3-Blätter. Anschließend überrollen wir Sulzhagen mit der Nachricht, dass am Donnerstag die nächste Chorprobe stattfindet. Ha, wir könnten sogar am Donnerstagmorgen einen Infostand auf dem Markt aufbauen. Das wäre doch gelacht, wenn wir den Saal nicht vollkriegen würden.«

Nickis Optimismus war ansteckend. Viola fühlte sich gleich besser, die trübe Stimmung verschwand. Morgen früh würde sie damit beginnen, auf den neuen Chor aufmerksam zu machen – sie hatte ja nichts anderes zu tun.

Werbung und Eisbecher

Was für Klischees man doch im Kopf hatte! Eine Gemeinde-sekretärin hatte sich Viola als schüchterne graue Maus vorge-stellt, in einen praktischen grauen Hosenanzug mit Pumps ge-kleidet, die Haare zu einem Knoten gesteckt. Vielleicht auch in schlecht sitzenden Jeans und einem pastellfarbigen Twinset aus Baumwolle. Oder als energische Person mit den Maßen einer Walküre, die mühelos mit einer Hand zwanzig Gesang-bücher balancierte, während sie noch schnell die Liedblätter akkurat zusammenfaltete und energisch die nötigen Spenden eintrieb. Nichts davon traf auf Uschi zu. Hochgewachsen, schlank und feingliedrig strahlte sie eine Gelassenheit aus, die einem sofort guttat. Wie alt sie war, war schwer zu schätzen. Ihre silbergrauen langen Haare trug sie offen. Mit ihrem eben-mäßigen Teint und den leicht rosa geschminkten Lippen hätte sie ebenso gut für Ende fünfzig wie für siebzig durchgehen können. Heute trug sie ein weit schwingendes Leinenkleid über einer eng anliegenden schwarzen Hose und darüber eine extravagante Korallenkette.

Sie zog einen Stuhl neben Violas Schreibtisch. »Das sieht doch gut aus. Man könnte meinen, du gestaltest regelmäßig Plakate«, lobte Uschi, nachdem sie einen Blick auf den Moni-tor geworfen und Violas Entwurf begutachtet hatte. »Das Da-tum von Donnerstag würde ich noch größer ziehen. Ja, genau so. Hat der Chor schon einen Namen?«

»Nein, hat er nicht. Nicki dachte, es wäre gut, wenn die Frauen den selbst aussuchen würden.«

»Mhmm, auch gut, dann schreiben wir hier einfach nur

›Neuer Frauenchor Sulzhagen‹, das ist auch in Ordnung. Übrigens, ich hätte auch Lust mitzusingen.«

»Schön«, sagte Viola. »Dann sind wir wenigstens schon zu dritt.«

»Ich glaube, das musst du nicht so schwarzsehen, das wird schon.«

Uschi setzte sich wieder an ihren eigenen Rechner. Viola bewunderte die Ältere für ihre Gelassenheit.

Sie war bei allen Wünschen direkt Feuer und Flamme gewesen, nur bei der Idee mit den Anrufen bei der Presse hatte sie einen Einwand gehabt. »Im Moment ist es noch zu früh, um bei den Redaktionen anzurufen. Das erledigen wir ab zehn, aber mit dem Plakat kannst du direkt anfangen.«

Danach hatte Viola einen Crashkurs in Sachen Gestaltung erhalten. Uschi nutzte eine Software, die unzählige Vorlagen bot, die man lediglich verändern und anpassen musste. Schon nach einer Viertelstunde legte sich Violas Nervosität. Ja, das machte richtig Spaß. Eine gute Stunde brauchte Viola, danach war das Plakat fertig. Uschi kopierte die Datei und druckte sie aus. »So, daraus zaubern wir jetzt noch ein paar DIN A5 große Handzettel ... voilà. Der Drucker steht draußen auf dem Gang, auf dem Tisch daneben findest du die Schneidemaschine. Wenn du magst, kannst du die Zettel schon zuschneiden.«

»Ja, mach ich sofort.«

Als Viola die Handzettel fertig zugeschnitten hatte, fragte sie: »Soll ich die schon mal in den Geschäften im Ort verteilen?«

»Warum nicht? Überlass die Anrufe bei den fünf, sechs Redaktionen nur mir, das erledige ich hier nebenbei. Wenn es Interviewwünsche geben sollte, würdest du dir das zutrauen?«

Daran hatte sie noch gar nicht gedacht, aber wenn es half, den Chor auf die Beine zu stellen ...

»Sicher, ich habe den ganzen Tag Zeit.«

»Gut, ich will mal sehen, was ich erreichen kann. Und sollte sich jemand weigern, das Plakat in sein Schaufenster zu hängen, kannst du ihm gerne einen lieben Gruß von mir ausrichten.«

»Ich hoffe doch, dass ich ohne Drohungen klarkomme«, erwiderte Viola und lachte vergnügt.

»Bei einigen Leuten aus dem Dorf weiß man nie.« Uschis Zeigefinger beschrieb kleine Kreise an ihrer Schläfe. »Denen schlägt der raue Ostseewind manchmal aufs Hirn.«

***

Leise summend schlenderte Viola am Marktplatz entlang. Die ersten vier Plakate war sie schon losgeworden. Viola betrat Luigis Eisdiele. Schon gestern bei ihrem Besuch mit Nicki waren ihr zwei Dinge aufgefallen: Erstens, Nicki war offenbar Stammkundin, so herzlich, wie Luigi sie begrüßt hatte. Und zweitens, die Eisdiele hatte sich in den letzten elf Jahren nicht verändert, sowohl was die Einrichtung, die Poster an der Wand als auch die Eisqualität betraf.

Jetzt, am frühen Vormittag, bereitete sich Luigi auf einen weiteren Sommertag mit eishungrigen Kunden vor. Gerade war er dabei, einen großen Edelstahlbehälter mit cremig aussehendem blassrosa Sahneeis in der Kühltheke zu platzieren. War das Erdbeereis? Oder doch eher Himbeere?

»Guten Morgen, Luigi.« Viola trat an die Theke.

»Ah … Buongiorno. Wie kann ich weiterhelfen?«

»Ich verteile gerade Plakate in der Stadt. Es ist eine Einladung, bei dem neu gegründeten Frauenchor mitzumachen.«

»Si, non c›è problema. Ich kann ein großes Plakat nehmen.«

Viola legte ihre Plakate auf einem der kleinen Tische ab, um die passende Größe herauszusuchen.

Ihr entging nicht, dass Luigi sie nachdenklich musterte. Ganz so, als würde er nach einer fernen Erinnerung suchen.

Würde er sich an ihr Gesicht erinnern oder doch eher an ihren geliebten Bikini? Glücklicherweise fragte Luigi lediglich: »Warum nur dürfen keine Männer in dem Chor singen?«

»Es wird eben ein Frauenchor. Männer dürfen dann später zuhören.«

»Auch nicht schlecht, aber nicht das Gleiche.«

Viola zuckte mit den Achseln und ging nicht weiter darauf ein. »Ich hätte auch noch Handzettel.«

»Sehr gut, hier für die Theke. Man weiß nie, wozu es gut ist.«

Nein, das konnte man nicht wissen. Viola legte einen Stapel Handzettel auf der Theke ab. Und da gab es noch etwas, was Viola wusste, nämlich dass Luigis dunkles Schokoladeneis unschlagbar gut schmeckte, also kaufte sie zwei Becher mit jeweils zwei Kugeln.

Zeit, um Nicki hallo zu sagen. Mit den Eisbechern in der Hand und den übrigen Plakaten und Handzetteln unter dem Arm schlenderte Viola weiter.

Das Optikfachgeschäft Ostseeblick gefiel Viola beim Betreten auf Anhieb. Der Teppichboden hatte exakt dieselbe Farbe wie der Sandstrand von Sulzhagen. Große LED-Flächen in der abgehängten Decke vermittelten den Eindruck, man würde direkt in einen blauen Sommerhimmel mit ein paar Schönwetterwolken schauen, und die Brillen wurden auf kunstvoll gezimmerten Ständern aus altem Treibholz präsentiert. Aus versteckten Lautsprechern klang leise, aber doch wahrnehmbar Meeresrauschen und Möwengeschrei. Die Illusion war perfekt. Viola hatte den Eindruck, als würde sie durch ein geöffnetes Fenster das nahe Meer hören. Dabei wusste sie, dass sie noch mehr als einen Kilometer weit laufen musste, um an den Strand zu kommen. Trotzdem fühlte sie sich sofort beruhigt und entspannt. Die gesamte Einrichtung trug eindeutig Nickis Handschrift. Für solche Einfälle liebte sie ihre Freundin.

Nicki erschien im hinteren Bereich des Geschäfts, dort, wo eine offene Tür in ihre Werkstatt mündete. »Guten Morgen, Viola, was treibt dich denn hierher?« Ihr Blick fiel auf die weißen Pappbecher in Violas Hand. »Oh, sag bloß, das ist dunkles Schokoeis?«

Flüchtig umarmte sie ihre Freundin zur Begrüßung und nahm dann mit verzücktem Gesichtsausdruck den angebotenen Eisbecher entgegen.

»Mhmm, halb elf. Eindeutig Schokoeis-Zeit.«

Viola lachte auf. »Hör auf, Nicki, tu bloß nicht so, als hättest du feste Grundsätze in Bezug auf Luigis Eis.«

»Doch, doch, einen habe ich: Eis geht immer!« Nicki nahm einen Löffel Eis und ließ es sich auf der Zunge zergehen. Nach dem zweiten Löffel fragte sie: »Sind das die fertigen Plakate? Hat mit Uschi alles geklappt? Ich wollte dich heute früh nicht wecken, weil ich dachte, dass du ein Anrecht auf ein bisschen Urlaub hast.«

»Ja, schau selbst, die Plakate sind fertig, und ein Großteil ist auch schon verteilt. Uschi ist unglaublich nett, sie hat mir alles gezeigt und telefoniert wahrscheinlich gerade mit der Presse. Ich wollte auch gar nicht lange bleiben, sondern nur mal schnell hereinschauen, mir deinen neuen Laden ansehen und natürlich ein Plakat abgeben.«

»Dann mal her damit. Hey, klasse, das sieht doch super aus.«

Viola hatte sich für einen Entwurf entschieden, bei dem in einer breiten Welle Notenlinien mit einzelnen Noten und einem Violinschlüssel die Aufmerksamkeit des Betrachters einfingen. Darunter stand *Lust auf Chor?* und der Satz *Sing mit beim neuen Frauenchor Sulzhagen* sowie die Probentage und Uhrzeiten. Weiter unten hatte Viola noch den Hinweis, dass die Proben im Gemeindesaal stattfanden und die Telefonnummer des Gemeindebüros für Rückfragen untergebracht.

»Und das alles hast du heute früh schon entworfen?«, fragte Nicki beeindruckt.

»Wir wollen mal die Kirche im Dorf lassen. Ich bin Sängerin, keine Grafikerin. Nein, die Ehre gebührt Uschi, sie hat mir geholfen. Sie hat ein Computerprogramm, mit dem man so etwas ganz leicht gestalten kann. Da sind sogar fertige Layouts und Bilder dabei, man braucht sich bloß etwas auszusuchen. Ich habe den Suchbegriff ›Chorkonzert‹ eingegeben und mich für das hier entschieden, weil die Linie ein bisschen auch wie eine Meereswelle aussehen.«

»Ich muss mir von Uschi das Programm unbedingt mal zeigen lassen, damit könnte ich auch ein paar Unterlagen für mein Geschäft hier erstellen. Vielleicht gewinnen wir damit keinen Preis für die ausgefallenste Gestaltung, aber mir gefällt es, und vor allem, es ist genau das, was wir brauchen. Stichwort: Was wir brauchen. Ich habe heute beim Frühstück mit Manuel gesprochen. Er ist sich ziemlich sicher, dass im Keller vom Gemeindehaus noch ein Zeltpavillon und eine Stellwand sein müssten, die könnten wir für den Infostand nutzen.«

»Gut, ich geh im Keller auf die Suche.«

»Oder du fragst noch mal Uschi, die weiß sicher, wo was zu finden ist.«

»Und bei wem bekommen wir die Genehmigung, einen Stand auf dem Markt aufzubauen? Da muss man doch bestimmt irgendwo beantragen?«

»Das ist das Schöne. Der Markt spielt sich ja zu den Füßen unserer Pfarrkirche ab und natürlich haben wir das Recht, vor der Kirche über unsere Aktionen zu informieren. Also werden wir den Pavillon nicht direkt auf dem Markt, sondern eher daneben aufbauen, aber glaub mir, das wird auffallen.«

In Violas Hosentasche klingelte ihr Smartphone. Bevor sie mit den Plakaten losgezogen war, hatte sie im Büro noch ihre Telefonnummer hinterlassen. »Ach, es ist Uschi«, sagte sie und nahm den Anruf an. Sie hörte kurz zu und antwortete: »Ich bin in zehn Minuten zurück.«

Viola steckte das Telefon wieder ein. »Radio Darß will in einer halben Stunde ein Telefon-Interview führen, um es heute Mittag auszustrahlen.«

»Na bitte, es läuft. Lass mir die letzten Plakate hier, ich fahre später noch einkaufen und zur Tankstelle, dann können die dort und im Fischimbiss auch eines aushängen. Und jetzt ab mit dir. Auf dich warten die Reporter, und ich muss bis zur Mittagspause noch zwei Brillen reparieren.«

Interview

Eine Schweißperle rann langsam an ihrer Schläfe hinunter. Ruhig bleiben, durchatmen, es waren maximal drei Minuten Livesendung, die sie überstehen musste. Im Bauch machte sich das vertraute Gefühl von Lampenfieber breit, das sie nie ganz losgeworden war. Nicht aufregen. Man kann dich noch nicht mal sehen. Leicht gesagt. Ihr Herz schlug schneller, während ihre Hand den Hörer des Bürotelefons fest umklammerte. Entspann dich, Viola, na los, gleich hört die Musik auf und dann bist du live in der Sendung.

Live im Radio. Das war der Kern des Problems. Der Redakteur, Dennis Fahrtmann, hatte zunächst von einer Aufzeichnung gesprochen, dann aber noch einmal angerufen, um mitzuteilen, dass sein Chef vom Dienst es sich anders überlegt habe. Da sei gerade ein Interview mit der Sprecherin einer Umweltschutzgruppe für die Mittagssendung ins Wasser gefallen, ob sie auch live dabei sein wolle. Wollte Viola eigentlich nicht, live dabei sein, das klang nach einem Interview ohne Netz und doppelten Boden. Und genauso fühlte es sich nun auch an.

Aber zugesagt war zugesagt. Der Moderator der Sendung hatte sie kurz begrüßt und erklärt: »Hallöchen, ich bin der Kai Berger, ich moderiere die Sendung. Wir beide plaudern gleich über das Chorprojekt. Sie hören jetzt noch die Musik, die aktuell läuft, und dann sind wir dran. Alles klar? Gut. Wird super, versprochen.«

Von wegen, wird super. So aufgeregt war sie schon seit ihrem allerersten Vorsingen nicht mehr gewesen. Was, wenn sie sich verhaspelte, wenn sie Fragen nicht beantworten konnte, wenn sie anfing herumzustottern? Wer würde schon gerne in einem Chor singen, dessen Leiterin sich im Radio zur Lachnummer gemacht hatte?

Aus dem Telefonhörer dudelte ein Lied, das Viola nicht kannte, aber starke Ähnlichkeit mit einem Song der Gipsy Kings hatte, dessen Titel ihr aber gerade nicht einfallen wollte. War ja auch egal, Hauptsache, es hörte bald auf und das Interview fing endlich an.

»Das waren die Gipsy Kings. Und jetzt noch schnell ein Blick zur Uhr: zehn Minuten nach zwölf. Zeit für unser erstes Thema. Willkommen zu unserer Rubrik: ›Was ist los an unserer Küste?‹ Mein Name ist Kai Berger und am Telefon begrüße ich nun Viola Fischer, die in Sulzhagen einen neuen Frauenchor auf die Beine stellen will. Moin, Frau Fischer.«

»Ja … ähm … hallo, Herr Berger.«

»Frau Fischer, wie sind Sie denn auf diese Idee mit dem Frauenchor gekommen?

»Die Idee hatte nicht ich, sondern der Pfarrer der evangelischen Kirchengemeinde hier in Sulzhagen, Manuel Overrath. Seine Frau ist eine alte Schulfreundin von mir, und sie hat mich gefragt, ob ich mir vorstellen könnte, einen neuen Frauenchor zu leiten. Zumindest in der Anfangszeit.«

»Ist es nicht schwer, so ein Projekt zu starten? Sulzhagen ist schließlich nicht Dresden, die Stadt, aus der Sie kommen. Ich habe gehört, Sie haben lediglich sechs Wochen Zeit für dieses Projekt.«

Langsam legte sich Violas Nervosität, die Fragen zeigten, dass es dem Sender nur um Informationen ging, Kai Berger führte hier ein Gespräch mit ihr und kein Kreuzverhör.

»Ich hoffe jetzt erst einmal, dass möglichst viele Frauen, die dieses Interview hören und gerne singen, vielleicht sogar schon Chorerfahrung haben, am Donnerstag um neunzehn Uhr in den Gemeindesaal der evangelischen Kirche in Sulzhagen kommen. Und ja, leicht ist das nicht.«

»Aber, das hat mir mein Redakteur hier aufgeschrieben, Sie, Frau Fischer, sind ja Profi.«

»Das stimmt, ich bin Berufssängerin. Ich singe im Chor der Semperoper in Dresden. Die Wochen hier in Sulzhagen sind meine Sommerferien. Ich habe Gesang studiert und ich weiß, wie viel Arbeit in einem Chorprojekt steckt.«

»Und machen es trotzdem.«

»Sehen, Sie, Herr Berger, Sie wissen doch auch, wie viel Arbeit eine Radiosendung macht und moderieren trotzdem.«

Violas fröhliches Auflachen war echt. Das Interview fing an, ihr Spaß zu machen. Berger lachte mit. »Erwischt. Ich hoffe, mein Chef hört gerade mit.«

Ihre Stimme wurde wieder ein wenig ernsthafter. »Verstehen Sie, wir wollen hier einen Anfang wagen. Mit zwei Proben in der Woche und sechs Wochen Zeit können wir eine ganze Menge auf die Beine stellen. Vor allem, wenn es auch ein paar erfahrene Sängerinnen im Chor gibt.«

»Letzte Frage: Wie soll es danach weitergehen, also wenn die sechs Wochen vorbei sind?«

Viola schluckte kurz, auf diese Frage hatte sie sich nicht vorbereitet. Schnell antwortete sie: »Natürlich gibt es auch dafür schon Pläne. Aber erst einmal wollen wir loslegen. Also: An alle Frauen hier in Sulzhagen und Umgebung, die gerne singen: Kommt vorbei! Morgen Abend, am Donnerstag, um neunzehn Uhr im Gemeindesaal. Und wer noch unschlüssig ist: Morgen stehe ich während des Sulzhagener Marktes mit einem Infostand vor der Kirche und beantworte gerne weitere Fragen. Ich freue mich auf euch.«

»Das lassen wir mal als Schlusssatz so stehen. Viola Fischer war das. Und jetzt geht es weiter mit Musik und der Werbung.«

Es knackte einmal laut in Violas Telefonhörer, dann hörte sie Kai Berger wieder. »Frau Fischer? Das war's. Herzlichen Dank, hat Spaß gemacht. Ich drücke Ihnen die Daumen, und wenn es ein erstes Konzert gibt, vergessen Sie nicht, bei wem Sie Ihren Chor zusammengetrommelt haben, da möchte ich eine Einladung sehen.«

»Ich werde daran denken und mich rechtzeitig melden. Versprochen.«

Viola legte auf und ließ sich auf ihrem Stuhl in die Lehne zurücksinken. Vorbei. Sie hatte es geschafft. Ihr T-Shirt allerdings war vollkommen nass geschwitzt, das gehörte dringend in die Wäsche. Gut, dass sie nicht regelmäßig Interviews geben musste.

»Du warst großartig. Ich habe nebenan alles mitgehört. Ganz klasse.« Uschi war ins Zimmer gestürmt. Sie strahlte von einem Ohr zum anderen. »Gott, ich wäre sicher vor lauter Nervosität gestorben«, erklärte sie weiter.

»Ging mir genauso«, erwiderte Viola.

»Hat man aber nicht gehört, und darauf kommt es an. Du klangst entspannt und unglaublich nett. Gut, dass du so ein Naturtalent bist.«

»Wieso?«, fragte Viola misstrauisch.

»Weil um vierzehn Uhr der *Sulzhagener-Blitz* jemanden vorbeischicken will, um ebenfalls ein Interview zu bekommen.«

»Och nö!«

»Doch, und du hast vorher gesagt, es macht dir nichts aus. Du wolltest Presse, jetzt kriegst du Presse. Aber keine Sorge, die Mitarbeiterin kenne ich schon, da war sie noch nicht mal konfirmiert. Sandra Bellen, ein ganz Nette. Ich bleibe auch dabei, also, falls es unbequeme Fragen geben sollte.«

»Na gut. Dann um zwei eben noch die Reporterin, aber vorher laufe ich rasch hoch in mein Zimmer und ziehe mir was Frisches an.«

»Du hast ja noch Zeit.«

Viola ging an Uschi vorbei. Im Türrahmen blieb sie stehen. »Ach Uschi, was wird eigentlich aus dem Chor, wenn ich in sechs Woche wieder gehe?«

Die Gemeindesekretärin hob die Hände: »Das wirst du Nicki oder Manuel fragen müssen. Der Chor ist schließlich ihre Idee.«

Strandspaziergang

Heiß war es am Strand, aber auf eine gute Art. Viola spazierte am Wasser entlang und freute sich, wie das klare Wasser ab und zu in kleinen Wellen ihre Knöchel umspielte. Was war es nur, das diesen Ort so besonders machte? Ihre bloßen Füße gruben sich bei jedem Schritt in den weichen Sand. Die Sonne glitzerte auf den Wellen, die ruhig, fast schon träge auf den Strand zuliefen. Wie hatte sie nur elf Jahre lang ohne das auskommen können?

Eine Hand schützend über die Augen gelegt, musterte sie die Dünen. Weiter hinten schien sich ein Kiefernwald direkt an der Steilküste zu befinden. Sie würde noch ein Stückchen weiterlaufen, dann ihr Handtuch in den Sand legen und sich in der Sonne aalen. Vielleicht auch schwimmen gehen. Genau. Das Stückchen bis zu dem Kiefernwald oberhalb der Dünen würde sie noch laufen und dann eine Pause machen.

Mit einer energischen Handbewegung entfaltete sie ihr hellblaues Strandlaken. Daneben die Sonnenmilch, den Hut, eine Flasche Wasser und ein Buch, das sie in letzter Minute aus Nickis Wohnzimmer ausgeliehen hatte. Sie hatte auf gut Glück zugegriffen und einen Roman entdeckt, auf dessen Umschlag ein fröhlich gestreifter Strandkorb und eine kleine Robbe zu sehen waren. Viola seufzte zufrieden und machte es sich in der Sonne bequem. Es war perfekt. Die Anspannung beim Radiointerview war vergessen, der ganze Vormittag und die Interviews ... lagen die wirklich erst zwei Stunden zurück? Hier am Meer konnte man jedes Zeitgefühl verlieren.

Zwei Mal ging sie ins Wasser und danach war sie wieder

dankbar für die Sonnenwärme, die sie in kürzester Zeit trocknen ließ.

Eigentlich konnte sie ihre Sachen ebenso gut kurz liegen lassen und noch ein kleines Stückchen am Strand entlangschlendern. Sie zog sich ihr Strandkleid über. Die Sandalen in der Hand, ging sie diesmal direkt am Saum der Dünen entlang. Vor ihr tat sich ein kleiner Trampelpfad auf, der nach kurzer Zeit in eine sonnenverblichene Holztreppe überging. Viola schlüpfte in ihre Sandalen und folgte neugierig dem Pfad. Am oberen Ende der Treppe konnte sie Kiefern erkennen. Plötzlich erschien ihr die Aussicht auf etwas Schatten sehr verlockend. Sie stieg die Stufen empor. Mit jedem Atemzug sog sie die würzige Luft ein, harzig roch es, frisch, aber auch nach heißem Sand und irgendwie salzig.

Am oberen Ende der Treppe angekommen blieb sie stehen, und ihr Herz setzte für einen Moment aus. Sie sah sich plötzlich wieder im Alter von sechzehn, mit so viel Wucht kehrte die Erinnerung zurück. Hier war sie schon einmal gewesen. Natürlich, jetzt fiel es ihr wieder ein. Sie hatte mit Nicki eine Radtour gemacht, an einem der ersten Tage in dem Urlaub damals. Sie waren durch den Kiefernwald geradelt, und genau hier hatten sie gestanden und dieses Haus bewundert. Es war immer noch da, direkt am Rand der Steilküste. Die hellblauen Fensterläden glänzten in der Nachmittagssonne. Rund um das Haus blühten Stockrosen in allen Farben, die bis zur Dachrinne aufragten. Der Anblick war fast schon unwirklich, wie ein Moment aus der Vergangenheit. Atemlos schlich Viola näher an das Haus.

Jetzt sah sie, dass doch nicht mehr alles wie damals war. Das Haus wirkte ein wenig vernachlässigt. Die Fenster waren geschlossen, so, als ob niemand zu Hause wäre, um den Sommerwind hereinzulassen. Der Rasen war nicht besonders hoch, hätte aber durchaus mal wieder gemäht werden können. Sie seufzte. Nur zu gut erinnerte sie sich jetzt an ihr Gespräch von damals. Nicki hatte hier ihre Bestsellerromane schreiben wollen, und sie wollte das Haus haben, um sich von ihren Welttourneen zu erholen. Sie lächelte wehmütig. Nicki würde wohl nie einen Bestseller schreiben, es sei denn, er handelte von Brillen. Und sie selbst? Viola war tatsächlich als Sängerin auf der Bühne angekommen. Welttourneen gehörten zwar nicht zum Programm des Opernchors, aber sie konnte stolz darauf sein, zur Semperoper zu gehören, und sie liebte ihre Arbeit dort von ganzem Herzen.

Auf dem geschotterten Platz neben dem Haus war kein Auto zu sehen. Es war wohl wirklich niemand da, dann konnte sie sich ebenso gut ein bisschen umsehen, oder? Die nächste Brise trug den Duft von warmem Kiefernholz mit sich und einen Hauch von blühenden Dünenrosen. Vorsichtig ging Viola näher heran. Und dann sah sie es: Zwischen den Blumen neben der Haustür steckte ein Schild in dem grauen sandigen Boden. »Zu verkaufen«, las Viola halblaut. Darunter stand die Telefonnummer einer Immobilienfirma aus Sulzhagen.

Sie wandte sich mit einem Seufzen zum Gehen. Aus ihrem Traum am Meer würde wohl nie etwas werden. Bevor sie zur Holztreppe zurückkehrte, fiel ihr noch etwas ein. Sie machte noch einen Abstecher zur nahe gelegenen Weide und wurde nicht enttäuscht. Genau wie damals rannten ihr fünf Schafe entgegen, die ihr fröhlich blökend auf der anderen Seite des Zauns folgten und nur ab und zu stehen blieben, um an dem kurzen Gras zu knabbern. Lächelnd schaute sie den Tieren eine Weile zu.

Wieder am Strand angekommen, streckte sie sich rücklings auf ihrem Handtuch aus und ließ sich die Sonne ins Gesicht scheinen. Die Wärme machte sie angenehm träge. Sie ließ sich die vielen schönen Eindrücke von ihrem Spaziergang durch den Kopf gehen. Die glitzernden Wellen, bunte Stockrosen am Haus, die Schafe auf der Weide ... Doch dann schreckte sie mit einem Ruck hoch. Ihr Herz klopfte bis zum Hals. Sie war nicht aus freien Stücken hier! Sie hatte keinen Urlaub gebucht. Sie hatte kein Recht, sich hier in der Sonne zu aalen. Nein, sie musste ihren dummen, unüberlegten Fehler wieder ausmerzen. Ein Chor wollte gegründet werden, und ihre Aufgabe war es, daraus einen Erfolg zu machen.

Viola seufzte, sie nahm ihr Handtuch und machte sich auf den Heimweg. Ihr dummes schlechtes Gewissen hatte ihr ein Strich durch die gute Stimmung gemacht, hoffentlich würde das jetzt nicht die nächsten Wochen so weitergehen.

So könnte es gehen

»Ich glaub, das wird was«, erklärte Nicki im Brustton der Überzeugung. »Ja, doch, da geh ich jede Wette ein. Allein heute Nachmittag haben mich drei Kundinnen auf das Radiointerview angesprochen, und sie haben sich Handzettel mitgenommen.«

»Hoffentlich hast du recht«, erwiderte Viola, kuschelte sich in die Kissen und zog die Beine unter sich. »Das Interview mit der Redakteurin des Lokalblatts verlief auch problemlos, es wird allerdings erst am Samstag erscheinen, kann also allenfalls für die kommende Woche noch helfen.«

»Aber immerhin. Und gab es sonst noch Anfragen?«

»Uschi hat einen kurzen Text an verschiedene Redaktionen gemailt. Die *Ostsee-Zeitung* will wohl noch eine Meldung veröffentlichen.«

Die beiden Frauen saßen in den großen Sesseln im Wohnzimmer des Pfarrhauses, und Nicki hatte sogar ein kleines Feuer im Kaminofen angezündet. Nötig war das Ende Juli natürlich nicht. »Dient nur der Stimmung«, hatte Nicki erklärt. Und Viola musste ihr recht geben, es war unfassbar gemütlich, hier zusammenzusitzen und in die flackernden Flammen zu schauen.

»Sag mal, Nicki, wie soll es eigentlich mit dem Chor weitergehen, wenn meine sechs Wochen vorbei sind? Die Frage hat man mir heute schon zwei Mal gestellt.«

»Manuel, wann kommt noch mal die neue Kantorin?«, rief Nicki in Richtung Küche, aus der man etwas in der Pfanne brutzeln hörte.

»Ich glaube, Mitte September. Doch, doch, ich meine, sie

ist am vierzehnten oder fünfzehnten September hier. Ach, übrigens, Mädels, ihr könntet mal den Tisch decken, die gefüllten Pfannkuchen sind jeden Moment fertig.«

»Machen wir gleich, Schatz.« Nicki beugte sich zu Viola herüber und raunte: »Ach, ich liebe es, wenn mein Mann kocht und ich nur die Teller hinstellen muss.«

In normaler Lautstärke fuhr sie fort. »Vor zwei Jahren ist der alte Kantor in den Ruhestand gegangen, danach hat man mit Aushilfen gearbeitet. Aber jetzt hat Manuel eine neue Kantorin gefunden, die in verschiedenen Gemeinden spielen wird. Ich denke, dass sie den Chor weiter leiten könnte, und vielleicht hast du ja Gelegenheit, ab und zu mal vorbeizuschauen. Du weißt schon, so projektmäßig.«

»Mensch Nicki, du weißt doch selber, wie eng mein Probenplan in Dresden ist.«

»Ja, schon, aber du hast auch mal gesagt, dass es nach einer gewissen Zeit einfacher wird, weil das Üben nicht mehr so viel Zeit in Anspruch nimmt.« Als Viola nicht sofort zustimmte, schob Nicki hinterher: »War ja auch nur so eine Idee.«

Viola hörte die Enttäuschung in Nickis Stimme und hatte gleich ein schlechtes Gewissen, schließlich ermöglichte ihre Freundin ihr nicht nur, herrliche Tage am Meer zu verbringen, sondern auch dieses unsägliche Kapitel mit Marcus abzuschließen. Schon deshalb sagte sie schnell. »Ich kann ja mal sehen, was in der kommenden Spielzeit möglich ist.« Tief in ihrem Herzen kannte sie die Antwort: Nichts!

»Ja, mach das, das wäre doch schön.« Und an Nickis resigniertem Blick sah Viola auch, dass diese das genauso gut wie sie wusste.

Aus der Küche kam Manuel mit einem großen Tablett in der Hand. »Also wirklich, meine Damen, wo bleiben die Teller, das Besteck und die Gläser?«

Nicki sprang auf, lief an ihrem Mann vorbei und küsste

ihn kurz auf die Wange. »Ich hole das Geschirr. Danke fürs Kochen und für die Zeit mit meiner Freundin. Viola, kümmerst du dich um die Gläser? Tischsets liegen drüben im Regal.«

»In Ordnung, Nicki«, erwiderte Viola. »Manuel, lass das Tablett einfach dort stehen, wir beeilen uns.«

»Das hoffe ich, ich habe nämlich Hunger. Und ich habe noch eine Idee für den Stand auf dem Markt.«

* * *

»Ah, lecker.« Manuel spießte einen großen Happen von seinem goldbraunen Pfannkuchen auf, aus dem die cremige Füllung mit Kräutern und Schafskäse herausquoll. Er ließ die Gabel wieder sinken. »Was ich vorhin noch sagen wollte: Ich habe mir überlegt, was ist noch besser als ein Handzettel? Wie bekommt man so richtig Lust aufs Mitmachen beim Chor?« Erwartungsvoll ließ er den Blick zwischen den beiden Frauen am Tisch hin und her wandern.

»Keine Ahnung, jetzt sag schon.«

»Indem man es einfach tut.«

»Manuel!«, quietschte Nicki. »Du bist hier nicht im Konfirmandenunterricht. Jetzt verrat uns einfach deine Idee.«

»Na ja, es ist doch so: Es gibt ein paar Lieder, die jeder kennt und die man gerne auch laut mitsingt, im Auto, unter der Dusche, beim Kochen und so. Wir bauen an unserem Stand morgen Lautsprecher auf und bieten zu jeder vollen Stunde ein paar Songs zum Mitsingen an.«

»Oh, ja, das ist gut. Wir könnten *Hey Jude* singen.« Nicki klatschte begeistert in die Hände. »Oder *Thank you for the music*, das kennt jeder.

»Im Prinzip gut, aber darf man das?«, warf Viola ein. »Stichwort öffentliche Aufführung, GEMA und so?«

»Kein Thema«, sagte Manuel. »Damit kennt sich Uschi

aus. Solche Veranstaltungen anzumelden ist quasi ihr Spezialgebiet. Viola, kannst du dich vielleicht heute Abend noch hinsetzen und zwei, drei Stücke aussuchen?«

Markttag in Sulzhagen

Markttag in Sulzhagen. Viola hätte im Traum nicht damit gerechnet, dass dieser wöchentliche Markt den Dorfkern völlig auf den Kopf stellen würde – aber genauso war es. Verkatert und verschlafen trat Viola ans Fenster ihres Gästezimmers.

Aquavit – Wasser des Lebens – von wegen! Wobei … gestern Abend als Absacker, nachdem auch die zweite Rotweinflasche leer getrunken war, hatte ihr der örtliche Aquavit ganz köstlich geschmeckt. Besser, sie hätte es bei einem Glas belassen. Egal! Wer trinken kann, kann auch arbeiten – altes Sprichwort im Hause Fischer. Sie sollte sich nicht so anstellen und herumjammern, heute gab es schließlich viel zu tun. Also ab unter die Dusche, danach etwas Müsli und Kaffee, viel Kaffee, ein ganz einfacher Plan. Dann aber blieb sie doch erst einmal staunend am Fenster stehen. Obwohl es gerade mal kurz vor sieben war, hatte sich der Platz unterhalb der Dorfkirche bereits gefüllt. Autos mit Anhängern rangierten, große Verkaufswagen wurden geparkt, Klapptische und Pavillons aufgestellt. Viola hatte mit zwei, drei Obst- und Gemüseständen, einem Wagen mit Käse und vielleicht noch einem örtlichen Honighändler oder einem Blumenstand gerechnet, aber das da unten entwickelte sich gerade zu einem ausgewachsenen Wochenmarkt, wie sie ihn das letzte Mal in Südfrankreich erlebt hatte.

»Ein Glück, dass wir einen fest reservierten Stellplatz haben, nämlich direkt vor dem Kirchenportal«, murmelte sie. »Aber lange herumtrödeln sollte ich besser nicht.«

***

»Kannst du mal die Stange festhalten? Ja, gut so, und jetzt hoch damit!« Manuel hatte am Abend vorher angeboten, beim Aufbau des Pavillons zu helfen, das ging mit mehreren Personen einfach schneller und leichter. Viola hatte das Angebot dankend angenommen.

»Uschi, ein bisschen weiter nach links. Schatz, du musst auch noch ein kleines Stück herumgehen. Ja, genau, so ist es gut.«

Zu viert platzierten Nicki, Viola, Manuel und Uschi den Zeltpavillon an die richtige Stelle.

»So, Leute, wenn das Ding jetzt hier steht, mach ich mich auf die Socken, ich muss in den Laden.« Nicki küsste kurz ihren Mann, nahm ihre Umhängetasche und lief beschwingt über den Marktplatz.

»Viola, kommst du dann hier zurecht?«, fragte Uschi. »Ich müsste drinnen mit der Arbeit anfangen.«

»Geh ruhig, kein Problem. Ich baue alles auf, und dann kann's losgehen.«

»Ich bringe dir noch die Lautsprecher raus, die sind ziemlich schwer. Wenn du später eine Ablösung brauchst, dann melde dich bei mir«, bot Manuel an. »Ich fahre jetzt erst mal nach Prerow, aber so um halb zwölf bin ich zurück.«

»Ist in Ordnung, ich komme klar«, erwiderte Viola und meinte es genau so, wie sie es sagte. Die Marktatmosphäre war ansteckend. Überall sah man freundliche Gesichter, sie hörte ein paar Männer weiter hinten dröhnend über irgendetwas lachen, sah, wie sich Menschen freundlich begrüßten.

Ihr Plakat für die Stellwand hatte sie am Vorabend noch durch einen Zettel ergänzt: *Sing mit – hier am Stand zu jeder vollen Stunde.*

***

»Hallo, singen Sie gerne? Wir wollen einen neuen Chor gründen. Kommen Sie doch mal zur Probe, heute Abend, neunzehn Uhr im Gemeindesaal.« Viola lächelte die drei Frauen, die an ihrem Klapptisch angehalten hatten, freundlich an. Für so einen Stand gab es zwei Möglichkeiten, das war ihr von Anfang an klar gewesen. Möglichkeit eins: Man saß stumm hinter seinem Klapptisch und hoffte darauf, dass man angesprochen wurde. Gefahr dabei: Ein früher Tod durch rasch einsetzende Langeweile. Möglichkeit zwei: Man stellte sich neben seinen Stand, hatte ein paar Handzettel parat und sprach die vorbeigehenden Menschen aktiv an. Gefahr dabei: Man kassierte ein paar irritierte Blicke oder eine Abfuhr, aber es wurde nicht langweilig. Stumm hinter dem Klapptisch zu sitzen, war nicht Violas Ding. Die drei Frauen schauten weder irritiert noch ablehnend.

»Moin, sind Sie die Sängerin aus Dresden, die gestern im Radio war?«, fragte eine der drei Frauen. Alle drei waren um die dreißig und Viola hatte den Eindruck, dass sie ganz bewusst zusammen zum Pavillon gekommen waren. Wenn das mal kein gutes Zeichen war.

»Ja, das war ich. Viola, Viola Fischer. Ich bin eine alte Schulfreundin von Nicki Overrath, der Frau des Pfarrers.«

»Stimmt, hattest du auch erzählt. Also meine beiden Freundinnen und ich, wir würden schon gerne mitsingen. Ich bin Paula, ich unterrichte an der Grundschule hier.«

Paula hatte kurze braune Haare und ein herzliches Lächeln.

»Ich bin Gesa, ich muss gleich meinen Dienst drüben im Hotel zum Anker antreten, ich arbeite da aushilfsweise an der Rezeption.«

»Maren, heute ist mein freier Tag, in der Verwaltung in Wustrow.«

»Schön, euch drei kennenzulernen«, erwiderte Viola und meinte es auch genau so. Zum ersten Mal an diesem Morgen gab es hier Frauen mit der konkreten Absicht, im Chor zu singen, nicht einfach nur ein paar vage »klingt ganz interessant« oder »ja, das könnte was für mich sein«.

Zum Quartett-Singen reicht es schon mal, dachte Viola zufrieden. »Und ihr habt Chorerfahrung?«

Paula lächelte schief: »Gesa und ich waren mit Nicki im Shanty-Chor, muss ich da mehr sagen?«

»Uhh, davon hat mir Nicki erzählt, und es klang nicht toll, das kriegen wir besser hin, versprochen.«

Die drei Frauen wechselten einen Seitenblick. Paula stieß Maren den Ellenbogen in die Seite. »Na los, frag schon.«

»Was wolltest du fragen?«

Maren druckste verlegen herum: »Also … also ich … kann keine Noten lesen und ich wollte wissen, ob das sehr schlimm ist?«

»Ach was, wir üben die Stimmen ja intensiv, und ich wäre auch dafür, dass wir die Lieder auswendig singen, das ist viel besser, als sich hinter den Notenblättern zu verstecken. Tja, und wenn du ein Lied auswendig kannst – wozu brauchst du da noch Noten?«, beruhigte Viola die junge Frau.

»Und was genau werden wir singen, also ich meine, in welche Richtung wird es gehen?«, fragte Gesa.

»Bleibt doch noch …« Viola warf einen schnellen Blick auf ihre Armbanduhr. »… fünf Minuten. In fünf Minuten gibt es Musik zum Mitsingen. Bestimmt ist auch was für euch dabei. Und später bei den Proben? Wir können eigentlich alles singen, wozu ihr Lust habt, außer vielleicht, wenn es zu schwer ist.«

Mit leuchtenden Augen sagte Gesa: »Das heißt, wir können auch Wünsche äußern?«

»Ja, klar. Darüber würde ich dann aber lieber heute Abend in der großen Runde sprechen, wenn das okay ist. Was würdet ihr denn gern singen?«

»Also, ich weiß eher, was ich nicht will. Volkslieder fände

ich furchtbar, und auf Kirchenlieder stehe ich auch nicht so. Das wird doch kein Kirchenchor – oder?«

»Nein, Gesa, ganz bestimmt nicht, auch wenn der evangelische Pfarrer und seine Frau die Idee zum Chorprojekt hatten«, erklärte Viola mit Bestimmtheit. »Ihr werdet also kommen?«

»Ja, das werden wir.«

»Super, wenn ihr noch weitere Chorsängerinnen kennt, sprecht sie an und bringt sie mit.«

»Meine Nachbarin, die hat immer mal erwähnt, dass sie gerne wieder singen würde, allerdings fand sie die Vorstellung, alte Seemannslieder zu singen, ganz grauenvoll, deshalb ist sie auch nie mit in den Shanty-Chor gekommen«, sagte Paula, »und ich telefoniere später noch mit einer Kollegin, die hat sogar Musik studiert.«

Und da waren es schon zwei weitere mögliche Sängerinnen mehr. Viola wurde von Minute zu Minute optimistischer.

»Gut, wir sehen uns dann heute Abend.«

»Ja, wir freuen uns.« Die drei Frauen lächelten zufrieden, so als hätte sich ihre gemeinsame Mission »Wir-informieren-uns-mal-über-den-Chor« gelohnt.

»Und jetzt …« Viola drückte auf einen Schalter. Die ersten Takte von *Probier's mal mit Gemütlichkeit* erklangen, und nach wenigen Sekunden war Viola von einer Frauengruppe umgeben, die begeistert mitsang.

»Kennt ihr *Hey Jude?*« Alle Songs, die Viola ausgesucht hatte, erwiesen sich als Volltreffer. Als die letzten Töne von *Hey Jude* verklungen waren, zählte sie insgesamt acht Frauen an ihrem Stand, und alle hatten sich auf der Liste für den Abend eingetragen.

»Entschuldigen Sie, sind Sie die Frau aus dem Radio, die mit dem Chor?« Bei der Frage hinter ihr drehte sich Viola um. »Ja, die bin ich, hätten Sie Lust mitzusingen?«

Gegen drei Uhr am Nachmittag löste sich der Markt allmählich auf. Die ersten Händler begannen damit, einzupacken und die Stände abzubauen. Aus dem Gemeindebüro kam Uschi zum Pavillon und überreichte Viola einen Becher Kaffee. »Hier, für dich.«

Dankbar nahm Viola den Becher. »Hmm, Kaffee, der tut jetzt gut.«

»Hast du denn überhaupt was gegessen?«

»Ich habe mir zwei Croissants drüben beim Bäckerwagen gekauft, und vor einer halben Stunde gab es noch eine Zimtschnecke. Das reicht bis zum warmen Abendessen.«

»Na immerhin. Hattest du denn Erfolg?«

Während Viola trank, tippte sie auf ihre handgeschriebene Liste, die unter einem dicken Kieselstein auf dem Klapptisch lag. »Ich habe nachgezählt, allein fünfundzwanzig Frauen wollen mitsingen, und ein paar von ihnen wollen noch weitere Sängerinnen ansprechen. Ich sag dir, Uschi, die Werbung, vor allem das Radiointerview, haben sich ausgezahlt.«

»Sehr gut, dann können wir ja den Stand abbauen. Ich hätte jetzt Zeit, um zu helfen.«

»Dann los, lass uns anfangen. Ich würde nämlich auch noch gerne die Probe vorbereiten.«

Zu zweit bauten sie den Zeltpavillon wieder ab, was einfacher als der Aufbau war. Als Viola müde, aber zufrieden nach einer halben Stunde in ihrem Zimmer auf dem Bett saß, überflog sie noch einmal ihre Liste. Fünfundzwanzig Namen, dazu kamen noch weitere fünf Frauen, die noch nicht ganz sicher waren. Die Probe konnte kommen!

Ein Frauen-Popchor

Der Gemeindesaal knisterte vor Energie, Viola konnte die Spannung praktisch mit Händen greifen. Eine kleine rundliche Frau mit einem fröhlichen Lachen, unzähligen Sommersprossen und zwei Zöpfen kam nach vorne und stellte den Korb mit Zetteln und Stiften vor Viola auf den Tisch. In Violas Augen sah die Frau aus wie eine etwas in die Breite gegangene Pippi Langstrumpf.

»Äh, danke, … ähm … Trulli, stimmt das so?« Viola deutete auf den Namen, der auf einem Stück Kreppband stand.

»Aber klar. Trulli ist richtig. Eigentlich Gertrud, aber so hat mich allenfalls mal meine Oma gerufen, wenn ich was ausgefressen hatte. Hier im Dorf haben mich alle immer schon Trulli genannt.«

»Also gut, Trulli, kannst du die Vorschläge dort auf dem Flipchart notieren?«

»Ja, sicher, warum nicht.«

Viola klatschte in die Hände. »Okay, alle mal herhören, Trulli schreibt jetzt eure Vorschläge auf. Hoffen wir mal, das was Schönes dabei ist. Ihr wisst ja, was euch sonst blüht?«

»Ick heff mol en Hamburger Veermaster sehn …«, dröhnte Gesa mit gespielt tiefer Stimme aus der ersten Reihe und erntete dafür schallendes Gelächter.

»Gesa hat den Nagel auf den Kopf getroffen.« Viola lächelte zufrieden. Das lief hier dermaßen locker, genau so hatte sie es sich vorgestellt. Die Nervosität, die noch vor zwanzig Minuten in ihrem Bauch für Grummeln gesorgt hatte, war völlig verflogen. Etwas steif hatte sie am Anfang alle begrüßt, sich noch mal vorgestellt. Achtundzwanzig Frauen hatte Viola gezählt. Achtundzwanzig, und mindestens vier weitere Sängerinnen wollten spätestens bei der nächsten Probe noch dazukommen. Von null auf achtundzwanzig – das konnte sich sehen lassen. Auch wenn sich die meisten Frauen hier im Saal mehr oder weniger gut kannten, Sulzhagen war schließlich keine Großstadt, hatte Viola darauf bestanden, dass sich jede mit Filzstift und Kreppband ein Namensschild aufklebte. Sie war schließlich noch ganz neu hier im Dorf. Und danach war der Chor direkt zum spannenden Teil übergegangen: Was sollte künftig gesungen werden? Viola hatte dafür Zettel und Stifte vorbereitet, und nun ging es an die Auswertung.

»Ist ein bisschen wie bei der Wahl zum Klassensprecher«, erklärte Paula, und ein paar Frauen kicherten.

»Hier kommt der erste Vorschlag: Trulli, schreib bitte auf: Songs von Adele.«

Viola stellte fest, dass etliche Köpfe begeistert nickten.

»Was von den Beatles. Klar, wir hatten ja heute früh schon *Hey Jude.*«

Viola nahm den nächsten Zettel aus dem Korb. »*Hallelujah* von Cohen, etwas von Taylor Swift, *Man in the mirror* wie in *Joyful noise.* O ja, den Film kenn ich auch. Warum nicht?«

Trulli notierte alle Vorschläge, die Viola vorlas. Bei einem Zettel stutzte Viola. »Hier steht #lautsein. Was bedeutet das?«

Eine Frau mit kurzen grauen Haaren und einem weiten Blumenkleid hob die Hand. »Das hab ich geschrieben.«

»Und was bedeutet das … ach herrje, ich kann leider deinen Namen nicht lesen.«

»Verena, ich heiße Verena. Es gab da mal so ein Projekt, da haben Chöre ein Stück gesungen, in dem es um eine bunte, tolerante Gesellschaft geht. Ich habe das im Radio gehört und mir damals gedacht, Mensch, wenn wir jetzt einen Chor hätten, dann müssten wir da auch mitsingen.«

»Okay, und das Stück heißt *#lautsein?* Na, das kriege ich doch raus.«

»Ist schon notiert, Viola«, verkündete Trulli aus Richtung Flipchart.

»Mal sehen, was wir noch haben.« Viola nahm den nächsten Zettel. Fünf Minuten später standen mehr als dreißig Lieder und Interpreten auf der Liste, die Trulli angefertigt hatte. Viola überflog das Ganze noch mal. »Also für mich sieht das nach spannendem Material aus«, erklärte sie, »da ist praktisch alles dabei von Adele bis ZZ Top.«

»Aber das mit den Bärten wird ein Problem«, rief eine Sängerin dazwischen.

»Werde ich bei den Chorsätzen berücksichtigen«, erwiderte Viola und zwinkerte der Sängerin vergnügt zu.

»Wenn ich das richtig sehe, dann steht fest, dass wir hier den ersten Frauen-Popchor von Sulzhagen im Saal haben«, verkündete Nicki.

»Jawohl.«

»Super.«

»Mensch, das wird was. Frauen-Popchor, cool«, riefen verschiedene Stimmen durcheinander.

»Okay, dann fangen wir mal an. Noch nicht mit einem Stück, sondern erst einmal mit ein bisschen Aufwärmen. Und am kommenden Dienstag habe ich dann aus der Liste hier die ersten Noten parat. Also, bitte mal alle aufstehen und ganz locker hinstellen. Arme hängen lassen und dann kreisen wir mit den Schultern.«

»Was denn, ist das jetzt Seniorengymnastik?« Nickis Einwurf sorgte für weitere Heiterkeit. Viola wusste, dass ihre Freundin die Bemerkung nicht ernst meinte, deshalb sagte sie nur trocken. »Klappe, Nicki, Schultern kreisen, oder du musst zurück zu den Chor-Nixen.«

»Autsch, ahnte ich doch, dass hier ein strenges Regiment herrschen wird.«

Viola bemerkte, dass die übrigen Sängerinnen den flapsigen Wortwechsel sehr genau verfolgten. Und sie sah noch etwas: So wie sie aus dem Bauch heraus auf Nicki reagiert hatte, hatte sie genau den Nerv der anderen getroffen. Wohin sie auch schaute, sie sah nur erwartungsvolle und zufriedene Gesichter.

»Luft einatmen und dann ganz langsam ausstoßen. So, als wolltet ihr tonlos pfeifen. Ganz genau, und jetzt singt ihr ganz locker, ohne Druck. Da, di, da, di, di.«

Da, di, da, di, di. Da waren sie, die ersten gemeinsamen Töne des neuen Chores. »Und jetzt singt ihr diesen Ton ... daaa ...« Viola gab mit der rechten Hand einem Teil der Frauen das Zeichen, dass sie als Erste singen sollten. »Und ihr singt ... daaa. Hört auf die anderen.« Die linke Hand forderte den Einsatz der anderen Chorhälfte. Die Sängerinnen reagierten augenblicklich. Die Töne füllten den Saal, der Klang schwoll langsam an. »Lena, Johanna, Alina, Maike, Laura, euer neuer Ton ... daaa.« Die hohen Sopranstimmen hatte Viola sofort erkannt, sie gab ihnen einen höheren Ton an, der zu ihrer Stimmlage passte. Gut, dass sie die Namensschilder hatte. Sie würde die Frauen so oft wie möglich mit ihren Vornamen anreden, um sie sich einzuprägen. Langsam baute sich ein vierstimmiger Akkord auf. »Ein bisschen lauter werden, alle. Forte. Ja, so ist es gut. Haltet diesen Klang.«

Das ist mein neuer Chor, dachte Viola, und gab sich ganz diesem einen großen Klang hin.

Die Weichen stellen

Voller Tatendrang setzte sich Viola am nächsten Morgen direkt nach dem Frühstück in ihrem Zimmer an den Schreibtisch. Draußen war es trüb und grau. Was für ein Gegensatz zu dem strahlenden Sommerwetter in den zurückliegenden Tagen. Regen prasselte gegen die Fensterscheibe. Für das, was sie an diesem Vormittag vorhatte, war das Wetter draußen sowieso egal. Nein, besser noch, sollte es draußen ruhig regnen, dann konnte sie ohne Bedauern am Computer arbeiten und musste nicht darüber nachdenken, ob es nicht schöner wäre, am Strand zu sein. Sie hatte sich das Flipchart aus dem Gemeindesaal ins Zimmer geholt und arbeitete sich durch Trullis Liste. Ihr war bewusst, dass das, was sie jetzt tat, Weichen stellen würde. Die Stücke, die sie für den Chor aussuchte, würden den Charakter des Chors und sein Image prägen. Ein Chor konnte jederzeit sein Repertoire neu gestalten und zusammenstellen, aber plötzliche Stiländerungen würde das gerade erst gewonnene Publikum ablehnen. Niemand, der beispielsweise ein Konzert des Shanty-Chors besuchte, würde davon begeistert sein, wenn die Herren in Fischerhemden plötzlich Jazz im Programm hätten.

Mindestens vier Lieder würde sie brauchen, vielleicht noch ein oder zwei in Reserve, um einen ersten Miniauftritt zu gestalten. Die Sängerinnen hatten ihr deutlich gesagt, dass sie kein geistliches Liedgut oder Gospel singen wollten. Viele populäre Chorstücke wie *Oh happy day* oder *Amazing grace*, die ihr spontan einfielen, kamen daher nicht infrage.

Eine gute Mischung von gefühlvollen Balladen und schnellen, fröhlichen Stücken war wichtig. Wie Nicki gestern Abend schon gesagt hatte: Es war der erste Frauen-Popchor in Sulzhagen. Und sie wollte dem Chor helfen, einen großartigen Start hinzulegen.

Viola nahm einen schwarzen Stift und kennzeichnete die einzelnen Vorschläge mit einem großen A oder einem großen B. Alles, was ein A bekam, war für das erste Chorprogramm geeignet. Eine Schwierigkeit gab es natürlich noch: Sie konnte die Fähigkeiten der Sängerinnen und das Potenzial des Chores noch nicht richtig einschätzen. Am besten wäre es, wenn sie für den Einstieg auch ein oder zwei leichtere Lieder im Programm hätte, um die Sängerinnen ohne große Chorerfahrung nicht zu überfordern. Mit diesem Gedanken im Hinterkopf nahm sie einen roten Stift und kreuzte damit alle A-Stücke an, die ihrer Meinung nach auch für Anfänger geeignet waren. *Man in the mirror* gefiel ihr gut, weil der Solopart von einer oder mehreren Sängerinnen übernommen werden konnte.

»#lautsein … mhmm, mal sehen«, murmelte Viola, »von wem ist das Lied überhaupt?«

Sie musste im Internet gar nicht lange suchen, das Lied wurde von der A-Capella-Gruppe Maybebop gesungen. »Mal sehen, was ihr noch alles im Programm habt.«

Die Website der Gruppe war großartig, hier gab es nicht nur die Texte der Lieder, sondern auch zu jedem Stück eine ausführliche Liste, wo man Noten, Aufnahmen und Videos finden konnte. Und fast noch besser: Für einige Stücke konnte man sogar Dateien in einem speziellen Format für Notensatz erhalten, die man dann selbst noch editieren und anpassen konnte.

»Das ist ja wie Weihnachten und Ostern an einem Tag«, freute sich Viola. Mit Notensatzprogrammen arbeitete sie schon seit Jahren. Die Dateien, die sie hier kostenlos herunterladen konnte, machten ihr die Anpassung für einen reinen Frauenchor deutlich leichter. Eine gute Stunde lang hörte sich

Viola unterschiedliche Lieder der Gruppe an und überlegte, welches am besten geeignet wäre.

Bei einem Stück bekam sie eine regelrechte Gänsehaut. Das Lied hieß *Ab und zu ein paar Geigen.* Ein Lied, an dessen Ende ein großes Orchester mitspielte. Ihr Chor würde bei der Aufführung dieses Liedes wohl auf ein Orchester verzichten müssen, aber vielleicht ergab sich ja eine Zusammenarbeit mit einer örtlichen Musikschule. Die Idee ließ Viola nicht mehr los. So eine Gemeinschaftsaktion würde dem Chor noch einen weiteren Kick verleihen. Am besten fragte sie Uschi, ob es in Sulzhagen und Umgebung ein Orchester gab, das sie ansprechen konnte. Ansonsten würde sie das Stück eben ohne Orchester aufführen. Viola lud die Datei herunter und begann mit der Bearbeitung.

Am Yachthafen

Der Regen und die Windböen vom Vormittag waren mittlerweile in einen sanften Nieselregen übergegangen. Die letzten drei Stunden hatte sie konzentriert an den Chorsätzen gearbeitet, jetzt war es Zeit für eine Pause. Nieselregen hin oder her, sie brauchte frische Luft um die Nase.

Ähnlich wie andere Orte auf dem Darß grenzte auch Sulzhagen auf zwei Seiten ans Wasser: zum einen gab es die Ostseeseite mit ihren Kiefernwäldern, den Sandstränden, der Steilküste und dem Sulzer Feuer, dem alten Leuchtturm. Zum anderen war da der Saaler Bodden, abgetrennt von der Ostsee durch die Landenge Fischland und Teil der sogenannten Boddenkette. Die riesige Wasserfläche war im Grunde nichts anderes als eine fast zweihundert Quadratkilometer große Lagune.

Viola liebte die lang gezogenen Sandstrände an der Ostsee, aber für einen Spaziergang im Nieselregen bot sich Sulzhagens kleiner Boddenhafen an. Hier gab es einen Yachthafen, außerdem die Anlegestelle des Fahrgastschiffes, das regelmäßig von Ribnitz verschiedene Haltepunkte anfuhr, ein paar Imbissbuden, die Fisch- und Krabbenbrötchen anboten, und natürlich die obligatorischen Andenkenläden. Dazwischen – so war es jedenfalls vor elf Jahren gewesen – hielten sich ein paar Boutiquen. Nicki hatte deren Warenangebot einmal lapidar mit »Maritimer Schnickschnack plus teure Segler-Klamotten« zusammengefasst.

Die Boutiquen am Hafen von Sulzhagen waren sicherlich nicht die erste Wahl für Schnäppchenjäger. Aber Viola erinnerte sich noch gut an die idyllische Atmosphäre, die die klei-

nen reetgedeckten Häuser ausstrahlten. Und genau das konnte sie jetzt gut gebrauchen: eine ordentliche Portion Idylle.
Kurzentschlossen fuhr Viola ihren Laptop herunter, zog sich
ihren langen blassgrünen Regenmantel über, stieg in ihre
Gummistiefel und machte sich auf den Weg zum Yachthafen.
Weit musste sie nicht laufen, Pfarrhaus und Boddenhafen
trennte lediglich ein zwanzigminütiger Spaziergang. Optimal,
um den Kopf wieder freizubekommen.

Als Viola über das alte Kopfsteinpflaster an den ersten Geschäften vorbeischlenderte, stellte sie erfreut fest, dass dieser
Teil von Sulzhagen nichts von seiner Atmosphäre eingebüßt
hatte. Im Gegenteil, offenbar hatten verschiedene Künstler in
den letzten Jahren den Hafen für sich entdeckt. Viola lief an
zwei Galerien und der Werkstatt eines Glaskünstlers vorbei.
Neben dem Fischimbiss, der auch vor elf Jahren schon da gewesen war, präsentierte eine Schmuckdesignerin ihre Stücke.
Einen Anhänger fand Viola besonders hübsch: eine kleine
Austernschale, deren Innenseite vergoldet war. Auf dem Gold
schimmerte eine kleine Perle. Preisschilder gab es in diesem
Schaufenster leider keine, und ein Pappschild in der Tür verkündete, dass das Geschäft erst in der kommenden Woche
wieder öffnete. Viola nahm sich fest vor, hier noch einmal
vorbeizuschauen.

Zwei Schaufenster weiter stieß sie auf ein Geschäft, das
den Namen Meerkind trug. Was für ein ungewöhnlicher
Name. Vielleicht gab es dort maritime Babykleidung?

Neugierig begutachtete Viola die ausgestellten Stücke im
Fenster. Nein, Babykleidung war das definitiv nicht. Ausge-
stellt waren Taschen, Portemonnaies und zusammenfaltbare
Sitzkissen aus bunten Stoffen und in leuchtenden Farben. Eine
Infotafel erklärte, dass alle Stoffe aus alten PET-Flaschen hergestellt waren. Eine kleine dunkelblaue Umhängetasche gefiel
ihr besonders gut. Die tiefblaue Farbe schimmerte geheimnis-

voll, und der silberne Verschlussknopf hatte die Form einer kleinen Kammmuschel.

Das Geschäft hatte – anders als das Schmuckgeschäft nebenan – geöffnet. Kurzentschlossen betrat Viola den Laden.

»Moin, was kann ich für Sie tun?«, fragte die Verkäuferin, die ihr entgegenkam.

»Sie haben da eine kleine blaue Umhängetasche im Schaufenster ...«

»Ja, die ist klasse – oder? Die habe ich auch für mich selbst gekauft. Optimal, wenn man nur ein Handy, ein paar Taschentücher, die Haustürschlüssel und eine Bankkarte mitnehmen möchte.«

»Und das Material wird wirklich aus alten PET-Flaschen gemacht?«

»Ja, und zwar ausschließlich aus Flaschen, die unsere Initiative aus dem Meer fischt. Damit haben wir angefangen, das war ursprünglich unser Ding, wir haben uns um saubere Strände gekümmert. Aber dann kam mein Bruder auf die Idee mit dem Upcycling, und jetzt finanzieren wir mit den Einnahmen die Umweltarbeit. Alles, was Sie hier im Laden sehen, ist aus alten Flaschen hergestellt. Die Artikel werden ausschließlich in Deutschland entworfen und genäht, wir arbeiten exklusiv mit zwei Werkstätten zusammen.«

Während die Verkäuferin redete, fiel Violas Blick auf die Loop-Schals, die neben der Theke auf einem Ständer hingen. Sie konnte nicht anders, sie streckte die Hand aus und strich vorsichtig über das weiche Material. »Ach, die sind aber hübsch. Sind die etwa auch aus alten Flaschen? Das ist doch nicht möglich.«

Die Verkäuferin lachte auf. »Unglaublich, oder? Ich stelle mir gerne vor, dass in so einem Ding genau die Flaschen sind, die ich am Strand aus dem Wasser gefischt habe.«

Viola begutachtete das Material. Es fühlte sich wie weiches, flauschiges Fleece an.

»Im Winter sind die super für einen Spaziergang am Meer, total warm. Und wenn sie mal nass werden, trocknen sie ganz schnell wieder.«

Die Loops gab es in verschiedenen Blau- und Türkistönen, fast so, als hätte die Karibik hier für die Farbauswahl Pate gestanden.

»Über den Loop denke ich noch mal nach, aber die Tasche, die kaufe ich direkt«, sagte Viola.

»Ein gute Wahl. Die Taschen sind Unikate, und das ist die Letzte mit dem netten Verschlussknopf. Warten Sie, ich hole die Tasche rasch aus dem Schaufenster und verpacke sie Ihnen.«

Kurze Zeit später verließ Viola mit ihrem Spontankauf den Laden. Der Nieselregen hatte aufgehört, die ersten Sonnenstrahlen blitzten durch die Wolkenlücken. Das Licht verwandelte das nasse Kopfsteinpflaster in ein schimmerndes Band.

Viola blieb vor dem Laden stehen und überlegte, was sie jetzt tun sollte. Glücklich und zufrieden strich sie mit der Hand über den Stoffbeutel, in den ihre Tasche verpackt war. Sie konnte es gar nicht abwarten, Nicki ihren Fund zu zeigen. Bis dahin würde es allerdings noch eine Weile dauern, denn sie waren erst zum Abendessen verabredet. Essen. Schon bei dem bloßen Gedanken daran knurrte ihr Magen. Sie konnte unmöglich noch bis zum Abend warten. Komisch, sonst hatte sie nie so einen Appetit. Ob das an der Seeluft lag? Sie würde sich ein Krabbenbrötchen kaufen.

Der Fischimbiss machte ihr die Wahl nicht leicht, die Auswahl war einfach zu groß. Am Ende entschied sich Viola für ein knuspriges Roggenbrötchen mit XXL-Füllung. Extra viele Krabben, Zitronen-Mayonnaise und grüner Salat, gewürzt mit Meersalz und etwas frisch gemahlenem Pfeffer.

Die Papiertüte mit dem Brötchen in einer Hand steuerte sie auf eine der weißen Bänke am Yachthafen zu. Hier konnte sie in der Sonne sitzen. Mit einer Papierserviette wischte sie einen Sitzplatz halbwegs trocken. Der perfekte Platz für ihr Picknick.

An den Stegen des kleinen Hafens ankerten Segelyachten, es gab fast keine freien Liegeplätze mehr. Am Heck von etlichen Booten entdeckte Viola dänische, schwedische und einzelne norwegische Flaggen. Offenbar nutzten die Besitzer Sulzhagen als Zwischenstopp für einen längeren Segeltörn. Im Sommer von Hafen zu Hafen segeln, ein paar Ausflüge an Land machen, neue Orte kennenlernen ... Was für eine schöne Art, den Sommer zu verbringen – ein bisschen neidisch war Viola schon. Auf der anderen Seite saß sie hier gemütlich in der Sonne und aß das beste Mittagessen, das sie seit Langem gehabt hatte. Und das alles, ohne sich vorher durch Nieselregen und hohe Wellen gekämpft zu haben. Das war auch nicht so übel!

Über dem Wasser kreisten ein paar Möwen. Das leise Plätschern des Wassers an der Hafenmauer, einzelne Möwenschreie, irgendwo weit draußen tuckerte ein Außenbordmotor ... die Hafenidylle war perfekt.

Viele Menschen waren in der Mittagszeit nicht zu sehen. Neugierig sah Viola den wenigen Seglern zu, die sich auf ihren Booten zu schaffen machten. Eine Frau saß mit geschlossenen Augen auf dem Vorderdeck in der Sonne und trank einen Becher Kaffee. Ein älteres Pärchen war dabei, das Deck zu schrubben. Ein anderes Segelboot schien den Liegeplatz erst vor Kurzem erreicht zu haben. Die Segel waren bereits eingeholt. Viola vermutete, dass dieses Boot den Hafen mithilfe des Motors angesteuert hatte. Ihr gefiel das Boot auf den ersten Blick. Anders als viele Yachten hier im Hafen, die alle einheitlich weiße Bootsrümpfe und Aufbauten mit verchromten Bauteilen besaßen, hatte dieses Boot einen Rumpf aus Holz und Bauteile aus Messing. Sehr altmodisch, aber das Boot stach ihr zwischen all den anderen Booten direkt ins Auge. Es war, als würde man ein prachtvolles, ledergebundenes Buch zwischen lauter Comicheften entdecken. Ein Messingschild am Bug verriet den Namen des Bootes: Nordstern. Aber nicht nur das Boot fiel Viola direkt auf, auch der Besitzer der Nordstern konnte sich sehen lassen, fand sie. Groß war er und schlank, breite Schultern, ungefähr ihr Alter, kurze lockige Haare, und – das konnte sie sogar aus der Entfernung sehen – er trug einen perfekt gestutzten dunklen Bart. Der Mann war mit hellen Jeans, gestreiftem Sweatshirt und Bootsschuhen aus Leder lässig gekleidet. Wow, dachte Viola, der könnte als Model in jedem Katalog für Seglerbekleidung mitmachen. Der Segler hatte offenbar die letzten Arbeiten an Deck erledigt und war bereit, an Land zu gehen. Viola sah, wie er die Kabine abschloss, mit einem geschmeidigen Satz vom Boot an Land sprang und noch einmal prüfend an den Tauen zog, mit denen das Boot an den Pollern festgemacht war. Mit seinem Seesack auf einer Schulter kam er direkt auf sie zu. Viola vergaß fast das Kauen. Ihr war bewusst, dass sie den Mann unverhohlen anstarrte, aber weggucken ging auch nicht. Er schaute in ihre Richtung. Da war irgendetwas an seinem Aussehen, das sie irritierte. Den Blick höflich abwenden? Unmöglich.

Jetzt sagte er etwas: »Wi-Fi?« Eine ungewöhnlich tiefe Sprechstimme, als Sänger wäre er ganz sicher ein Bass. Viola runzelte die Stirn. Wi-Fi? Brauchte er ein Computernetzwerk? Was sollte das?

»Vifi, bist du das? Echt jetzt?«

Hatte der Mann sie gerade Vifi genannt? Der Segler stand nur wenige Schritte vor ihr und musterte sie mit schräg gelegtem Kopf.

Jetzt stand er so dicht vor ihrer Bank, dass sie zu ihm hochschauen musste. Hatte er nicht bemerkt, dass er sie beim Essen gestört hatte? Hastig schluckte sie den letzten Bissen herunter, verschluckte sich in der Eile und bekam nur mühsam wieder Luft.

Vifi!

Die Silben lösten bei ihr eine Erinnerungslawine aus. Es gab nur eine einzige Person im ganzen Universum, die sich regelmäßig den Spaß gemacht hatte, nicht Viola zu ihr zu sagen, sondern diesen blöden Spitznamen Vifi zu verwenden. Viola Fischer, die beiden ersten Silben ihres Vor- und Nachnamens, aber auch die Verballhornung von Wifi, als ob sie ein Stück Computernetzwerk wäre. Sie sah den Mann, der vor ihr stand, aber ihre Erinnerungsbilder passten nicht zu ihm. Nickis Bruder. Wie konnte der Mann vor ihrer Bank der Typ sein, der sie früher immer Vifi genannt hatte? Ihr Gehirn lief auf Hochtouren und versuchte, eine Ähnlichkeit zwischen dem Segler und dem Erfinder des ungeliebten Spitznamens zu entdecken. Hornbrille? Fehlanzeige! Milchgesicht contra Vollbart. Strubbelfrisur contra modische Locken.

Aber wollte sie weiter hier wie angewurzelt auf ihrer Bank sitzen und zu ihm hochsehen? Auf keinen Fall. Sie sprang auf und richtete sich zu ihrer vollen Größe von fast eins fünfundsechzig auf. Im Schauspielunterricht hatte sie gelernt, wie man sich so hinstellte, dass man auf sein Gegenüber herunterblickte, auch wenn man wesentlich kleiner ist. Viel nutzte es nicht, wenn sie ihm ins Gesicht sehen wollte, musste sie trotzdem den Kopf in den Nacken legen. »Frederik? Das glaub ich jetzt nicht.«

»Sorry, aber das ist mein Satz. Was hat sich Nicki denn dabei gedacht? Im Ernst, muss meine kleine Schwester wirklich alles kontrollieren? Und du machst bei dem Spiel auch noch mit?«

»Moment mal, ich hab da offenbar irgendwas zwischen euch verpasst. Ich sitze hier friedlich am Hafen und esse mein Krabbenbrötchen. Glaubst du echt, dass Nicki mich hierhergeschickt hätte, um dich abzupassen?«

»Ja, was denn sonst? Ist ja völlig normal, dass man im Nieselregen auf einer Bank sitzt, der einzigen Bank, nebenbei bemerkt, die einen direkten Blick auf meine Anlegestelle erlaubt. Na klar.« Seine Stimme triefte vor Ironie.

Jetzt reichte es. Was für eine absurde Situation war das hier eigentlich? Da saß sie nichtsahnend in der Sonne mit ihrem Imbiss und wurde ausgerechnet von Frederik, dem Nerd, angemault. Okay, Korrektur, von Frederik, dem Model. Von Nerd war der so weit entfernt wie ein Rennpferd von einem Karussellpony. Aber auch ein komplettes Neu-Styling gab ihm nicht das Recht, so mit ihr zu reden.

Sie trat einen Schritt zurück und musterte Frederik mit eisigem Blick. »Ich halte mal fest: Es nieselt nicht mehr, ist dir vielleicht entgangen. Ich bin an den Hafen gegangen, um mal ein bisschen frische Luft zu schnappen. Ich wusste weder, dass du heute ankommst, noch, dass du mit einem Boot ankommen würdest. Und selbst wenn ich gewusst hätte, dass du segelst, warum sollte Nicki wissen wollen, wann und wie du hier anlegst? Dass du da bist, wird sie früh genug erfahren, wenn du bei ihr auftauchst.« Sie setzte hinterher: »So etwas Blödes habe ich ja schon lange nicht mehr erlebt.«

Frederik hatte ihren Ausbruch zuerst mit unbewegter Miene angehört, aber dann schlich sich ein nachdenkliches Stirnrunzeln in sein Gesicht. Fast unmerklich kniff er die Augen zusammen. Keimten da etwa Zweifel in ihm auf? Zweifel, in Kombination mit dem unangenehmen Gefühl, das sich einstellte, wenn man jemand anders völlig zu Unrecht beschuldigt hatte?

Die Arme in die Seiten gestemmt, schloss Viola mit Nachdruck: »Du überschätzt dich jedenfalls, Frederik. Ich bin nicht dein Empfangskomitee, ich bin nicht hier, um dich auszuspionieren, ich interessiere mich überhaupt nicht dafür, was du machst. Habe ich mich klar ausgedrückt?«

»Schon gut, Vifi. Ich bin jedenfalls da, und zwar ohne Mareike. Du hast deinen Spionageauftrag also erfüllt. Ich kann nicht glauben, dass du dich dafür hergegeben hast. Hast du denn kein eigenes Leben? Aber du warst ja immer schon seltsam.«

Ohne auf eine weitere Erwiderung zu warten oder auch nur zu erklären, wer Mareike sein könnte, ging Frederik mit weit ausholenden Schritten an ihrer Bank vorbei.

Mit offenem Mund schaute Viola ihm nach. Der hatte sie doch wohl nicht alle! Laut rief sie: »War auch nett, dich wiederzusehen, Frederik Lingen! Und ich hasse es, wenn du mich Vifi nennst!«

Frederik schaute über die Schulter zu ihr zurück. Bei seinem unverschämten Lächeln musste Viola erst mal trocken schlucken.

»Also ich find's lustig … Vifi.«

Sprach's und ging seelenruhig davon.

»Ahhh!« Viola stampfte mit dem Fuß auf. So ein Kerl! Wie konnte jemand so überheblich sein und dann dieses Lächeln haben?

Nicki Overrath, du bist mir wirklich eine Erklärung schuldig. Wann genau wolltest du mir erzählen, dass sich dein Bruder in einen gut aussehenden Mistkerl verwandelt hat?

Gespräch unter Geschwistern

Kaum hatte Viola die Tür des Pfarrhauses hinter sich zugezogen, hörte sie auch schon, dass in der oberen Etage, in der auch Nickis Arbeitszimmer lag, zwei aufgebrachte Stimmen miteinander stritten. Offenbar war Nicki in der Mittagspause aus dem Laden zurückgekommen und von ihrem wütenden Bruder überrascht worden. Viola hängte ihren Regenmantel an die Garderobe und zog die Gummistiefel aus. Sie würde nur schnell die neu gekaufte Tasche in ihr Zimmer bringen und dann mit ihrem Laptop im Wohnzimmer an den Chorsätzen weiterarbeiten. Viola stieg die Treppe nach oben und hatte schon die Klinke ihrer Zimmertür in der Hand, als sie etwas hörte. Da drinnen war gerade eben ihr Name gefallen. Hier im Flur waren Nicki und Frederik überdeutlich zu verstehen. Sie konnte nicht anders, sie blieb stehen und lauschte.

»Wie kannst du nur auf so eine bekloppte Idee kommen? Als ob ich Viola angestiftet hätte, nach dir Ausschau zu halten. Mann, Frederik, manchmal denke ich, Hochbegabung ist auch nicht immer ein Gewinn.« Nickis Stimme klang empört.

»Okay, okay, ich hab es kapiert. Und es tut mir leid. Aber in dem Moment, als ich Viola dort auf der Bank sitzen sah, da … da …«

»Da was?«

»Da habe ich wirklich gedacht, du hättest mal wieder so einen Kontrollfreak-Anfall gehabt wie damals, als du unbedingt wissen wolltest, mit wem ich am MIT zusammen war.«

Frederiks Stimme hatte die Selbstsicherheit, die er noch am Hafen an den Tag gelegt hatte, völlig verloren. Er klang jetzt ehrlich zerknirscht, und Viola hatte fast schon Mitleid mit ihm. Fast, denn sie hatte sein albernes Vifi noch nicht vergessen.

»Es wird für dich jetzt eine Überraschung sein, aber nicht nur du bist älter geworden, Bruderherz. Ja, damals war ich eine schreckliche neidzerfressene Zicke, die es nicht fassen konnte, dass ich hier mit einer Lehre zurechtkommen musste, während du in den Staaten das freie Studentenleben genießen konntest. Dazu kam, dass ich mir ständig von Mama und Papa anhören musste, wie toll du bist, was es für ein Glück es doch sei, so einen klugen Sohn zu haben, blablabla. Und natürlich blieb der ganze lästige Organisationskram alleine an mir hängen, die Fahrten mit Mama zum Arzt, die Unterstützung, wenn Papa nicht mit der elektronischen Steuererklärung klarkam, die Pflege von Beppo. Du warst fein raus, du warst ja unterwegs.«

»Es tut mir leid, Nicki. Ja, auch die Sache mit 2033. Vor allem die mit 2033. Es war nicht richtig, dich damit auch noch zu belasten. Und vorhin am Hafen, ja, shit, was soll ich sagen? Innendrin war ich plötzlich wieder siebzehneinhalb und ein komischer Typ, der überall aneckt. Vor allem bei den Mädchen. In dem Moment war wieder alles so präsent, weil ich Viola doch die ganzen Jahre nicht gesehen hatte. Und plötzlich, paff, sitzt sie da. Für einen Moment fühlte ich mich in die Vergangenheit zurückkatapultiert.«

»Ich denke, du wirst dich bei ihr entschuldigen müssen. Abgesehen davon, komm her, du blöder Kerl, und lass dich erst einmal richtig drücken. Mann, bin ich froh, dich zu sehen. Wie lange wirst du bleiben können?«

»So lange, wie du bereit bist, mich zu ertragen. Ich fang erst im September in München an. Wie wir besprochen haben, wird die Nordstern hier im Hafen bleiben, dann kann ich wenigstens in den Ferien das Boot nutzen. Unten in Süddeutschland habe ich dafür keine Verwendung. Da sind auch noch ein paar Kleinigkeiten am Boot, die ich hier vor Ort im

Hafen reparieren will. Wenn ihr mich leid seid, sagt es einfach, dann bin ich weg. Ich hatte überlegt, ob ich nicht noch in Paris vorbeischauen könnte, da habe ich einen alten Freund, den ich ewig nicht gesehen habe.«

»Ich lass es dich wissen, wenn du mir auf den Keks gehst. Das wird aber eine Weile dauern. Manuel freut sich wie verrückt, dass du da bist. Und ich sowieso. Wenn du nicht mehr in Hamburg bist, können wir uns wohl nicht mehr so oft treffen wie in den letzten Jahren. So, und jetzt ist meine Mittagspause rum, ich muss zurück in den Laden. Wir sehen uns beim Abendessen. Manuel wollte, glaube ich, grillen oder so.«

Viola, die die ganze Zeit wie gebannt auf dem Flur gestanden und zugehört hatte, huschte lautlos und schnell in ihr Zimmer. Gerade noch rechtzeitig. Draußen eilte Nicki den Flur entlang. Viola ließ sich auf ihr Bett fallen und schloss die Augen. Da denkt man, man kennt einen Menschen in- und auswendig, aber das stimmt gar nicht. Nicki hatte ihr nie von irgendwelchen Problemen mit ihren Eltern erzählt. Klar, das war zu einer Zeit gewesen, in der sie sich nicht allzu oft gesehen hatten, vor allem, weil Violas Musikstudium sie sehr in Anspruch genommen hatte. Aber jetzt schämte sich Viola im Nachhinein dafür, dass sie damals nicht für ihre engste Freundin da gewesen war. Nicki war einfach immer Nicki gewesen. Voller Energie, ständig unter Strom und stets optimistisch. Womöglich war ein Teil davon damals nur Fassade gewesen. Hätte sie mehr für sie da sein müssen? Viola nahm sich vor, mit Nicki darüber zu sprechen.

Wie Nicki schon richtig gesagt hatte, sie alle waren älter geworden. Und in den letzten Tagen war ihr mehrmals bewusst geworden, wie viel sie Nicki und Manuel zu verdanken hatte. Sie würde die beiden nicht enttäuschen.

Grillabend

Der verführerische Duft von gegrilltem Fleisch zog durch den Pfarrgarten. Viola aß nicht oft Steaks, und sie liebte ihre vegetarische Küche, aber bei diesem Duft lief ihr das Wasser im Mund zusammen. Mit Nicki hatte sie in der Küche zwei Salate vorbereitet, Fladenbrot aufgebacken und einen Kräuterquark angerührt. Außerdem sollte es noch gebackenen Schafskäse und Gemüsepäckchen vom Grill geben.

In jeder Hand eine Salatschüssel, angelte Viola mit den Füßen nach ihren Clogs, die sie draußen auf der Terrasse stehen gelassen hatte. Weit hatte sie nicht zu gehen. Im hinteren Teil des Gartens gab es eine gepflasterte Fläche, umgeben von niedrigen Büschen auf einer Seite und Blumenbeeten auf der anderen. Den Gartentisch hatte sie schon vorher gedeckt. Kerzen flackerten in den vier großen Windlichtern. Sie stellte die beiden Schüsseln vorläufig am Rand ab und schob die Teller ein wenig zurecht, um Platz zu schaffen. Viola legte kurz den Kopf in den Nacken und betrachtete den wunderschönen leuchtenden Sonnenuntergang. Sie hatten sich viel Zeit mit den Vorbereitungen für diesen Grillabend gelassen. Aber es hatte sich gelohnt. In der Abenddämmerung sorgten die Kerzen für eine gemütliche Beleuchtung. Überhaupt beneidete sie Manuel und Nicki um diesen Garten. Was für ein herrlicher Ort, um mit Freunden einen warmen Sommerabend zu verbringen.

Im Laufe des Nachmittags hatte sich der Himmel wieder aufgeklart. Nichts erinnerte mehr an die Regenschauer vom Vormittag und den anschließenden Nieselregen. Übrig geblieben waren lediglich ein paar Tropfen, die in den Büschen im Abendlicht glitzerten.

»Schatz, wie weit sind denn deine Steaks? Denkst du bitte daran, die Gemüsepäckchen und den Schafskäse auch umzudrehen? Und meine Thüringer hätte ich gern knusprig, aber auf keinen Fall schwarz, wenn du verstehst, was ich meine«, rief Nicki, als sie mit einem Tablett an den Tisch trat.

»Das Gemüse ist längst fertig, der Käse auch und den Steaks gebe ich höchstens noch fünf Minuten«, rief Manuel zurück. »Du weißt doch, was Meister Yoda immer sagt: Beim Grillen, du musst geben acht. Eine dunkle Seite die Wurst schnell hat.«

Nicki warf ihrem Mann einen Luftkuss zu und raunte dann Viola zu: »Ach du meine Güte, gib meinem Mann einen Grill, eine Flasche Bier und ein paar Thüringer. Das Ergebnis: Schneller als ein Schwein blinzelt, mutiert er wieder zum albernen Teenager.«

»Aber lustig war der Spruch schon.«

»Sag ihm das bitte gleich nicht, wenn wir am Tisch sitzen, sonst kauft er sich als Nächstes noch so eine alberne Grillschürze.«

»Noch alberner als die, die er gerade trägt?«

»Du hast gewonnen, Viola. Aber zu meiner Verteidigung gebe ich zu Protokoll, dass Manuel die Schürze schon mit in die Ehe gebracht hat.«

Der Pfarrer stand lässig in kurzer Hose und Polohemd am Grill. Auf seiner schwarzen Grillschürze konnte Viola den Spruch lesen *Grillen ist auch kochen … irgendwie* und darunter etwas kleiner *Mann mit Grill sucht Frau mit Kohle.*

Neben Manuel stand Frederik mit einer Flasche Bier in der Hand, die beiden schienen sich prächtig zu amüsieren.

Nicki deutete mit dem Kopf in Richtung Grill und fragte Viola: »Und, hat sich Fred schon bei dir entschuldigt?«

»Nee, ich habe ihn gar nicht mehr gesehen. Ich hab

schließlich den ganzen Nachmittag noch am Laptop gesessen und an den Chorsätzen gearbeitet.«

»Ich kann es nicht fassen, dass er wirklich geglaubt hat, du hättest am Hafen rumgesessen, um ihn zu überwachen.«

»Ich denke, ihm ist auch klar geworden, dass das ein blödsinniger Vorwurf war.«

»Trotzdem wird er sich bei dir entschuldigen. Das ist ja wohl das Mindeste. Wahrscheinlich hat er auch ein paar blöde Sprüche vom Stapel gelassen?«

»Na ja, sagen wir mal, er hat nicht gerade höflichen Small Talk gemacht.«

Nicki schnaubte. »So kennen wir ihn. Und jetzt hab ich übrigens Hunger, die Steaks müssten aber auch gleich so weit sein. Was möchtest du trinken? Soll ich uns auch ein kaltes Bier holen oder trinken wir zusammen ein Glas Merlot?«

»Wenn du schon fragst: Ein Merlot wäre mir lieber als ein Bier.«

»Gut, dann hol du doch bitte Gläser aus dem Wohnzimmer, ich köpfe in der Küche die Weinflasche.«

***

»Gesegnete Mahlzeit. Lasst es euch schmecken«, sagte Manuel und hob sein Bierglas. »Und noch einmal herzlich willkommen, Frederik, schön, dass du bei uns bist.«

Die ganze Tischrunde prostete sich zu. Viola bemerkte sehr wohl den mahnenden Blick, mit dem Nicki über den Tisch hinweg ihren Bruder bedachte. Gleichzeitig zuckte Frederik zusammen und zog scharf die Luft ein. Mit einer Hand griff er unter den Tisch und rieb sich unauffällig das Schienbein. Hatte Nicki ihn etwa vors Schienbein getreten?

»Danke, Manuel.« Frederik drehte seinen Gartenstuhl ein wenig und wandte sich an Viola, die neben ihm saß. »Und ... ähm ... Vi ... ich ... ich wollte mich bei dir entschuldigen. Ich habe mich am Hafen total danebenbenommen«, sagte er. Sein schiefes Lächeln hatte etwas Entwaffnendes.

»Hört, hört, ein wahres Wort«, sagte Nicki.

»Entschuldigung angenommen, Frederik«, erwiderte Viola. Sie hatte überhaupt keine Lust auf schlechte Stimmung, und Frederik schien es wirklich aufrichtig zu bedauern, dass er sie so angefahren hatte. Abgesehen davon: Vi war ihr als neuer Spitzname tausend Mal lieber als Vifi – so viel stand für sie fest.

»Wer will noch Salat?« Auch für Nicki war der kleine Streit damit offenbar vergessen. »Und jetzt erzähl mal, Fred, hast du in Hamburg endlich alles fertig gepackt?«

Die Geschwister hatten einander viel zu erzählen. Viola und Manuel aßen inzwischen in aller Ruhe und stellten nur ab und zu eine Zwischenfrage. Es war eine gemütliche Runde, und die nächste Stunde verging wie im Flug.

»Puh, ich bin so satt.« Mit einem zufriedenen Seufzen legte Nicki Messer und Gabel auf ihren Teller. »Das war lecker, aber wenn ich noch einen einzigen Happen esse, muss ich leider platzen.«

»Wir wollten doch sowieso …«, begann Manuel, aber Nicki brachte ihn zum Schweigen, indem sie ihn anschaute, die Augenbrauen hochzog und ihm kurz zunickte.

An seiner Stelle fuhr sie fort: »Was Manuel sagen wollte: Jetzt, wo zwischen euch das Kriegsbeil begraben ist, können wir euch doch unbesorgt mal für ein Weilchen alleine lassen, oder?«, fragte sie.

»Natürlich könnt ihr das – wieso?«, erwiderte Viola.

»Weil Manuel mir schon vor Tagen versprochen hat, heute Abend mit mir an den Strand zu gehen. Wir wollen mal schauen, ob es Sternschnuppen gibt.«

»Geht ihr beiden nur, wir werden einander schon nicht die Köpfe abreißen«, sagte Frederik leichthin.

»Gut, dann hole ich mir noch schnell meine Jacke und wir können los.«

***

Viola trug das Tablett mit dem Geschirr in die Küche zurück. Nicki und Manuel waren vor eine Viertelstunde losgezogen. Glücklich hatten die beiden ausgesehen, zwei Menschen, die sich gefunden hatten.

Viola und Frederik hatten darauf bestanden, den Tisch abzuräumen. Viola räumte in der Küche die letzten Teile in die Spülmaschine. Sie überlegte, was sie mit dem Rest des Abends anfangen wollte. Sie konnte in ihr Zimmer gehen und noch ein bisschen lesen, aber der Abend war eigentlich zu schön, um im Haus zu bleiben. Ob sie zurück in den Garten gehen sollte?

»Hast du noch Lust auf ein letztes Glas draußen?«, fragte Frederik, der in die Küche gekommen war. Er hielt die zusammengelegten Tischsets hoch. »Ach, und weißt du, wo die hinkommen?«

»Die Tischsets liegen im Wohnzimmer auf dem kleinen Servierwagen, und ein Glas Wein würde ich gerne noch trinken. Ich hole mir nur noch schnell einen Pulli aus meinem Zimmer.«

»Gut, dann sehen wir uns draußen.«

Da sie nun schon einmal oben war, huschte Viola noch schnell ins Bad. Seit Frederik angekommen war, hatte sie sich angewöhnt, die Tür zu Frederiks Zimmer zu verriegeln, solange sie im Bad war. Sie schaute in den Spiegel, fuhr sich einmal kurz mit der Bürste durch die Haare und prüfte, ob die Wimperntusche auch nicht verlaufen war. Aus ihrem Zimmer holte sie einen kuscheligen Merinopullover und ein Seidentuch, bevor sie sich wieder auf den Weg nach unten machte.

Als Viola in den Garten zurückkam, brannten auf dem

Gartentisch noch die Kerzen in den Windlichtern, und Frederik hatte bereits zwei frische Gläser mit Rotwein gefüllt. Einladend sah das aus, eigentlich war es das perfekte Ambiente für ein Date. Schade, dass da nur Frederik auf sie wartete. Sie schämte sich ein bisschen für diesen Gedanken, aber so war es nun mal. Frederik, den sie schon seit Kindertagen kannte. Frederik, der große Bruder ihrer Freundin. Sie setzte sich ihm gegenüber, nicht auf den freien Platz neben ihm. So viel Nähe musste nicht sein.

Er schob ihr eins der beiden Gläser über den Tisch. »Hier, für dich, Prost!«

Sie stießen an. Der Ton war hell und klar, aber die beiden Gläser hatten einen unterschiedlich hohen Klang. Unterschiedlich und doch irgendwie zusammenpassend. Eine fast reine Terz, stellte Viola mit ihrem musikalisch geschulten Gehör fest. Sie tranken, und Viola stellte zu ihrer Überraschung fest, dass die danach einsetzende Stille alles andere als unangenehm war.

Nein, im Gegenteil, Frederik war jemand, mit dem man ganz gut an einem lauen Sommerabend im Garten sitzen, den Grillen lauschen und schweigen konnte.

»Du, Vi.«

»Ja?«

»Nicki hat mir erzählt, warum du hier bist, also die Sache mit dem Porsche und den Sozialstunden.«

Sie nickte und drehte den Stiel ihres Glases zwischen den Fingern.

Eine Pause entstand. Dann fuhr er fort: »Wie blöd kann man eigentlich sein?«

Viola erstarrte. Dieser eine Satz schwemmte wie eine Flutwelle alle angenehmen Gedanken beiseite. Da war er wieder, der leicht herablassende Tonfall, den sie als Teenager an ihm so gehasst hatte. Ein Tonfall, bei dem immer mitschwang: Gib dir keine Mühe, ich bin ja doch klüger als du. Abrupt setzte sie sich kerzengerade hin.

»Herzlichen Dank auch. Hat ja nicht lange gehalten, der Frieden zwischen uns.« Mit einer energischen Bewegung stellte sie ihr Rotweinglas auf dem Tisch ab. »Ich gehe dann mal in mein Zimmer. Gute Nacht.«

»Halt, warte doch, so hab ich das gar nicht gemeint. Ich wollte …«

»Schon gut, du warst ja deutlich genug. ›Wie blöd kann man eigentlich sein?‹ Genau das waren deine Worte. Gib dir keine Mühe, ich gehe.«

Viola stand auf und stürmte zurück ins Haus. Sie zitterte vor Wut. Lag es daran, dass ihr gerade ein wundervoller Sommerabend verdorben worden war oder daran, dass es ausgerechnet Frederik gewesen war, der ihn verdorben hatte? Was bildete sich dieser arrogante Kerl eigentlich ein? Wie konnte er es wagen, sich ein Urteil zu erlauben?

Gefühle

Das war einfach unglaublich. Das gab's doch sonst nur im Kino. Was bildete sich diese Person eigentlich ein? Frederik zog sein T-Shirt aus und pfefferte es voller Wut in eine Ecke. Er hatte sich entschuldigt und sich Mühe gegeben, ganz friedlich zu sein. Ja, am Hafen hatte er Mist gebaut und war nicht nett zu Viola gewesen. Nicki hatte ihm völlig zu Recht eine Standpauke gehalten. Aber das jetzt gerade hatte er wirklich nicht verdient. Sie hatte ihn nicht mal ausreden lassen.

Frederik ging wütend in seinem Zimmer auf und ab. Das half ihm auch nicht weiter, sondern machte ihn nur noch kribbeliger. Er blieb stehen, schloss die Augen und holte einmal tief Luft. Natürlich hatte er sich damals, in diesem sagenumwobenen Sommerurlaub, gegenüber Nicki und Viola falsch benommen. Das war ihm mittlerweile klar, und wenn er heute seinem achtzehnjährigen jüngeren Ich einen Ratschlag geben könnte ... was würde er dem jungen Frederik raten? Vielleicht, dass Computer und die Entwicklung einer neuen Software nicht das Gefühl ersetzen konnten, das Sommer, Wind und Sandstrand auslösten.

Vielleicht würde er ihm raten, auf die kleine Schwester zu hören. Es hatte Jahre gedauert, das optische Erscheinungsbild eines Computernerds abzulegen.

Und vielleicht, aber nur vielleicht, würde er dem jungen Frederik raten, mal ein Auge auf die hübsche Blondine zu werfen, die wie eine zweite Tochter mit der Familie Lingen den Urlaub verbrachte.

»Ach, fuck!«, fluchte Frederik und öffnete die Augen wieder. Ja, er hatte es jahrelang bereut, nicht einmal den Versuch gewagt zu haben, Violas Interesse zu wecken. Und jetzt, wo er unverhofft eine zweite Chance bekam, hatte er diese zweite Chance fulminant gegen die Wand gefahren. Aber das war schließlich nicht sein Fehler. Er hatte doch nur Mitgefühl zeigen wollen.

Okay, er würde jetzt zu ihrem Zimmer gehen und alles richtigstellen. Die Vorwürfe würde er nicht auf sich sitzen lassen. Er nahm seinen Bademantel vom Haken an der Tür, zog ihn über und ging entschlossen zu Violas Zimmer.

***

Das war einfach unglaublich. Das gab's doch sonst nur im Kino. Was bildete sich diese Person eigentlich ein? Viola zog sich aus und pfefferte ihre Kleidung voller Wut in eine Ecke. Sie hatte seine Entschuldigung angenommen und sich Mühe gegeben, ganz friedlich zu sein. Schließlich hatte er am Hafen den Mist gebaut. Das jetzt gerade hatte sie wirklich nicht verdient.

Viola ging wütend in ihrem Zimmer auf und ab. Das half ihr aber auch nicht weiter, sondern machte sie nur noch kribbeliger. Sie blieb stehen, schloss die Augen und holte einmal tief Luft.

Ja, gar keine Frage, Frederik hatte sich verändert, nicht nur äußerlich. Als sie ihn auf dem Boot beobachtet hatte und auch am Abend beim Grillen im Garten, war ihr klar geworden, dass er verflixt attraktiv war. Wenn sie ehrlich war, fand sie in ziemlich begehrenswert. Aber genau das war das Problem. Sie hatte quasi schon immer zur Familie Lingen gehört. Und jetzt hatte sie das Gefühl, gerade den eigenen Bruder oder Vetter attraktiv zu finden – das ging gar nicht!

Gut, dass Frederik dann wieder sein wahres Ich gezeigt hatte, da brauchte sie sich keine Gedanken um ihre Gefühle zu machen.

Auf einem anderen Blatt stand, ob sie seine Arroganz und seine Überheblichkeit einfach unkommentiert lassen sollte.

Nein! Wenn sie in den letzten Monaten eines gelernt hatte, dann war das, dass sie sich nie wieder von einem Mann überheblich behandeln lassen würde. Damit war endgültig Schluss. Die alte Viola hätte vielleicht noch gezögert, den Ärger heruntergeschluckt und alles auf sich beruhen lassen. Um des lieben Friedens willen. Und was hatte ihr das gebracht? Marcus hatte auf ihren Gefühlen herumgetrampelt und sie betrogen. So etwas würde ihr nicht wieder passieren! Die neue Viola war anders. Die neue Viola würde ihre Meinung deutlich sagen.

Sie fasste einen Entschluss: Sie hatte zwar eigentlich zu Bett gehen wollen, aber vorher würde sie sich noch die Zeit nehmen, zu Frederiks Zimmer zu gehen, um ihm ihre Meinung zu sagen.

Schnell noch etwas überziehen. Sie griff nach ihrem Sommernachthemd, das sie schon auf dem Kopfkissen bereitgelegt hatte. Kühl und weich glitt der weiße Seidenjersey über Kopf und Arme. Dieses Gefühl genügte, um sie für einen Moment zu besänftigen. Sie liebte dieses Nachthemd. Aber der Effekt hielt nicht lange an. Sie würde ihren Ärger nicht für sich behalten, o nein. Entschlossen riss sie ihre Zimmertür auf, machte einen schnellen Schritt in den Flur ... und prallte mit einer hochgewachsenen Gestalt zusammen. Mit einem kleinen Überraschungsschrei taumelte sie einen Schritt zurück.

»Himmel, was machst du denn hier vor meiner Tür, Frederik? Kannst du nicht anklopfen?«

»Anklopfen? Wollte ich ja gerade, aber da hattest du schon die Tür aufgerissen und bist herausgestürmt, so schnell, dass ich nicht mal zur Seite springen konnte.«

Viola musterte ihn. Du meine Güte, Frederik war ja halb nackt. Außer Boxershorts und einem offenen Bademantel hatte er nichts an. Beim Anblick seiner gebräunten Haut und dem ansehnlichen Sixpack wurde Viola ganz heiß.

Sie räusperte sich.

»Ich wollte …«

»Ich wollte …«

Beide hatten genau gleichzeitig gesprochen. Viola sah, wie ein Lächeln in Frederiks Gesicht aufblitzte.

»Okay, du zuerst, Frederik.«

Frederik holte tief Luft, dann sagte er ohne jede Atempause, so als hätte er Sorge, dass sie ihn unterbrechen könnte: »Es tut mir leid, Viola. Du hast mich eben im Garten völlig missverstanden. Ja, ich habe gesagt ›Wie blöd kann man eigentlich sein‹, aber damit habe ich doch nicht dich gemeint. Ich wollte lediglich sagen, wie blöd kann ein Mann sein, eine Frau wie dich zu betrügen und dann auch noch auf einer öffentlichen Veranstaltung, wo die Wahrscheinlichkeit, dass das Ganze auffliegt, irre groß ist. So viel Blödheit gehört bestraft. So, das war es, was ich dir sagen wollte. Es tut mir schrecklich leid, dass du mich missverstanden hast, weil … weil ich dich wirklich mag.«

Frederiks Geständnis erstickte alle Vorwürfe im Keim. All das, was sie ihm eben noch an den Kopf hatte werfen wollen, schien plötzlich belanglos.

»Ich hätte dich ausreden lassen sollen, das hätte uns eine Menge Ärger erspart. Entschuldige bitte, Frederik.«

»Ach was, ich hätte dich einfach nicht fortgehen lassen sollen, dann wäre es nicht so weit gekommen.«

Plötzlich wurde ihr bewusst, in welcher Situation sie sich gerade befand. Sie stand in einem fast durchsichtigen Nachthemd vor einem halb nackten Mann. O Gott, an seinem Blick konnte sie genau erkennen, dass er das dünne Nachthemd und den Rest längst wahrgenommen hatte.

»Hallöchen, ihr zwei. Störe ich etwa? Keine Sorge, fühlt euch unbeobachtet, ich bin schon wieder weg.« Nicki stand mit einem anzüglichen Grinsen im Gesicht am Treppenabsatz.

»Es ist nicht das, wonach es aussieht«, erklärte Frederik hastig. »Ich hatte nur vergessen, Vi noch etwas zu sagen.«

»Sicher. Sieht man ja gleich auf den ersten Blick. Gute Nacht, ihr beiden.« Nicki verschwand im anderen Teil des Flurs. Frederik dagegen schloss kurz die Augen und stöhnte leise auf.

»Ich ... wir sollten dann jetzt wohl besser in unsere Zimmer gehen«, sagte Viola. Grundgütiger, wie lahm klang das denn? Aber etwas Besseres war ihr auf die Schnelle nicht eingefallen.

»Richtig, das sollten wir. Gute Nacht, Vi.«

»Gute Nacht, Frederik.«

Viola ging in ihr Zimmer zurück und lehnte sich von innen gegen die Tür. Das Herz klopfte ihr bis zum Hals. Für einen Wimpernschlag war sie versucht, die Tür zu öffnen und hinter ihm herzulaufen, stattdessen griff ihre Hand zum Zimmerschlüssel und schloss ab. Nur so zur Sicherheit.

Eine Einladung

Mit weichen Knien ging Viola am nächsten Morgen die Treppe hinunter, um in der Küche zu frühstücken. Entschlossen zog sie den Gürtel ihres Bademantels noch enger um die Taille.

Was, wenn Frederik dort in der Küche stand? Wie sollte sie sich verhalten?

Viola Fischers Top Drei für den Umgang mit mega-peinlichen Situationen:
Platz drei: Du entscheidest, was dir peinlich ist.
Platz zwei: Sei selbstbewusst und druckse nicht herum.
Platz eins: Lass dich nie, wirklich nie, im durchsichtigen Nachthemd mit einem halb nackten Mann im Flur erwischen.

Durchatmen, Viola, Frederik hat sich bei dir entschuldigt, du hast die Entschuldigung angenommen, jetzt kann man zu einem normalen Miteinander übergehen. Business as usual. Leichter gedacht als getan.

»Guten Morgen, Süße, na, ausgeschlafen?« Nicki, die bereits vollständig angezogen und gestylt in der Küche den Frühstückstisch vorbereitete, hatte immer noch dieses gewisse Grinsen im Gesicht.

»Guten Morgen, Nicki.« Viola nahm dankbar den Kaffeebecher an, den ihr Nicki wortlos überreichte.

Auch Nicki hielt zwischen beiden Händen einen dampfenden Becher. Sie lehnte sich bequem an die Arbeitsplatte und sagte: »Jetzt erzähl mal, was war denn das gestern Nacht? War es das, was ich glaube, was es ist? Also, du und mein großer Bruder, seid ihr …?«

»Quatsch, im Gegenteil. Als ihr weg wart, wollten wir noch im Garten zusammen ein Glas Wein trinken. Und dann hat Frederik so einen blöden Satz rausgehauen, den ich vollkommen unmöglich fand. Ich bin wütend auf mein Zimmer gegangen und hab mir dann überlegt: Das lass ich nicht auf mir sitzen. Ich wollte ihn zur Rede stellen, aber ich kam gar nicht weit, er stand schon vor meinem Zimmer, um sich zu entschuldigen. Ich hatte ihn nämlich total falsch verstanden.«

»Er mit nichts am Körper als Boxershorts und einem offenen Bademantel, während du im durchsichtigen dünnen Nachthemd ihm die Meinung sagen wolltest … klar, was sonst.« Nicki kicherte vergnügt. »Das ist die klassische Situation, wenn zwei Menschen sich mal endlich miteinander aussprechen wollen. Ich werf mich in die Ecke. Du hättest Manuels Gesicht sehen sollen, als ich ihm erzählt habe, was sich da auf unserem Flur abspielt.«

»Na toll, ihm hast du also auch noch davon erzählt. Dabei war es wirklich so. Da ist nichts zwischen …«

Viola verstummte, weil in diesem Moment Frederik in die Küche kam.

»Hallo, ihr beiden, ihr seid ja schon wach.«

Er drückte seiner Schwester einen Kuss auf die Wange, nahm Nicki den Kaffeebecher, aus dem sie eigentlich gerade trinken wollte, aus der Hand und trank ihn in wenigen großen Zügen aus.

»Mensch, Fred, das war mein Kaffee, du Blödkopp. Gieß dir doch selber eine Tasse ein.«

»Keine Zeit, Schwesterherz, ich muss zum Boot. Ich werde gleich einen Teil der Aufbauten neu lackieren, und der Lack braucht ewig zum Trocknen. Besser, ich beeile mich.« Frederik schnappte sich eins der aufgeschnittenen Brötchen aus dem Korb und angelte eine große Käsescheibe von dem Holzbrett unter der Käseglocke. Schon im Gehen fing er an zu essen.

»Wir sehen uns dann später wieder. Ach, Vi«, Frederik drehte sich in der Küchentür noch einmal um, »hättest du Lust, heute Abend mit mir nach Prerow in die Kulturscheune zu gehen? Da kann man essen, und es gibt sogar einen Tanzabend.«

Völlig verblüfft von dieser Frage antwortete Viola lediglich: »Schön, warum nicht.«

Frederik lächelte breit. »Cool, dann schlage ich vor, dass wir so gegen sieben hier aufbrechen. Bis später!«

Mit halb geöffnetem Mund schaute Viola hinter ihm her.

»Ach, Süße, ich weiß ja nicht, was du mit meinem Bruder angestellt hast, aber so habe ich ihn noch nie erlebt. Tanz auf dem Darß in der Kulturscheune, wenn das nicht nach einem ausgewachsenen Date klingt. Was sagtest du gerade noch? Da wäre nichts zwischen euch?«

Viola nahm das Geschirrtuch, das neben ihr auf der Arbeitsplatte lag, knüllte es zusammen und warf es in Nickis Richtung.

Die wehrte es mit einer schnellen Handbewegung lachend ab. »Geschirrtücher werfen hilft dir auch nicht weiter. Und ganz ehrlich, es ist nur mein großer Bruder, was soll da schon passieren?«

Kein ernsthaftes Date

Das ist kein ernsthaftes Date!

Dieser Satz wurde für Viola am Nachmittag praktisch zum Mantra. Denn natürlich kam der Moment, wo sie vor der Entscheidung stand: Was sollte sie am Abend anziehen?

Sie hatte zwar ein Cocktailkleid, zwei lange Sommerkleider und ein Abendjäckchen eingepackt, aber: Das ist kein ernsthaftes Date! Sie stand vor ihrem Kleiderschrank und schob unschlüssig die Kleiderbügel hin und her. Zu festlich (das Cocktailkleid), zu weit ausgeschnitten (das eine Sommerkleid), zu eng (das andere Sommerkleid). Sie wollte schließlich nicht den Eindruck erwecken, als hätte sie sich Mühe gegeben, Frederik zu gefallen.

Entsprechend sah ihre Wahl am Ende aus: eine schlichte weiße Jeans in 7/8-Länge und dazu ein ebenfalls weißes ärmelloses Top. Über ihre Schultern legte sie einen hellblauen Baumwollpulli, nur so für alle Fälle, wenn es später am Abend kühl werden sollte. In die Handtasche stopfte sie noch schnell einen Schal aus einer leichten Baumwoll-Seiden-Mischung. Das war ihr als Sängerin zur Gewohnheit geworden, lieber hatte sie ein Kleidungsstück zu viel dabei, als dass sie fror und sich dann am Ende noch erkältete.

Jetzt zur Schuhfrage. Auch die war gar nicht so einfach zu beantworten. Sie wühlte am Boden des Kleiderschranks herum, wo sie ihre Schuhe untergebracht hatte. Die hochhackigen Sandaletten? Zu sexy. Die hatte sie bei einem ihrer ersten Dates mit Marcus getragen, eine Erinnerung, die sie heute Abend lieber nicht im Hinterkopf haben wollte. Sie schwankte noch kurz bei den Espadrilles mit Keilabsatz, die waren vorne offen und sie hatte ihre Zehennägel in einem besonders hübschen Rosaton lackiert. Schließlich wählte sie aber doch ihre weißen Sneakers.

Das ist kein ernsthaftes Date! Aber ... was war es dann? Eine Verabredung zum Essen mit einem alten Freund? Sicher, so hätte man das sehen können, wäre da nicht diese hartnäckige kleine Stimme in ihrem Kopf gewesen, die die ganze Zeit etwas anderes behauptete.

Viola Fischers Stimme im Hinterkopf, warum es trotzdem irgendwie ein Date ist:

Warum sollte dich Frederik einladen, wenn er kein Interesse an dir hätte?

Ein Tanzabend ist kein schneller Imbiss zwischendurch.

Hast du etwa seinen Blick nicht bemerkt, mit dem er dich angesehen hat?

Spätestens seit Harry und Sally weiß man doch, dass Männer und Frauen nicht einfach nur Freunde sein können. Der Film ist ein Klassiker!

Viola versuchte die kleine Stimme zum Schweigen zu bringen, aber so richtig klappte das nicht. Mit Herzklopfen ging sie deshalb um kurz vor sieben ins Wohnzimmer, sorgfältig darauf bedacht, nach außen möglichst gelassen zu wirken.

»Vi, klasse, da bist du ja. Da können wir ja aufbrechen.« Frederik erhob sich aus einem Sessel und warf die Segelzeitschrift, in der er gerade geblättert hatte, achtlos zurück auf den kleinen Beistelltisch. Erleichtert registrierte Viola, dass sich Frederik ebenfalls für ein sportlich-legeres Outfit entschieden hatte. Wobei sie zugeben musste, dass er in Designerjeans, Bootsschuhen und weißem Oxfordhemd eine wirklich gute Figur machte. Frederik nahm vom Sessel noch einen cremeweißen Cricketpullover und warf ihn sich lässig über eine Schulter.

»Nicki hat mir aufgetragen, ich soll alles abschließen. Sie ist mit Manuel in das alte Pfarrhaus nach Ribnitz gefahren, um dort die letzten Kartons aus dem Keller zu holen.«

Frederik öffnete die Haustür, und Viola rechnete unwillkürlich damit, dass er zur Seite treten und ihr den Vortritt lassen würde, aber er ging einfach an ihr vorbei nach draußen und hielt den Schlüsselbund hoch. »Deshalb habe ich auch den Haustürschlüssel.«

»Sag mal, Frederik, kennst du den Weg zum Restaurant?«

»Ja sicher, ich denke, ich finde das, ich hab mir die Strecke heute auf der Karte angesehen.«

Na ja, so weit war Prerow jetzt nicht entfernt. Viola erinnerte sich daran, dass sie damals im Sommerurlaub oft mit dem Fahrrad in den kleinen Ort gefahren waren.

»Gut, dann kannst du mich ja navigieren.« Viola zog ihren Autoschlüssel aus der kleinen Umhängetasche.

»Den Schlüssel wirst du nicht benötigen, selbstverständlich übernehme ich das.« Frederik schloss die Haustür ab, ruckelte zur Sicherheit noch einmal am Türgriff und ging dann zielstrebig zum Gartentor.

»Ähm ... Frederik, mein Auto steht da vorne an der Straße.«

Frederik drehte sich zu ihr um. »Weiß ich doch, aber wir fahren ja gar nicht mit deinem Auto nach Prerow. Wir nehmen Berti!«

»Wir ... wir tun was?«

»Wir nehmen Berti. Erinnerst du dich? So hat Papa immer seinen Bus genannt.«

»Der Bus von deinem Vater steht hier in Sulzhagen?«

»Ja klar, ich fahre den Bus jetzt seit fünf Jahren. Bei meinem letzten Besuch habe ich ihn hiergelassen und bin mit dem Zug zurück nach Hamburg gefahren. So konnte ich dann dieses Mal mein Segelboot nach Sulzhagen überführen. Wenn ich demnächst nach München will, habe ich Berti schon hier.

Clever, was? Ich kann nicht mit dem Segelboot in die bayerische Landeshauptstadt reisen, so viel steht fest.«

»Aber der Bus war damals bei unserem Sommerurlaub schon kurz vor dem Zusammenbrechen. Ich erinnere mich zum Beispiel daran, dass es auf der Rückfahrt ein Problem mit dem Kühler gab.«

»Ja, es gab das eine oder andere technische Wehwehchen, aber der Wagen hat Charakter, und Berti ist zäher, als man es für möglich halten würde. Wahre Kenner sprechen bei ihm von einem Youngtimer, böse Zungen würden Schrottlaube sagen. Aber er fährt und er bringt mich von A nach B, was will ich mehr. Wenn ich dich schon einlade, dann sollst du auch das Vergnügen haben, etwas trinken zu können. Nun komm, Vi, man hat mir zwar versichert, dass wir keinen Tisch reservieren müssen, aber ich weiß nicht, wie es dir geht, ich habe einen Mordshunger. Vielleicht können wir sogar draußen sitzen.«

»Aber mit draußen sitzen habe ich gar nicht gerechnet, ich meine, ich bin vielleicht nicht richtig angezogen.«

»Keine Sorge, du siehst fantastisch aus, und wenn dir kalt werden sollte, leihe ich dir eine Fleecejacke von mir. Ich habe immer eine im Auto.«

Du siehst fantastisch aus ...

Das ist kein ernsthaftes Date!

***

Der alte Bus der Familie Lingen gab auf der Landstraße nach Prerow sein Bestes, zitternd näherte sich die Tachonadel der 80-km/h-Markierung.

»Sag ich doch, schnurrt wie eine alte Nähmaschine«, brüllte Frederik über den Lärm des Motors hinweg. An eine normale Unterhaltung war fast nicht zu denken, zumindest, wenn man achtzig fuhr. Die Karosserie des Busses ächzte in jeder

Kurve, die Federung unter den Sitzen quietschte wie eine eingeklemmte Maus, und schon zweimal war das Handschuhfach von alleine aufgesprungen. In Violas Augen ein stummes Zeichen dafür, dass man mit Berti besser langsam fuhr.

»Du kannst ruhig ein bisschen vom Gas runtergehen, Berti ist für das rasantes Fahren nicht mehr geeignet«, brüllte Viola zurück.

Frederik grinste wie ein Schuljunge mit neuem Spielzeug. »Glaub nicht, ich würde die feine Ironie überhören.«

Viola atmete erleichtert auf, als Frederik trotzdem vom Gas ging, wodurch sich gleichzeitig der Motorlärm auf ein erträgliches Maß reduzierte.

»Ich kann nicht glauben, dass du den Uralt-Bus von deinem Vater fährst.«

»Nicki liegt mir deswegen auch schon die ganze Zeit in den Ohren, aber mal ehrlich, ich hab so viel Geld in das Segelboot gesteckt, und ich gehöre nun mal nicht zu den Typen, deren Ego sich über einen fetten Sportwagen definiert.«

Das glaube ich aufs Wort, dachte Viola, und zog unwillkürlich den Vergleich zwischen Frederik mit seinem altersschwachen Bus und Marcus mit seinem Porsche. Die Typen mit Porsche kannte sie nun. Mal sehen, was ein Typ mit Schrottlaube zu bieten hatte.

Frederik fand den Weg ohne Probleme. Natürlich, er hatte ein fotografisches Gedächtnis, und er hatte sich am Nachmittag die Karte angesehen. Manchmal vergaß Viola, wie sehr sich Nickis Bruder von den meisten anderen Menschen unterschied.

»Da vorne ist die Kulturscheune, und ich denke, wir können links auf dem Schotterplatz parken.« Mit einem asthmatischen Röcheln, gefolgt von einem lauten Knall aus dem Auspuff, kam der Bus zum Stehen. »Hat doch gut geklappt.«

»Die kurze Strecke zwischen Sulzhagen und Prerow ist

eine Sache, Frederik, aber der Weg nach München? Ich weiß nicht, ob du das diesem Auto antun solltest.«

»Ach, Vi, du musst mehr Vertrauen haben. Wenn Berti unterwegs das Zeitliche segnet, dann doch wenigstens mit Pauken und Trompeten. Mein Papa hat mich gezwungen, bereits mit achtzehn in den Automobilclub einzutreten. Im schlimmsten Fall werde ich von einem Abschleppwagen gerettet.«

Im Grunde hat diese Ungezwungenheit auch einen gewissen Charme, dachte Viola, wahrscheinlich mache ich mir einfach zu viele Gedanken.

***

Die Kulturscheune im Prerow hieß nicht nur so, es handelte sich wirklich um eine riesige Scheune, die früher zu einem recht wohlhabenden Hof gehört haben musste. Schwere Eichenbalken bildeten das Fachwerk, das mit roten Ziegeln ausgemauert war. Viola schaute sich neugierig um, während Frederik an der Bar nachfragte, ob sie sich auch nach draußen setzen konnten. Im Inneren der Scheune gab es mehrere Ebenen, und vor der Bühne war eine große Fläche, auf der man später am Abend, wenn die Liveband spielte, tanzen konnte. Auf den Tischen brannten Kerzen in alten Messingleuchtern. Der ganze Raum schien von den einzelnen Gesprächen regelrecht zu vibrieren. Fünf, sechs Bedienungen schlängelten sich mit ihren Tabletts zwischen den Tischen hindurch. Überraschend viele der rustikalen Holztische waren schon mit Gästen besetzt. Natürlich, in den Schulferien beherbergte Prerow bestimmt eine Menge Urlauber. Und weil es Samstagabend war, kamen sicher noch eine ganze Reihe einheimischer Gäste hinzu.

»Draußen gibt es noch einen freien Tisch für zwei, hat man mir versichert, und sollte es dir zu kühl werden, können wir jederzeit nach drinnen umziehen«, erklärte Frederik, als er von der Theke zu ihr zurückkam. »Komm, der Barkeeper hat mir den Weg beschrieben.«

Frederik führte sie zu einem Tisch, der unmittelbar neben einer Ziegelmauer stand und von halbhohen Büschen umgeben war. Die Büsche bildeten eine Art natürliche Nische, und als Viola sich setzte, hatte sie das Gefühl, mit Frederik ganz allein zu sein. Die übrigen Gäste an den anderen Tischen störten überhaupt nicht. Überrascht spürte Viola, dass die Steine der Mauer die Sonnenhitze des Tages gespeichert hatten und jetzt wieder langsam abgaben. Frederiks Fleecejacke würde sie jedenfalls so schnell nicht benötigen.

Frederik nahm eine der Speisekarten, die auf dem Tisch bereitlagen, und blätterte sie kurz durch. »Dafür, dass hier viele Touristen unterwegs sind, sind die Preise wirklich moderat. Im Schnitt kostet jedes Hauptgericht dreizehn Euro dreiundzwanzig.«

»Im Schnitt? Ha, ha. Wahrscheinlich hast du gerade alle Preise im Kopf addiert und dann den Durchschnitt ausgerechnet?«

»Ja, machst du das nicht, wenn du eine Speisekarte durchliest?«

Er meinte das im Ernst. Wir halten fest, sagte sich Viola im Stillen, außen Traumtyp, innen Nerd.

»Um ehrlich zu sein, habe ich im Moment schon Schwierigkeiten, überhaupt alle Gerichte zu erfassen. Deswegen fange ich mit dem Addieren erst später an.« Viola versuchte, ein möglichst ernstes Gesicht zu machen, aber das gelang ihr nur für wenige Sekunden. Sie senkte den Blick, hielt eine Hand vor den Mund und prustete vor Lachen. Als sie sich endlich beruhigt hatte, schaute sie wieder hoch. »Quatsch, ich habe einfach die Speisekarte gelesen wie ein normaler Mensch.«

»Autsch, das hat wehgetan.« Frederik wurde rot, und für einen Moment tat es Viola leid, dass sie ihn offenbar gekränkt hatte. Doch schon fuhr er fort: »Weißt du denn schon, was du essen möchtest?«

»Ja, ich nehme das Rührei mit den Nordseekrabben vorweg und anschließend die Fischplatte.«

»Bei der Fischplatte schließe ich mich an, aber ich werde mal die Kartoffelsuppe probieren. Möchtest du ein Glas Wein trinken? Wie gesagt, ich würde Berti auch zurücksteuern.«

»Einverstanden. Ich nehme einen trockenen Weißwein. Ja genau, den Chardonnay.«

Eine Kellnerin nahm ihre Bestellung auf und brachte kurze Zeit später schon die Getränke. Weißwein für Viola, stilles Mineralwasser für Frederik. Das Schweigen zwischen ihnen, nachdem sie getrunken hatten, war nicht unangenehm, trotzdem überlegte Viola, worüber sie sich jetzt mit Frederik unterhalten könnte. Eigentlich wusste sie kaum etwas über ihn. Fast schien es, als könne er ihre Gedanken lesen, denn er stellte fest: »Mir fehlen fast zehn Jahre aus deinem Leben. Ich würde gerne wissen, was du in der Zeit alles getan hast. Aber vorher musst du mir noch verraten, wie die Chorprobe war.«

»Die Chorprobe? Die war super. Wir sind jetzt schon achtundzwanzig Sängerinnen, und es werden noch weitere dazukommen. Ich habe heute die ersten Stücke ausgewählt und in meinem Notenprogramm die Chorsätze geschrieben. Mit den Noten habe ich nur ein kleines Problem.«

»Und das wäre?«

»Ich habe keine Übung darin, die Klavierbegleitung zu spielen, die Seiten umzublättern und gleichzeitig auch noch den einzelnen Stimmen ihre Einsätze zu geben. Ich habe doch nur zwei Hände. Dafür brauche ich noch eine Lösung. Aber ich will mich gar nicht beschweren, auch das wird schon irgendwie gelingen.«

»Und es macht dir überhaupt keine Mühe, einen Chor zu leiten?«

»Nein, Chorleitung gehörte zu den Studieninhalten, das

kann ich. Und auf die einzelnen Musikwünsche der Sängerinnen einzugehen, ist natürlich etwas ganz Besonderes. Das macht richtig Spaß. Ich hoffe nur, unser neuer Chor wird auch den Erwartungen gerecht.«

»Da gibt es Erwartungen?«

»Darauf kannst du dich verlassen. Hier vor Ort war bislang der Shanty-Chor der Platzhirsch, und ich garantiere dir, dass es noch Reibereien geben wird. Zum Beispiel, wenn es um Konzerte und Auftritte geht. Etliche meiner Sängerinnen haben den Shanty-Chor verlassen, sodass es dort keine Frauenstimmen mehr gibt. Bestimmt sehen die Herren in Fischerhemden den neuen Chor als unliebsame Konkurrenz.«

Frederik schüttelte ungläubig den Kopf. »Junge, Junge, da haben Nicki und Manuel mit ihrer Idee vielleicht sogar in ein Wespennest gestochen.«

Bevor Frederik weitersprechen konnte, wurden die Vorspeisen serviert.

»Schmeckt deine Suppe?«, fragte Viola.

»Großartig, nur noch sehr heiß. Und wie sieht es mit deinem Rührei aus?«

»Das ist auch lecker, ich fürchte nur, mir ist die Portion als Vorspeise zu groß. Möchtest du nicht auch noch etwas davon essen, wenn deine Suppe noch zu heiß ist?«

»Warum nicht.« Frederik legte seinen Löffel zur Seite, griff nach seiner Gabel und probierte von Violas Teller. »Mhmm, wirklich lecker.« Ein weiterer Happen fand seinen Weg zu Frederik. Er kaute. »Ahh. Ja, allein schon wegen solcher Krabbengerichte liebe ich es zu segeln, die besten bekommt man doch direkt am Meer.«

»Apropos segeln, wie läuft es denn mit den Reparaturen an deinem Segelboot?«

»Ganz gut, aber ich werde in den nächsten Tagen noch mehr Farbe kaufen müssen. Es gibt doch mehr zu lackieren, als ich gedacht hatte. Möchtest du mehr über mein Boot erfahren oder erst mal etwas über mich?«

»Na ja, wenn ich so darüber nachdenke ... ein oder zwei Fragen hätte ich da schon zum Thema Frederik.«

»Soso, dann fang mal an, bestimmt kommen gleich unsere Hauptgerichte.«

»Wer ist 2033?«

Für einen Moment stutzte Frederik, dann lachte er kurz auf. »Oh, du hast von ihm gehört.«

Ja, habe ich, dachte Viola, dein Streit mit Nicki war laut genug. Das sprach sie aber nicht aus, sondern wartete, dass Frederik weiterredete.

»2033 war unser Hase. Der Rest der Familie hat ihn Beppo genannt.«

»Beppo, richtig, jetzt erinnere ich mich wieder. Riesig war der. Aber ...«

»Aber warum ich meinen Hasen 2033 getauft habe? Die ganze Nummer lautete 2033849, es war die siebenstellige Tierkennzeichnungsnummer aus dem Bundesregister für Haustiere. Mir gefiel 2033 und, um ehrlich zu sein, sehe ich zwischen meinem Namen und dem Namen Beppo keine wirkliche Verbesserung.«

Der Mann hat sein Haustier nach einer Nummer aus dem Bundesregister genannt, okay, kann man machen. Aber mit was hat er wohl früher gekuschelt, mit R2D2?

»Wie man es nimmt, Frederik. Immerhin heißt dein Segelboot Nordstern, das ist doch schön, und es ist auch keine Nummer.«

»Eigentlich sollte das Boot HR 424 heißen, aber die Trottel von der Zulassungsbehörden haben sich quergestellt.«

»HR 424?«

»Ja, sicher, das ist die Kennzeichnung des Polarsterns im Bright-Star-Katalog oder auch Yale Catalog of Bright Stars.«

Warum fragte sie überhaupt? Nee klar, was sollte HR 424

auch sonst sein? Viola schüttelte lächelnd den Kopf. »Hast du nicht manchmal das Gefühl, dass deine Ideen ein bisschen … abgedreht sind?«

»Nein, im Gegenteil, ich denke, viele Menschen haben einfach zu wenig Fantasie.«

»Nordstern ist jedenfalls ein sehr poetischer Name für ein Schiff.«

»Für mich wäre die Bright-Star-Kennziffer genauso poetisch gewesen, denn ich hätte ja immer gewusst, was sich dahinter verbirgt.«

»So gesehen hast du wahrscheinlich recht. Und jetzt bist du wieder dran, du darfst mich auch was fragen. Über Viola Fischer und die letzten zehn Jahre.«

»Okay, darf es eine persönliche Frage sein?« Frederik legte die Gabel zur Seite und löffelte seine Suppe weiter.

»Nur zu!« Das klang selbstsicherer, als Viola sich in dem Moment fühlte.

»War deine Beziehung mit diesem Marcus, sorry, Nicki hat mir den Namen verraten, was Ernstes?«

Die Frage sorgte dafür, dass Viola erst einmal kurz nachdachte, sie wollte eine ehrliche Antwort geben. Sie schluckte.

»Am Anfang habe ich das gedacht. Doch, ja, als ich Marcus kennengelernt habe, war er lustig, zuvorkommend und zärtlich. Hättest du mich damals gefragt, ich hätte ohne zu zögern gesagt: Ja, das ist was Ernstes.«

»Und was kam dann?«

»Der Erfolg. Marcus hat einen Hit produziert, und plötzlich war er wie ausgetauscht. Jede Party war wichtiger als unsere Verabredung. Der nächste Geschäftstermin, das nächste Meeting beherrschten sein Leben. Ein Treffen mit mir war nur ein Punkt auf seiner To-do-Liste, den man nach Belieben einhalten, verschieben oder auch vergessen konnte.« Je länger sie redete, umso mehr Bitterkeit mischte sich in ihre Stimme. »Und am Ende war ich für ihn wohl nicht mehr hip genug, zu ernsthaft, weil ich nämlich nicht bis zum Morgengrauen feiern konnte und wollte. Die Lücke hat er dann mit Coco gefüllt.«

»Ich wiederhole mich: Wie blöd kann man eigentlich sein?«

Diesmal verstand Viola es richtig. »Danke für das Kompliment.«

»Gern geschehen. Wobei ›nicht hip genug‹, das kenne ich.«

Viola horchte auf. »Redest du da gerade von Mareike?«

»Woher kennst du die jetzt?«

»Gar nicht, du hast nur im Hafen vermutet, dass mich Nicki dorthin geschickt hätte, um zu sehen, ob Mareike mitkommt. Da bin ich davon ausgegangen, dass sie nicht deine Segelschülerin ist.«

»Gut kombiniert, Sherlock. Mareike liebt die bessere Gesellschaft von Hamburg. Sie ging wie selbstverständlich davon aus, dass ich als erfolgreicher freier IT-Entwickler die ganzen Events ebenfalls lieben würde. Hab ich aber nicht. Ich brauche keine Eröffnungspartys von Galerien, keine schicken Empfänge, keine Sponsorengalas mit irgendwelchen Promis. Kurz, ich war für Mareike nicht hip genug, und das hat sie mir übelgenommen.«

»Willkommen im Club der Nicht-Hippen.« Viola nahm ihr Glas und prostete ihm zu. Frederik lächelte schief. In diesem Lächeln lagen gleichermaßen Bedauern, Schmerz und eine gewisse Erleichterung.

»Vielleicht ist es ganz gut, dass manches mit einem Knall endet«, sagte Viola nachdenklich. »Ich für meinen Teil hätte womöglich noch lange gezögert, bevor ich mir eingestanden hätte, dass die Beziehung mit Marcus vorbei ist. Ich hätte es nicht anständig gefunden, so schnell das Handtuch zu werfen.«

»Handle gut und anständig, weniger anderen zu gefallen,

eher um deine eigene Achtung nicht zu verscherzen. Ist nicht von mir, hat vielmehr schon Freiherr von Knigge gesagt.«

Ja, meine eigene Achtung habe ich mir bewahrt, etwas, was Marcus nicht von sich behaupten kann, dachte Viola. Und noch etwas dachte sie: Wie merkwürdig, wenn ich mit Frederik rede, werden meine Gedanken plötzlich ganz klar und geordnet. Wahrscheinlich kommt das daher, dass er Informatiker durch und durch ist.

**

»Siehst du, auch die Rückfahrt hat Berti problemlos gemeistert.«

»Wir sind allerdings auch nur moderate fünfzig gefahren«, erwiderte Viola und lachte auf. »Die beiden wütenden Autofahrer, die uns hupend überholt haben, werden dir nicht entgangen sein.«

»Kleingeister. Papa hatte damals schon die richtige Einstellung: Gelassen ans Ziel.«

»Damals hat das Getriebe auch noch nicht diese schrecklichen Klappergeräusche abgegeben. Vielleicht solltest du den Bus vor deiner Fahrt nach München noch einmal in einer Werkstatt durchschauen lassen.«

»Ja, das könnte eine gute Idee sein. Apropos gute Idee: Es war eine gute Idee, dich zum Abendessen einzuladen. Ich habe den Abend wirklich genossen.«

Die Ernsthaftigkeit, mit der Frederik das sagte, ließ Viola aufhorchen. Fast hätte sie irgendwas Scherzhaftes erwidert, aber das wäre unpassend gewesen. Frederik hatte eine ehrliche Antwort verdient und nicht einen Gag über einen Abend mit dem großen Bruder der besten Freundin.

»Ja, es war wunderschön. Einen so netten Abend hatte ich schon lange nicht mehr. Ich danke dir.«

»Und dabei waren wir nicht mal zusammen auf der Tanz-
fläche.«

»Du kannst tanzen?«

»Lass dich überraschen.«

Zusammen schlenderten sie zum Pfarrhaus zurück. Vor
der Haustür blieb Viola unschlüssig stehen. Frederik öffnete
die Tür. Wartete darauf, dass sie vor ihm ins Haus ging. Was
für eine absurde Situation. Bei ersten Dates in der Vergangenheit, wirklich viele waren es nicht gewesen, hatte sich ihr Be-
gleiter immer an der Haustür verabschiedet. Jetzt aber würde
Frederik mit ins Haus gehen, die Treppe rauf zu den Zim-
mern … Hör auf, ermahnte sie sich. Schluss damit! Frederik
stand immer noch geduldig da und hielt ihr die Tür auf. Sie
konnte an ihm vorbeigehen. Oder … Für einen kurzen Moment zögerte Viola, dann stellte sie sich auf die Zehenspitzen
und hauchte ihm einen Kuss auf die Wange. »Gute Nacht,
Frederik.«

Der Kuss schien ihn zu überrumpeln. Stocksteif stand er
im Türrahmen. Mit den Fingerspitzen berührte er vorsichtig
seine Wange, dort, wo sie ihn geküsst hatte. Fast, als wollte er
sich vergewissern, dass das gerade wirklich passiert war. Viola
schob sich an ihm vorbei und eilte die Treppe hoch.

»Ähm … ja, gute Nacht, Vi.«

Viola schaute über die Schulter noch einmal zurück.
»Schlaf gut, Frederik.«

Ein interessanter Mann?

Die Kirche war nur halb voll, etliche Bänke im Hauptschiff waren komplett leer. Die geringe Zahl der Kirchgänger schien Manuel nichts auszumachen, er predigte mit einer Begeisterung, als wäre seine Kirche bis auf den letzten Platz besetzt.

Es war eine spontane Entscheidung gewesen, die Viola an diesem Sonntagvormittag in Manuels Gottesdienst geführt hatte. Da war die Neugierde, Manuel auch einmal bei seiner Arbeit zu erleben, und auf der anderen Seite das schlechte Gewissen, bei ihm sechs Wochen lang im Haus zu wohnen, ohne einmal an einem Sonntag ein Gottesdienst von ihm besucht zu haben. Viola war keine große Kirchgängerin. Hätte man sie gefragt, sie hätte sich als interessiert-neutral eingeschätzt, aber hier in Sulzhagen fragte niemand. Im Gegenteil, sie wurde von zahlreichen Menschen, die sie gar nicht kannte, freundlich begrüßt. Von Uschi war sie sogar herzlich umarmt worden. Und etliche Gemeindemitglieder hatten diese herzliche Umarmung sehr wohl registriert. Natürlich hatte sich herumgesprochen, dass sie nicht nur im Pfarrhaus wohnte, sondern auch den neuen Chor leitete. Es gab während der Predigt mehr als einen neugierigen Blick in ihre Richtung. Als das Nachspiel der Orgel verklungen war, strömten die Gemeindemitglieder in Richtung Hauptportal. Viola dagegen blieb unschlüssig an ihrer Sitzbank stehen.

»Viola, hast du noch Lust, im Gemeindesaal eine Tasse Kaffee mit uns zu trinken?«, fragte Uschi.

Viola schaute zu den Fenstern der Kirche, helles Sonnenlicht fiel schräg hinein.

»Lieben Dank für die Einladung, aber sei mir nicht böse,

Uschi, das Wetter ist so schön, ich glaube, ich setze mich jetzt mit einem Liegestuhl in den Garten und lese. In meinem Krimi wird es gerade spannend.«

»Dann wünsche ich dir viel Spaß beim Lesen. Wir sehen uns vermutlich morgen im Gemeindeamt. Ich wünsche dir einen schönen Sonntag.«

»Dir auch, Uschi.«

***

Viola hatte noch keine drei Seiten gelesen, da ließ sich Nicki neben ihr in den leeren Liegestuhl fallen. So viel zum Thema in Ruhe lesen.

»Wie jetzt, kein Kirchkaffee? Ich dachte, du gehst da hin und machst Werbung für den Chor, aber nein, du sitzt hier im Garten und entspannst dich.«

Viola wurde blass. »Wären da etwa potenzielle Sängerinnen gewesen?«

»Nö, die Damen, die heute da sind, singen schon seit Jahren in der Kantorei mit, die werden wir nicht überzeugen können.«

»Du blöde Kuh.« Viola lachte. »Du schaffst es doch immer noch, dass ich dir glaube und dann auch noch ein schlechtes Gewissen habe.«

»Ist eine Superkraft von mir. So, aber bevor ich dich jetzt weiterlesen lasse und mich ums Mittagessen kümmere, möchte ich von dir wissen, wie dein Date mit Frederik gelaufen ist.«

»Das war kein Date.«

»Nenn es, wie du willst. Wenn es dir lieber ist, dann sag ruhig, dass ein romantisches Abendessen zu zweit in der Kulturscheune in Prerow bei Kerzenlicht kein Date ist. Also, wie war dein Nicht-Date mit meinem Bruder?«

»Gehört Hartnäckigkeit auch zu deinen Superkräften?«

»Jep. Na los, rede. Du willst doch sicher nicht, dass das Essen zu spät auf den Tisch kommt, nur weil du dich hier herumwindest.«

Viola schüttelte lachend den Kopf. »Also gut, damit die arme Seele Ruhe hat, hier die Kurzfassung: Es war ein wunderschöner Abend.«

»Was jetzt? Wunderschön und weiter?«

Viola seufzte. »Abgesehen von dem Nervenkitzel, dass wir mit dem klapprigen Bus deines Vaters gefahren sind, der offenbar auf den Namen Berti hört – und damit meine ich nicht deinen Papa, sondern den Bus –, war das ein vollkommen entspannter Abend. Wir haben uns gut unterhalten. Mir ist klar geworden, dass ich eigentlich von Frederik kaum etwas weiß, und ihm scheint es ähnlich gegangen zu sein. Nur ...«

»Nur was?«

»Nur es ist eben nicht irgendein Mann, den ich hier vor Ort kennengelernt habe und mit dem ich zum Essen ausgegangen bin, sondern Frederik.«

»Du hast Skrupel, weil du Frederik schon Ewigkeiten kennst und weil er mein Bruder ist? Na, die Sorge kann ich dir nehmen. Ich mag ihn. Mir würde es nichts ausmachen, wenn ihr euch besser verstehen würdet.«

»Sagen wir mal so, die Chancen, dass wir uns noch einmal missverstehen und streiten, sind deutlich kleiner geworden.«

Nicki griff nach Violas Hand und drückte sie. »Wenn es dich beruhigt, Süße, ich würde ihm die Ohren abreißen, wenn er dich blöd behandelt. Und das weiß er auch. Ich finde, Frederik ist ein interessanter Mann geworden, und das sage ich jetzt nicht, weil er mein Bruder ist. Und ich finde, dass du nach dem Desaster in Dresden ein bisschen männliche Aufmerksamkeit verdient hast.«

»Ich soll mir also gar keine Gedanken machen?«

»Genau das wollte ich sagen. Mach dir keinen Kopf, sondern warte einfach ab, wie sich das Ganze entwickelt.« Nicki stemmte sich aus ihrem Liegestuhl hoch. »Das war mein Wort zum Sonntag, und jetzt kümmere ich mich um das Essen.«

»Brauchst du Hilfe?«

»Nein, der Braten ist schon fertig, ich werde jetzt nur noch die Klöße aufsetzen und den Salat schneiden. Lies ruhig noch ein paar Seiten, du kannst dann später den Tisch decken. Ich denke, das Wetter ist so schön, wir können draußen essen.«

»Gut, ich komme gleich und hole das Geschirr. Kommt Frederik auch zum Mittagessen?«

»Hat er nicht gesagt. Du kannst ja einen Teller mehr hinstellen.« Viola machte Anstalten aufzustehen, aber Nicki bedeutete ihr mit einer Handbewegung, sitzen zu bleiben. »Wie gesagt, eine Viertelstunde kannst du noch lesen.«

Viola blieb folgsam in ihrem Liegestuhl und schaute Nicki hinterher. Mach dir keinen Kopf, sondern warte einfach ab, wie sich das Ganze entwickelt – das war leichter gesagt als getan. Und während sie in der Sonne saß, die Stille im Garten genoss und über den gestrigen Abend nachdachte, erkannte Viola, dass sie tatsächlich den ehrlichen Wunsch hatte, mehr über Frederik zu erfahren. Ja, er war ein furchtbarer Nerd, aber auch ein interessanter Mann mit festen Wertvorstellungen und Ansichten. Er wollte niemandem gefallen, sondern einfach nur er selbst sein. Das unterschied in deutlich von Marcus, der zum Schluss vor allem darauf geachtet hatte, was andere von ihm dachten. Die Unsicherheit, die sie den ganzen Vormittag über gespürt hatte, war verflogen. Zufrieden nahm sie ihr Buch wieder auf und begann zu lesen.

***

Den zusätzlichen Teller fürs Mittagessen hätten sie sich sparen können. Frederik tauchte erst spät am Abend wieder auf, ging direkt in die Küche und holte sich ein Bier aus dem Kühlschrank. Viola, die gerade auf dem Weg in ihr Zimmer war, um schlafen zu gehen, blieb kurz in der Küchentür stehen.

»Hi, alles in Ordnung bei dir?«

Frederik lehnte an der Arbeitsplatte und trank das Bier direkt aus der Flasche. Er schüttelte den Kopf. »Nee, leider nicht. Jetzt habe ich den ganzen Sonntag bis eben an meinem Segelboot gearbeitet. Irgendwie scheint das Projekt Nordstern eine größere Sache zu werden. Ich hatte ja ursprünglich geglaubt, ich müsste nur einen Teil der vorderen Kabinenwand neu streichen und zwei Messingteile wieder befestigen, aber mittlerweile ist mir klar geworden, dass auch die anderen Wände gestrichen gehören und dass ich zu allem Überfluss auch noch das Teakholzdeck abschleifen und neu ölen muss.«

»Das klingt nach viel Arbeit.«

»Kannst du wohl sagen, so hatte ich mir meine freien Tage nicht vorgestellt. Na ja, ich hätte es wissen müssen, ein altes Holzboot macht eben doch mehr Arbeit als eines von den modernen Dingern. Glasfaserverstärkter Kunststoff verrottet schließlich nicht.«

»Aber dein Boot hat Charakter, Frederik. Wenn ich die Wahl hätte, ich würde jederzeit, ohne zu zögern, ein Boot wie die Nordstern jeder modernen Yacht vorziehen.«

»Das ist nett, dass du das sagst. Ich hatte mir allerdings vorgestellt, vor allem viel Zeit auf dem Wasser zu verbringen. Also Zeit beim Segeln, nicht im Hafen. Wenn ich eine Leidenschaft fürs Abschleifen und Neustreichen von Holzteilen hätte, wäre ich Tischler geworden. Oder Maler und Lackierer. Morgen früh, wenn der Bootsladen in Ribnitz geöffnet hat, werde ich erst mal das nötige Werkzeug besorgen. Und Lack. Und Holzöl. Und Schleifpapier.«

Sein Gesicht sah vor Müdigkeit ganz grau aus. Eine Welle des Mitleids überkam Viola, und sie bot spontan an: »Solltest du Unterstützung beim Anstreichen benötigen, sag Bescheid, ich bin zwar noch nie gesegelt, aber mit einem Pinsel kann ich ganz gut umgehen.«

Frederik prostete ihr mit der Bierflasche zu. »Danke für das Angebot, eventuell komme ich sogar darauf zurück.«

»Dann gute Nacht, Frederik.«

»Gute Nacht, Vi.«

Die Küstenfrauen

Frederik hatte nicht übertrieben, als er die Reparatur ein »größeres Projekt« genannt hatte. Die nächsten anderthalb Tage bekam Viola ihn kaum zu Gesicht. Frühmorgens verschwand er in Richtung Hafen und blieb dort den ganzen Tag.

Viola nutzte währenddessen den Montag und den Dienstagvormittag, um weitere Lieder für den Chor auszusuchen, die Noten zu kaufen und anzupassen. Häufig gab es von den gewünschten Liedern nur vier- oder fünfstimmige Chorsätze, sie schrieb die Sätze so um, dass ihr dreistimmiger Chor damit zurechtkam.

»Hast du nicht mal gesagt, dass wir fürs Erste nur vier Stücke einüben werden?«, fragte Nicki, als sie am Dienstag in der Mittagspause ins Pfarrhaus kam und Viola bei der Arbeit am Computer antraf.

»Schon, aber ich würde dem Chor gerne eine größere Auswahl von passenden Stücken zur Verfügung stellen, auf die eure Kantorin später zugreifen kann, wenn meine sechs Wochen vorbei sind.«

Nicki legte Viola den Arm um die Schultern und drückte sie kurz. »Das ist lieb von dir, dass du jetzt schon unsere Zukunft planst. Ich bin aber erst mal gespannt auf die Lieder, die wir heute singen werden.«

»Lass dich überraschen, das wird toll.«

»Wenn wir erst einmal die Lieder einigermaßen beherrschen, musst du nur noch die Einsätze geben. Das kriegen wir hin«, sagte Nicki und klang dabei wie immer ausgesprochen optimistisch.

Neunzehn Uhr, Dienstagabend, und Viola hatte das Gefühl, dass der Strom an Sängerinnen, die durch den Haupteingang den Gemeindesaal betraten, gar nicht abriss. Sie stand neben dem inzwischen frisch gestimmten Klavier, legte die Noten zurecht und beobachtete nebenbei, wie sich der Saal füllte. Eine Frau, die sie noch nicht kannte, steuerte zielsicher auf Viola zu. »Entschuldigung, sind Sie die Chorleiterin?«

»Ja, ich heiße Viola, Viola Fischer, aber wir duzen uns hier alle.«

»Das ist doch in Ordnung, dass ich einfach vorbeigekommen bin?«, fragte die Mittvierzigerin mit langen braunen Locken, »ich habe am Wochenende den Artikel in der Zeitung gelesen.«

»Selbstverständlich ist das in Ordnung. Wir freuen uns über jede Sängerin«, antwortete Viola. »Hier, nimm ein Stück Kreppband und den Stift und schreib deinen Vornamen drauf. Dann können wir uns alle untereinander mit Namen ansprechen.«

Die Frau schrieb in großen Druckbuchstaben *Nicole* auf das Kreppband und befestigte es auf ihrem T-Shirt. »Mich kennt hier noch niemand, ich bin erst vor vier Wochen mit meinem Mann nach Sulzhagen gezogen.«

»Da geht es dir wie mir, für mich sind die meisten Gesichter auch noch fremd, aber wir wollen zusammen singen, dabei werden wir uns besser kennenlernen.«

Auch mit den übrigen Neuzugängen wechselte Viola kurz ein paar Worte, und als sie schließlich sicher war, dass keine weiteren Sängerinnen mehr kommen würden, schlug sie auf dem Klavier einen einzelnen Akkord an. Sofort verstummten alle Gespräche und die Gesichter wandten sich ihr zu.

»Hallo und guten Abend, ich freue mich riesig, dass ihr alle gekommen seid«, begrüßte Viola die Sängerinnen. Und das »ich freue mich riesig« kam aus tiefstem Herzen, denn

Viola hatte nachgezählt: Sechsunddreißig Frauen waren zu dieser Probe gekommen.

»Viele von euch haben bereits in einem Chor gesungen und wissen, in welcher Stimmlage sie singen, andere werden vielleicht ein bisschen unsicher sein. Ich schlage vor, wir stellen uns erst einmal locker in einem Kreis auf und beginnen mit ein paar Übungen zum Einsingen.« Unter leisem Kichern und Flüstern bildete sich zuerst ein unregelmäßiger Kreis, eigentlich mehr ein eiförmiges Gebilde mit großen Lücken, aber schließlich hatte jede einen Platz gefunden.

»Wir atmen aus. Lasst die Gedanken vom Tag heute los, die könnt ihr mit wegatmen, und entspannt euch.«

In der nächsten Viertelstunde sang Viola mit dem Chor einfache Tonfolgen und nutzte die Gelegenheit, die Sängerinnen gemäß ihren Tonlagen in unterschiedliche Stimmen einzuteilen.

»Stellt euch jetzt auf. Auf dieser Seite die hohen Sopranstimmen. Hier die etwas tieferen.« Wieder dauerte es eine Weile, bis alle ihren Platz gefunden hatten. »Habt ihr euch die Nachbarin rechts und links gemerkt? Das ist euer Platz für die nächsten Wochen. Jetzt setzt euch erst mal hin. Beim letzten Mal habt ihr ja verschiedene Wünsche geäußert. Ich habe die Liste durchgearbeitet und einige Lieder ausgesucht. Wir beginnen mit vier verschiedenen Stücken und erweitern dann nach und nach das Repertoire. Von der Gruppe Maybebop hat mir das Lied *Ab und zu ein paar Geigen* gut gefallen. Ich denke, der Alt wird am Anfang die Solostimme übernehmen, bei der zweiten Strophe könnten wir dann zum Beispiel Sopran zwei das Solo geben. Eventuell besetzen wir einzelne Strophen auch mit Einzelpersonen. Hat jemand von euch schon in einem Chor Solo gesungen?«

Eine Sängerin hob die Hand. »Hi, ich bin die Kirsten und ich war ein paar Jahre in einem Kirchenchor, da habe ich manchmal Soloparts übernommen.«

»Schön, dann versuchen wir es für den Anfang erst einmal mit mehreren Stimmen, und später kannst du vielleicht solo singen, das probieren wir aus. Jetzt aber erst einmal, damit ihr einen Eindruck von dem Lied bekommt, möchte ich, dass wir alle zusammen den Refrain kennenlernen. Der Text ist richtig schön, ich lese ihn euch einmal vor:

Doch was mir fehlt, sind ab und zu ein paar Geigen
Die mich tragen und begleiten
Während ich durchs Leben geh
Ja, was mir fehlt, sind ab und zu ein paar Geigen
Die mir das, was schön ist, zeigen
Damit ich's nicht übersehe.

Die Melodie geht so, hört euch das einmal an.« Viola setzte sich ans Klavier und spielte die ersten Töne. Plötzlich durchschnitt ein lautes Quietschen ihr Klavierspiel. Sie brach ab. Alle Köpfe, auch Violas, drehten sich zur Seitentür des Gemeindesaals.

»Guten Abend, sorry wegen der Verspätung, ich hab mich mit der Zeit verschätzt und musste noch kurz duschen, aber jetzt bin ich da«, sagte eine tiefe Stimme in die Stille hinein. Mitten im Gemeindesaal stand Frederik. Viola blinzelte, aber es war keine Erscheinung. Zielstrebig ging er auf sie zu.

»Guter Jesus, wer ist denn der Traumtyp?«, flüsterte eine Frau und verstummte augenblicklich, als sie bemerkte, wie deutlich ihr erstaunter Ausruf zu hören gewesen war.

Frederik drehte sich zu ihr um und lächelte entwaffnend. »Ich bin Frederik, Frederik Lingen, Nickis Bruder, und keine Sorge, ich habe nicht vor, bei euch mitzusingen. Und – danke für das Kompliment.« Er zwinkerte Viola zu. »Lass mich mal ans Klavier, dann kannst du dich um den Chor kümmern.«

»Im Ernst jetzt?«

»Wäre ich sonst hier?«

Viola wurde bewusst, dass der gesamte Chor ihrem Gespräch interessiert zuhörte. »Äh … klar … schön … äh …, dass das zeitlich geklappt hat«, stammelte sie.

»Na bitte, geht doch«, brummte Frederik, nur für sie hörbar.

»Wir fangen mit dem Refrain an, Takt 28.« Viola tippte auf die Stelle in den Noten. »Kannst du bitte einmal langsam die Melodie vorspielen? Und danach brauche ich ein D für den Einsatz.«

Frederik rückte sich die Klavierbank zurecht, schaute kurz auf die Noten und spielte dann die gewünschte Passage. Er sah unheimlich lässig aus, wie er da am Klavier saß, so tiefenentspannt und zufrieden. Viola riss sich zusammen und konzentrierte sich auf ihre Sängerinnen.

***

Die Zeit verging wie im Flug. Der Chor machte nicht einmal eine Pause, obwohl Viola das ursprünglich geplant hatte. Als sie um halb zehn auf die Uhr schaute und das Ende der Probe verkündete, gab es etliche enttäuschte Gesichter.

Paula hob die Hand. »Viola, ein paar von uns haben sich gefragt, ob es nicht vielleicht möglich wäre, zumindest jetzt in der Startphase dreimal in der Woche zu proben.« Paula schaute sich im Saal um, als wollte sie prüfen, ob es Protest gegen ihren Vorschlag gab.

»Ihr wisst alle, dass ich für sechs Wochen hier in Sulzhagen bin. Ich habe Zeit, und ich habe nichts dagegen, dass wir uns auch dreimal pro Woche treffen. Wie sieht es denn bei den anderen aus?«

Kirsten meldete sich zu Wort. »Gut sieht es aus. Sonntags habe ich eigentlich immer Zeit. Wie ist das bei euch? Gesa, du arbeitest doch im Hotel an der Rezeption, wäre eine Extraprobe am Sonntag ein Problem für dich? Oder für die anderen, die mit Touristen zu tun haben? Ihr habt ja gerade Hochsaison.«

»Ich glaube, das geht trotzdem, richtig, Mädels?«, sagte Maren. »Die meisten Geschäfte sind sonntags geschlossen. Die Hauptzeit für die Zimmerpflege im Hotel ist morgens und endet mit dem Mittagessen. Außerdem haben sonntags die Ehemänner und Partner Zeit, auch mal was mit den Kindern zu unternehmen. Stimmt doch, oder?«

Viele Frauen nickten, und überall sah Viola strahlende Gesichter.

»Ich höre keine Einwände. Welcher Tag würde euch den gefallen?«

Und wieder war es Paula, die das Wort ergriff. »Darüber haben wir auch schon nachgedacht. Viele von uns brauchen den Samstag, um Dinge zu erledigen, einzukaufen und sauberzumachen, aber sonntags so von siebzehn bis neunzehn Uhr hätten alle Zeit.«

»Gibt es jemanden, der zu der vorgeschlagenen Zeit nicht mitsingen könnte?«, fragte Viola. Niemand meldete sich. »Wenn das so ist, ist es abgemacht und wir treffen uns dreimal in der Woche.«

Spontan klatschten die Sängerinnen Beifall. Verena meldete sich zu Wort. »Eine Frage noch: Hat unser Chor eigentlich einen Namen?«

Stimmt, das habe ich ja ganz vergessen, dachte Viola. Sie wollte gerade vorschlagen, dieses Thema auf die nächste Probe zu verschieben, als Nicki aufstand. »Das ist jetzt nur ein Vorschlag, aber was haltet ihr von ›Küstenfrauen – der Popchor aus Sulzhagen‹?«

»Küstenfrauen klingt klasse.«

»Warum nicht?«

»Ist ein super Name.«

»Nickis Vorschlag scheint euch zu gefallen. Ihr könnt ja noch einmal bis zur nächsten Probe darüber nachdenken, und wenn noch jemand einen anderen Vorschlag hat, sprechen wir das zusammen durch. Aber zunächst einmal halten wir ›Küstenfrauen‹ als Chornamen fest«, erklärte Viola. »Und damit ist unsere heutige Probe endgültig beendet. Bitte denkt daran, dass ihr euch einen Ringordner anlegt, um eure persönlichen Noten abzuheften. Wir sehen uns dann am Donnerstag.«

Die Sängerinnen verließen den Gemeindesaal, Nicki war eine der Letzten, die nach draußen ging. »Ich schließe schon einmal den Haupteingang ab, ihr könnt ja durch die Seitentür gehen.«

Als die große Doppeltür des Gemeindesaals von außen zugezogen wurde, war die Stille im Raum plötzlich mit Händen greifbar. Viola drehte sich zu Frederik um. Der schaute sie verschmitzt an, offenbar freute er sich darüber, dass er sie mit seinem spontanen Besuch überrascht hatte.

»Das war sehr nett von dir, vorbeizukommen und Klavier zu spielen.«

»Ich habe mich daran erinnert, dass das der einzige Punkt war, der dir Sorgen bereitet hat. Schon jetzt nach der ersten Probe hat man eine Ahnung, was für ein Klang da zusammenkommen wird.«

»Ist dir das auch aufgefallen? Die Sängerinnen haben wirklich Potenzial, vor allem aber wollen sie, dass dieser Chor ein Erfolg wird. Ich glaube, man hört, ob ein Chor mit ganzem Herzen bei der Sache ist. Technik kann man lernen, aber wenn du nicht die Freude am Singen in dir spürst, hilft dir auch die beste Technik nichts.«

»Ist das der Grund, warum du im Opernchor singst?«

Ohne nachzudenken nickte Viola begeistert. »Stell dir vor, du hättest die Möglichkeit, in einem Team mit lauter brillanten Entwicklern an einem großen Softwareprojekt zu arbeiten, nicht als Konkurrenten, sondern als wirkliches Team. Und geleitet wird dieses Team von dem besten Softwarespezialisten, der dir einfällt. Jemand, der dir, trotz deiner Begabung und trotz deinen Fähigkeiten, noch etwas beibringen kann, der mit kleinen Hinweisen in der Lage ist, ein noch besseres Ergebnis aus dir herauszukitzeln.«

»Abgesehen davon, dass ich es hasse, wenn mich jemand kitzelt, während ich am Computer sitze, verstehe ich, was du meinst. Und so ist das bei euch im Opernchor?«

»Ja, genau so ist das bei uns im Chor. Und vielleicht schaffe ich es, den Frauen hier in Sulzhagen ein ähnliches Gefühl zu vermitteln.«

Frederik klappte den Klavierdeckel zu und schob die Noten zu einem Stapel zusammen. »Das ist doch mal ein Ziel. Die Probe hat jedenfalls großen Spaß gemacht. Und ich denke, die Frauen waren auch zufrieden. Dann haben wir also am Donnerstag die nächste Probe?«

»Moment mal, heißt das, dass du am Donnerstag wieder am Klavier sitzen wirst?«

»Na ja, ich habe Zeit, und du kannst Unterstützung gebrauchen. Also, ja. Aber ich mach das natürlich nicht umsonst.«

»So, der Herr Pianist stellt also Forderungen?«

»Du hast gesagt, du könntest mit einem Pinsel umgehen. Offen gestanden wäre ich beim Boot für deine Hilfe dankbar. Wie sieht es aus, haben wir einen Deal?«

»Abgemacht, aber das erste Krabbenbrötchen für den Mittagsimbiss, das geht auf dich.«

Projekt Nordstern

Es war noch früh am Morgen, als Viola zusammen mit Frederik zum Yachthafen ging. Zum ersten Mal seit Tagen hatte es sich in der Nacht nicht wesentlich abgekühlt. Viel zu warm war es in ihrem Zimmer unter dem Dach gewesen, selbst bei weit geöffnetem Fenster. Schon jetzt lag eine drückende Schwüle über Sulzhagen.

»Hoffen wir mal, dass es kein Gewitter gibt. Der Lack braucht mehrere Stunden, um zu trocknen. Ich weiß nicht, was passiert, wenn er vorher nass wird.«

»Deshalb wolltest du um sieben schon unterwegs sein. Jetzt bleibt uns doch sicher genug Zeit.«

»Ich hoffe das sehr. Ich würde nur ungern eine Fläche in zwei Abschnitten lackieren, da sieht man bestimmt einen Ansatz. Am besten arbeiten wir an den Flächen, von denen wir wissen, dass wir sie auch komplett fertig bekommen.«

»Das klingt in meinen Ohren vernünftig, aber ich bin ja lediglich eine Landratte, die pinseln soll.«

»Wenn wir direkt mit dem Anstreichen anfangen könnten, wäre das ein Traum, aber leider ist das erst der letzte Arbeitsschritt. Zunächst müssen wir die ausgesuchte Fläche mit Lösungsmittel reinigen, dann das Ganze anschleifen und schließlich noch abstauben.«

»Aber dann geht es ans Lackieren – oder?«

»Ja, danach steht Lack auf dem Programm, der muss dann trocknen, gegebenenfalls müssen wir nachschleifen und eventuell ein zweites Mal lackieren. Ich bin kein Profi, aber ich denke, wir werden erkennen können, ob ein zweiter Anstrich notwendig ist.«

»Bange machen gilt nicht, wir werden sehen, was zu tun ist, und entscheiden eins nach dem anderen. Es ist wie mit einer großen Partitur, die einem unendlich kompliziert vorkommt. Die muss man dann eben Takt für Takt so lange lernen, bis es Klick macht.«

Frederik schaute sie im Gehen von der Seite an und nickte. In seinem Blick sah Viola so etwas wie Bewunderung. »Du hast recht. In meinem Beruf ist das nicht anders. Ich sollte das Boot mehr wie ein großes Softwareprojekt betrachten. Ich wähle machbare Teilschritte, und am Ende ergibt sich das große Ganze. Allerdings«, Frederik deutete auf die geschlossene graue Wolkendecke, die über Nacht aufgezogen war, »bin ich bei meinen IT-Lösungen nicht darauf angewiesen, dass sich das Wetter hält.«

»Vielleicht haben wir ja Glück und es gewittert erst am Abend.«

»Ich habe jedenfalls fürs Erste fünf Liter Lack besorgt. Damit soll man angeblich bis zu fünfzehn Quadratmeter Fläche lackieren können.«

Wow, dachte Viola, da wundert es mich nicht, dass Frederik um Hilfe gebeten hat.

Das letzte Stück zum Hafen gingen sie schweigend nebeneinander her, aber als sie dann an den Geschäften im Hafen vorbeikamen, brach Frederik das Schweigen: »Ich war vor drei Jahren schon mal hier im Hafen, damals lebten Manuel und Nicki noch in Ribnitz. Ich finde es schön, dass die meisten Modeboutiquen inzwischen das Weite gesucht haben. Die haben doch nur maritimen Standardkram angeboten. Was für ein Glück, dass stattdessen diese Galerien hier eingezogen sind.«

»Ich dachte, du kannst Galerien nichts abgewinnen.«

»Ich kann Eröffnungspartys von Galerien nicht leiden, diese ganze Möchtegern-High-Society kann mir gestohlen bleiben. Das heißt aber nicht, dass ich nicht ein hübsches Bild schätzen würde. Ich war zum Beispiel im letzten Jahr mit dem Boot oben im dänischen Skagen. Das Museum vor Ort mit den Werken der Skagen-Maler fand ich bemerkenswert. Vor allem, wie es ihnen gelungen ist, das Licht am Meer auf der Leinwand einzufangen.«

Sieh mal an, ein weiteres Steinchen im großen Mosaik, das Frederik Lingen darstellte. »Ich weiß, was du meinst«, bestätigte Viola. »Während meines Studiums bin ich mit einer Freundin in den Semesterferien durch Dänemark gereist, und an einem Regentag habe ich mir das Museum angesehen. Ich konnte nicht anders, ich habe mir im Museumsshop einen ganzen Stapel Kunstpostkarten gekauft. Einige davon habe ich immer noch.« Noch während Viola redete, fiel ihr Blick auf das Schaufenster des Schmuckateliers. Sie musste wohl unwillkürlich etwas langsamer gegangen sein, jedenfalls bemerkte Frederik ihr Interesse an dem Geschäft.

»Diese kleinen Designläden sind neben den Galerien auch ein Gewinn. Gefällt dir in diesem Schaufenster etwas besonders gut?«

»Ach, ich hatte dort beim letzten Mal einen kleinen Anhänger aus einer Austernschale mit einer Perle im Schaufenster gesehen.« Sie blieb stehen und schnaubte ungehalten. »Das Glas spiegelt heute so, man kann gar nichts erkennen.« Viola legte beide Hände um ihr Gesicht und ging ganz nah an das Glas heran, um besser sehen zu können. »Warte mal, da ist er ja. Schade, da sind immer noch keine Preisschilder an den Schmuckstücken. Wahrscheinlich alles viel zu teuer.« Sie richtete sich auf.

»Hm, eine Auster.« Frederik verzog das Gesicht. »Wahrscheinlich von der Pazifischen Auster. Von denen halte ich nicht viel. Eine invasive Art, die es in der Ostsee gar nicht geben sollte.«

Leicht verstimmt schwieg Viola. Das war wieder der Frederik, den sie von früher kannte. Besserwisserisch und immer bereit, einem alles mieszumachen. »O Mann, du kannst einem wirklich den Spaß verderben.« Trotzig fuhr sie fort: »Mir gefällt der Anhänger trotzdem.«

Frederik war wohl aufgefallen, dass er Viola verärgert hatte. In versöhnlichem Tonfall sagte er: »Vielleicht kannst du später am Tag mal dort vorbeischauen.«

»Stimmt eigentlich, irgendwann werden wir ja auch mal eine Pause machen. Aber jetzt fangen wir besser erst einmal an.«

Am Boot angekommen, sprang Frederik lässig vom Kai aufs Deck und hielt dann Viola die Hand hin. »Hier, nimm meine Hand, und dann machst du einen großen beherzten Schritt.«

Viola griff nach seiner Hand, nötig wäre das nicht gewesen, aber sie wollte seine höfliche Geste auch nicht abweisen. Leichtfüßig und sicher sprang sie auf das Boot. Am liebsten hätte sie seine Hand noch länger festgehalten. Gut fühlte sich das an, seine kräftigen langen Finger umschlossen ihre und vermittelten ihr ein Gefühl von Sicherheit. Nur widerwillig löste sie den Griff. Frederik schien das ebenfalls bemerkt zu haben, er sah sie forschend an.

»Ähm ... ja«, er räusperte sich, »willkommen an Bord der Nordstern.«

»Oder wie Insider sagen, der HR 424.« Viola lächelte zu ihm auf.

»Du hast dir das gemerkt?«

»Warum sollte ich mir das nicht merken? So viel weiß ich ja noch gar nicht von dir, Frederik, da bleiben eben auch Details in Erinnerung.«

»Okay, ich habe verstanden. Warte einen Augenblick, ich hole aus der Kabine die Schutz-Overalls, Handschuhe, Schutzmasken, Reiniger und Lappen.«

»Schutzmasken? Brauchen wir die wirklich?«

»Ich halte es für keine kluge Idee, längere Zeit Lösungsmitteldämpfe und Schleifstaub einzuatmen. Da gibt es bestimmt gesündere Dinge, gerade für eine Sängerin.«

»Du hast gewonnen. Hast du denn auch für mich Schutzkleidung besorgt?«

»Natürlich, ich wollte dich ja um Hilfe bitten.«

»Und du warst sicher, dass ich zusage?«

»Sagen wir einfach, ich war vorsichtig optimistisch. So viele Pianisten hast du ja nicht zur Auswahl. Und was deine Detailsammlung über mich betrifft: Du darfst gerne alles fragen, was dich interessiert. Sobald ich etwas nicht beantworten möchte, tu ich einfach so, als wäre der Akku-Schleifer zu laut.«

»Dann warte ich eben, bis der Schleifer wieder aus ist und fordere dann Antworten auf alle peinlichen Fragen – du Schlaukopf.«

Frederik grinste sie an. »War wohl als Strategie nicht so durchdacht. Komm, hier ist dein Overall, ich hoffe, die Handschuhe passen einigermaßen, und dann fangen wir mit dieser Kabinenwand an.«

Die Handschuhe passten überraschend gut, Frederik hatte ihre Handgröße richtig geschätzt. Beim Overall allerdings musste sie die Ärmel hochkrempeln, damit sie nicht bis über die Fingerspitzen reichten, und auch die Hosenbeine umschlagen, um nicht zu stolpern.

»Mach dir keine Gedanken, außer mir sieht dich hier niemand«, sagte Frederik, als er sie von Kopf bis Fuß musterte.

»Herzlichen Dank, jetzt fühle ich mich gleich wohler«, erwiderte Viola und kicherte unter ihrer Maske.

»Du, ich hab mir gerade überlegt, dass wir im ersten Schritt erst einmal alles reinigen und anschleifen könnten. Sollte es plötzlich regnen, wäre das vermutlich kein Beinbruch.«

»Aye-aye, Kapitän. Reinigen und anschleifen.«

Gegen zehn verschwand Frederik in der Kabine und kehrte wenig später mit zwei Bechern dampfendem Kaffee und einer Packung Haselnusskekse zurück. »Zeit für eine kurze Pause, findest du nicht?«

Schnell riss sich Viola die Staubmaske aus dem Gesicht und nippte an dem heißen Kaffee.

Frederik sagte: »Wenn du in das Schmuckgeschäft gehen möchtest, wäre jetzt wohl ein guter Zeitpunkt. Na los, geh und besuch deine Auster.«

»Was denn, hast du deine Meinung geändert?«

»Ja.« Er grinste frech. »Der Gedanke, aus einer Auster ein Schmuckstück zu machen, gefällt mir eigentlich ganz gut. Eine weniger, die sich in der Ostsee vermehrt!«

Anstelle einer Antwort streckte ihm Viola bloß die Zunge heraus, wand sich aus ihrem Overall und sagte: »Und jetzt will ich den Anhänger erst recht. Ich geh nur mal gucken, bin in zehn Minuten wieder da.«

Dieses Mal hatte sie Glück und die Ladentür stand weit offen.

***

»Das waren nur sieben Minuten und vierunddreißig Sekunden.« Frederik schaute auf die Uhr, die er neben sich auf den Boden gelegt hatte. »Ganz schön schnell für einen Schmuckeinkauf.«

»Pff«, schnaubte Viola. »War nichts mit kaufen. Die Goldschmiedin war da. Ich habe mich höflich nach dem Preis des Anhängers erkundigt. Daraufhin hat sie mir erklärt, dass dieses Stück nicht zum Verkauf steht, es ist nur ein Ausstellungsstück. Mit dem Schmuckstück hat sie letztes Jahr den Hajo-Harmsen-Preis als beste Goldschmiedin Norddeutschlands gewonnen. Deswegen ist kein Preisschild dran.« Sie seufzte abgrundtief. »Unverkäuflich. Da kann man nichts machen.

Aber schade ist es schon.« Sie zog ihre Arbeitskleidung wieder an. »Wo soll ich weitermachen?«

***

Mit der Arbeit kamen sie gut voran. Viola reinigte die jeweilige Fläche, Frederik schliff das Ganze an, während Viola schon den nächsten Abschnitt säuberte. Am Mittag hatten sie bereits ihr Tagesziel erreicht. Das Einzige, was in den Stunden der gemeinsamen Arbeit gar nicht ging, war, ein vernünftiges Gespräch zu führen. Das lag zum einen an dem Schleifgerät, zum anderen daran, dass Frederik darauf bestanden hatte, dass beide Gehörschutz-Kopfhörer trugen.

Endlich schaltete Frederik den Schleifer aus.

»Puh, das geht ganz schön in die Arme. Gut, dass ich mich für das etwas leichtere Gerät entschieden habe. Ich denke, wir sind fertig.«

Viola nahm den Kopfhörer ebenfalls ab. »Wollen wir eine Pause machen?« Sie schaute auf ihre Armbanduhr. »Wir haben gleich halb eins, wir könnten ein Krabbenbrötchen essen, und wenn sich das Wetter weiter hält, schaffen wir es vielleicht noch, wenigstens eine kleine einzelne Fläche zu lackieren. Was hältst du von der Idee?«

»Klingt vernünftig.«

Viola schälte sich bereits aus ihrem Overall. »Dann lass uns losziehen, und denk dran, du bezahlst.«

Minuten später saßen die beiden auf der weißen Bank am Hafen, jeder mit einem der wunderbaren Krabbenbrötchen, die Viola beim ersten Besuch schon so gut geschmeckt hatten. Erst jetzt bemerkte Viola, wie hungrig sie gewesen war. Frederik ging es offenbar nicht anders, sodass man für eine Weile nur das Rascheln der Papiertüten und ab und zu das Knacken und Knuspern beim Hineinbeißen hörte. Die Luft war noch schwüler als am Morgen. Die Sonne verbarg sich hinter einer dichten Wolkendecke. Und nicht nur das, am Horizont begannen sich dunkle Wolkenberge aufzutürmen. Ganz bestimmt würde es später ein Gewitter geben.

Irgendwann fragte Viola beiläufig zwischen zwei Bissen: »Und? Freust du dich auf deinen neuen Job in München?«

»So neu ist der gar nicht. Ich arbeite für das Unternehmen schon eine ganze Weile, sozusagen Homeoffice quer durch die Republik. In der Vergangenheit bin ich einmal im Monat nach München geflogen, um die nötigsten Gespräche zu führen. Das alles hat gut geklappt.«

»Und warum willst du das jetzt ändern?«

»Ich wollte vor allem aus Hamburg weg. Ich glaube, das war der Hauptgrund.«

»Deine Erfahrungen mit der besseren Gesellschaft?«

»Vor allem meine Erfahrungen mit denjenigen, die sich dafür halten. Es war höchste Zeit für einen Tapetenwechsel, und weil man in München gerade eine komplett neue Abteilung aus dem Boden gestampft hat, hat man mir die Leitung angeboten.«

Viola stieß einen stummen Pfiff aus. »Abteilungsleiter, nicht schlecht.«

Frederik wischte sich mit einer Serviette einen Mayonnaise-Rest aus dem Mundwinkel und grinste schief. »Tatsächlich sogar Mitglied der Geschäftsleitung, aber solche Titel sind mir egal, mich reizt vor allem die Aufgabe.«

»Dann wirst du also in ein paar Wochen nach Bayern ziehen.«

»Vermutlich werde ich mir das Ganze erst einmal anschauen, um einzuschätzen, wie viel Zeit ich in der Firmenzentrale verbringen muss. Aber ja, der nächste Halt ist München. Und wie sieht es bei dir aus? Ist Dresden eine Zwischenstation oder bist du dort angekommen, wo du hinwolltest?«

»Ganz sicher keine Zwischenstation. Es ist nicht leicht,

eine Stelle im Opernchor zu bekommen, und von vielen Kolleginnen und Kollegen weiß ich, dass sie vorhaben, dort bis zu ihrem Eintritt in den Ruhestand zu singen. Der Chor ist etwas Besonderes, etwas ganz Besonderes.«

»Klingt so, als hättest du deine Berufung gefunden.«

»Schon, aber ...«

»Aber was?«

»Aber manchmal macht es mir auch Angst. Ich bin schließlich noch keine dreißig, trotzdem scheint alles für die nächsten Jahrzehnte fest geplant zu sein. Das ist mir manchmal unheimlich. Dann denke ich, dass da vielleicht noch irgendetwas fehlt.«

»Dass uns eine Sache fehlt, sollte uns nicht davon abhalten, alles andere zu genießen.« Frederiks Augen funkelten vergnügt. »Bevor du fragst, der Satz ist nicht von mir, sondern von Jane Austen.«

»Uhh, jetzt wird es aber richtig schräg: ein Informatiker, der Jane Austen zitiert.«

»Du wolltest mich besser kennenlernen, jetzt lebe mit dem Ergebnis.«

»Wenn das Ergebnis ein Mann ist, der Jane Austen zitiert, kann ich damit leben.«

Da war er wieder, dieser flüchtige Moment, in dem offensichtlich war, dass es jetzt nicht mehr um einen Scherz ging. Sie sah, wie Frederik trocken schluckte. Ihr wurde bewusst, wie nah sie nebeneinander saßen. So nah, dass sie sein Eau de Toilette riechen konnte. Ein angenehmer Duft, nicht so schwer, da war Zitrus mit dabei. Ob sie ihn nach dem Duft fragen sollte?

Frederik räusperte sich. »Ähm ... Ja gut, wollen wir weitermachen?«

»Sicher, warum nicht.«

Sie standen auf und waren noch keine fünf Schritte gegangen, als eine Böenwalze durch die Takelagen der Boote zog und die Yachten im Hafen erzittern ließ. Augenblicke später war ein dumpfes Donnergrollen zu hören.

»Verdammt, wir sollten uns beeilen, das Werkzeug ins Trockene zu bekommen. Das Gewitter kann jeden Moment losgehen«, rief Frederik und rannte los. Viola folgte ihm dicht auf den Fersen. Diesmal wartete sie nicht, ob Frederik ihr höflich eine Hand reichte, sie sprang direkt mit einem Satz an Bord, raffte Handschuhe, Gehörschutz und Overalls zusammen, nahm sich den Kanister mit Lösemittel und reichte alles an Frederik weiter, der bereits in der Kabine stand und dort das Elektrowerkzeug verstaute.

»Wollen wir hier draußen eine Plane über die fertig abgeschliffenen Flächen legen?«, rief sie. »Da ist ja kaum noch Lack drauf, ich weiß nicht, was passiert, wenn es da draufregnet.«

»Gute Idee, warte, ich bringe direkt eine mit nach draußen.«

Wieder an Deck, riss Frederik die Verpackung einer dicken Anstreichplane auf, und zusammen entfalteten sie die Plane. Ein Blitz zuckte vom Himmel, unmittelbar gefolgt von dumpfem Donner. Viola hatte das Gefühl, dass die Luft hier auf dem Wasser regelrecht knisterte.

»Wir sollten zusehen, dass wir an Land kommen«, rief Frederik. Aus der Kabine holte er mehrere schwere Holzklötze, mit denen er die Ecken der Plane fixierte. Viola zog alles straff, und Frederik kam zu ihr herüber und beschwerte auch auf ihrer Seite die Ecken.

»So, fertig. Lass uns gehen.« Violas Antwort ging in einem weiteren Donnerschlag unter, so laut, dass sie erschrocken aufschrie.

Frederik griff nach ihrer Hand. »Komm, schnell!«

Sie sprangen an Land und rannten los. Sie kamen nur ein paar Schritte weit, bevor die ersten dicken Regentropfen aufs Pflaster klatschten.

»Weiter«, rief Frederik und griff nach Violas Hand, um sie mit sich zu ziehen. Doch so schnell, wie sich das Unwetter über ihnen entlud, konnten sie gar nicht rennen. Ein Sturzregen prasselte auf sie herab. Die Häuser am Hafen verschwammen in einem dichten Regenschleier.

Es war, als würde jemand Eimer mit Wasser über ihren Köpfen entleeren.

»Sollen wir uns in einem der Läden unterstellen oder weiterlaufen?«, rief Frederik über den Donner hinweg.

»Ich bin schon nass bis auf die Haut, lass uns nach Hause laufen, aber langsamer. Schlimmer kann es doch nicht mehr werden«, erwiderte Viola atemlos.

Frederik reduzierte sein Tempo und ließ Violas Hand wieder los. Durch den dichten Regen liefen sie weiter in Richtung Pfarrhaus. Blitze zuckten vom Himmel und tauchten die Umgebung in grell-weißes Licht, die Donnerschläge waren so laut, dass sich Viola am liebsten die Ohren zugehalten hätte. Als ein Blitz besonders nah herunterzuckte, begann sie im Kopf unwillkürlich damit, die Sekunden bis zum Donner zu zählen: einundzwanzig, zweiundzwanzig. Das hatte sie schon als Schulkind bei Gewitter immer getan. Zwei Sekunden, sechshundert Meter. Beim nächsten Blitz war es nur noch eine Sekunde. Jetzt lief Viola doch wieder schneller.

»Das Gewitter kommt immer näher, Frederik. Zuerst war es noch sechshundert Meter entfernt, gerade waren es nur noch dreihundert Meter.«

»Kannst du noch mal rennen?«, fragte Frederik besorgt.

»Auf jeden Fall, ich will hier nicht von den Blitzen eingeholt werden.«

»Dann gib Gas, weit ist es ja nicht mehr. Da vorne sind schon die ersten Häuser.«

Zusammen rannten sie los. Viola war froh über ihre regelmäßigen Fahrten mit dem Rad und das gelegentliche Jogging auf den Elbwiesen, trotzdem schnappte sie nach Luft, als sie schließlich das Pfarrhaus erreichten. Frederik schloss die Tür auf, und erleichtert betrat Viola den Hausflur. Endlich raus aus dem Regen und sicher vor dem Gewitter. »Gott sei Dank. Das war bedrohlich, mit so einem Gewitter ist nicht zu spaßen. Ich hatte richtig Angst. Mann, Frederik, bin ich froh, dass wir hier sind.« Viola beugte sich vor, stützte die Hände auf beide Knie und rang nach Luft. Im Pfarrhaus war es vollkommen still. Manuel war offenbar unterwegs und Nicki sicher noch im Geschäft.

Als sie wieder zu Atem gekommen war, zog Viola die Turnschuhe aus. Meine Güte, in den Schuhen stand Wasser. Die sollte sie besser direkt hier an der Haustür zurücklassen. Die tropfenden Socken streifte sie ab und legte sie daneben, darum konnte sie sich später kümmern.

Neben ihr stand Frederik auf einem Bein und zerrte ebenfalls an seiner nassen Socke. »Danke, dass du mir heute auf dem Boot geholfen hast.«

»Das habe ich gern getan, und sollte das Wetter morgen besser sein, machen wir weiter. Aber jetzt brauche ich erst einmal trockene Sachen.«

»Da sagst du was.« Frederik wies auf die Wasserlache, die sich rund um seine tropfenden Hosenbeine gebildet hatte. »Erst mal umziehen. Und wie wäre es danach mit einem großen Milchkaffee?«, fragte er. »Wer zuerst wieder unten ist, wirft die Espressomaschine in der Küche an.«

»Einverstanden!«

***

In ihrem Zimmer öffnete Viola die völlig durchnässten Shorts, ließ sie bis auf die Knöchel herunterfallen und stieg dann heraus. Unter den bloßen Füßen fühlte sich der Teppich angenehm weich an. Als Nächstes kam das T-Shirt an die Reihe. Es war gar nicht so einfach, sich herauszuwinden, der dünne

Stoff klebte regelrecht an ihren nassen Armen. Selbst die Unterwäsche widersetzte sich ihren Versuchen, sich zu beeilen. Ungeduldig zerrte sie an den BH-Trägern und versuchte gleichzeitig, den Verschluss nach vorne zu drehen, damit sie die Häkchen besser öffnen könnte. Mittlerweile war ihr ernsthaft kalt, und ihre klammen Finger stellten sich nicht besonders geschickt an. Nur noch mit einem weißen Spitzen-Slip bekleidet, griff sie nach einem frischen Handtuch von dem Stapel auf der Kommode. Sie zitterte. Nein, so hatte das keinen Zweck. Wenn sie sich jetzt nur abtrocknete und wieder anzog, würde ihr nicht richtig warm werden. Eine schöne heiße Dusche, das war jetzt das Richtige. Sie tappte hinüber zur Badezimmertür, drückte die Klinke herunter und tastete innen nach dem Lichtschalter. Der Raum wurde taghell. Und …

Sie kreischte.

»Uahhh!« Gleichzeitig mit ihr hatte Frederik von der anderen Seite die Tür geöffnet, splitternackt stand er da, das Badelaken, das er sich um die Hüften geschlungen hatte, sank zu Boden. »Heilige Scheiße, hast du mich erschreckt.« Mit einer geschmeidigen Bewegung hob er das Badelaken auf und bedeckte sich notdürftig wieder.

»Entschuldigung. Ich hab nicht mit dir gerechnet«, stammelte Viola. »Ich …« Sie sollte sich jetzt in ihr Zimmer zurückziehen. Stattdessen stand sie mit herabhängenden Armen wie angewurzelt da und starrte Frederik an. Ließ ihren Blick unverhohlen über seinen Körper wandern. Was sie sah, gefiel ihr. Sein Oberkörper war sonnengebräunt, man sah ihm an, dass er regelmäßig auf dem Wasser unterwegs war. Unbewusst machte sie einen winzigen Schritt auf ihn zu. Es gefiel ihr, dass er sein Brusthaar nicht abrasierte. Und seine Beine, auch nicht übel. Muskulös, aber nicht zu sehr. Violas Blick wanderte weiter zu den Füßen. Die waren erstaunlich blass, klar, beim Segeln trug er wohl meistens Bootsschuhe. Er hatte schöne Füße, fiel ihr auf, mit einem sehr hohen Spann, fast wie die einer griechischen Statue.

Mit beiden Händen hielt er immer noch das Badelaken fest. Er wandte seinen Blick nicht von ihr, genau wie sie nahm er sich Zeit, ihren Körper von oben bis unten anzusehen. Seine Augen öffneten sich eine Spur weiter, als sie bei ihren nackten Brüsten angekommen waren. Er machte einen Schritt auf sie zu. Und noch einen.

Keiner von beiden sagte ein Wort. Stumm taumelten sie aufeinander zu. Er umfing sie mit seinen Armen, sie schmiegte sich an seine Brust. Ihre Hände erkundeten seinen Rücken, die Arme, die Brust ... sie küssten sich.

Irgendwann murmelte Viola in sein Ohr: »Es ist verrückt. Ich hatte ja keine Ahnung ...« Die beiden versanken in einen weiteren endlosen Kuss. Plötzlich schien alles ganz einfach. Sie griff nach seiner Hand und zog ihn wortlos mit sich in ihr Zimmer.

Tote Tante

»Viola! Bin wieder da-ha!« Nickis laute Stimme vor ihrer Zimmertür riss Viola aus dem Schlummer. Nicki klopfte an die Tür. »Alles okay bei dir, Süße? Bist du sehr nass geworden?«

Für einen Moment fragte sie sich, ob sie das alles nur geträumt hatte. Frederik, die Küsse, seine Zärtlichkeiten … dann regte sich neben ihr jemand, und eine warme Hand fiel schlaff auf ihren nackten Oberkörper. Kein Traum! Sie hatte mit Frederik geschlafen! Und jetzt stand Nicki vor der Tür.

»Viola?« Nicki klopfte noch einmal.

Violas Gedanken rasten. Sie war eine erwachsene Frau. Sie konnte tun, was sie wollte. Aber hier, im Haus ihrer Freundin? Mit deren Bruder am Nachmittag im Bett erwischt werden? Es war ja nicht so, als ob sie ein Geheimnis daraus machen wollte. Nur auf diese Art wollte sie Nicki nicht darüber informieren, wirklich nicht.

»Frederik!« Leise, eindringlich geflüstert. Offenbar zu leise, denn er rührte sich nicht.

»Sekunde!«, rief sie mit heller Stimme nach draußen.

»Frederik, Frederik, wach auf«, zischte Viola. Sie schüttelte leicht seine Schulter. Er öffnete schläfrig ein Auge und lächelte sie glücklich an. Bei diesem Lächeln beschleunigte sich ihr Herzschlag und ihr wurde ganz heiß. Doch der Augenblick währte nur kurz. »Nicki steht vor der Tür und will rein«, flüsterte sie.

Endlich begriff er. Mit einem ebenso leisen »Oh, shit!« wälzte er sich aus dem Bett, raffte sein Badelaken vom Boden und ging mit drei schnellen Schritten zur Badezimmertür.

»Meine Schwester wartet vor der Tür. Es gibt Momente …«
Bevor er im Badezimmer verschwand, drehte er sich noch einmal um, verbeugte sich theatralisch und warf ihr einen Luftkuss zu.

Viola sprang aus dem Bett und schlüpfte in ihren Bademantel, ein schneller Kontrollblick – nein, alles okay –, dann öffnete sie die Zimmertür.

»Was ist los mit dir? Alles in Ordnung?«

»Ja, doch, schon. Ich muss eingeschlafen sein. Eigentlich wollte ich mich nur kurz ausruhen und lesen. Frederik und ich haben am Boot gearbeitet und dann war da dieses schreckliche Unwetter.«

»Sag bloß, ihr seid da hineingeraten?«

»Ja, aber es ist gut gegangen.«

»Ich werd nicht mehr. Den ganzen Nachmittag höre ich im Laden nur solche Sachen wie: ›Der ganze Keller ist voller Wasser‹ und ›Bei uns hat der Blitz eingeschlagen‹.«

Der Blitz hatte zwar bei ihr nicht eingeschlagen, aber erwischt hatte es sie trotzdem. Die Erinnerung an die letzten Stunden ließen Viola wohlig schaudern.

»Hey, Süße, du zitterst ja. Du hast dich doch hoffentlich nicht erkältet?«

»Nee, geht schon. Wir haben uns auch beeilt, ging zum Glück alles gut«, wiegelte Viola ab.

»Weißt du was, du ziehst dich jetzt an und ich mach uns eine Tote Tante. Ist zwar Sommer, aber nach so einem Tag kann was Warmes mit Rum nicht schaden.«

»Gut, bin gleich bei dir.« Viola schloss die Tür und lehnte sich von innen dagegen. Sie lächelte selig. »Hochprozentiges zur Feier des Tages – warum eigentlich nicht?«, murmelte sie.

Am anderen Ende des Raumes öffnete sich die Badezimmertür. Frederik schaute ins Zimmer. »Ist die Luft rein?«

»Was machst du noch hier? Du solltest längst angezogen sein und dich unauffällig unters Volk mischen.«

»Nur um das klarzustellen: Die einzige Person, die dort unten ist, ist meine kleine Schwester, da wird es schwierig mit ›unters Volk mischen‹. Außerdem hatte ich was vergessen.«

»Vergessen?« Hektisch schaute sich Viola um, lag hier noch etwas, was Nicki womöglich entdeckt haben könnte?

»Ja, nämlich das.« Frederik zog sie an sich und küsste sie leidenschaftlich.

Als sie sich endlich wieder voneinander trennten, sagte er: »Jetzt kann ich mich rasch anziehen. Wer als Erster unten ist, bekommt was zu trinken.«

»Nun geh schon, ich will noch schnell duschen«, drängte Viola.

»Keine Hektik, meine kleine Schwester will Tote Tante servieren. Glaub mir, das dauert 'ne Weile, bis sie fertig ist.«

»Das wollte ich Nicki vorhin nicht fragen: Was ist Tote Tante? Es ist irgendwie hochprozentig, so viel habe ich verstanden.«

»Heiße Schokolade mit Rum und Sahnehäubchen. Ein absoluter Renner auf jedem Weihnachtsmarkt bei uns im Norden.«

»Schnell noch unter die Dusche gehen wäre wirklich nicht schlecht.«

»Stimmt, da ist was dran. Wobei ... wir könnten Zeit sparen und zusammen duschen.«

Viola sah das Begehren in seinen Augen funkeln, und fast hätte sie ihrem eigenen Wunsch nachgegeben, aber dann siegte doch die Vernunft. »Ich glaube nicht, dass wir dann noch in die Küche kommen.«

»Dann geh du zuerst, mir hat man ja keine heißen Getränke angeboten.«

Eigentlich hatte Viola nicht vorgehabt, ihre langen Haare zu waschen, aber ein Blick in den Spiegel änderte ihre Meinung. Ihre vom Regen durchnässten Haare waren zwar beim Schlafen auf dem Kopfkissen getrocknet, aber genau so sahen sie auch aus. Verfilzt, strähnig, teils plattgelegen, teils seltsam hochstehend. So konnte sie unmöglich herumlaufen. Seufzend griff sie zur Bürste und begann, ihr Haar zu entwirren. Danach sprang sie schnell unter die Dusche. Als sie in die Küche kam, ein kleines Handtuch um die feuchten Haare geschlungen, verzierte Nicki gerade zwei große Becher mit einer Sahnehaube.

»Ihr seid also mit dem Boot weitergekommen?«, fragte die, ohne aufzublicken.

»Wir haben viel geschafft, aber dann kam das Unwetter. Ich denke, dass wir morgen weitermachen werden.«

»Ich hoffe, dass Fred deine Hilfe zu schätzen weiß.«

»Doch, wir haben zusammen den richtigen Rhythmus gefunden.« Himmel, das klang jetzt irgendwie anzüglich. Schnell schob Viola nach: »Wir haben ein ähnliches Tempo, das passte gut.« Mist, war auch nicht besser. Wo war sie nur mit ihren Gedanken? »Ohne Ablenkung sollte das Lackieren morgen abgeschlossen sein.« Ohne Ablenkung, allein der Gedanke, dass sie mit Frederik auf dem Boot zusammen sein würde, machte sie ganz kribbelig. Violas Herz schlug ihr bis zum Hals.

»Da wird mein Brüderchen aber froh sein.«

»Davon gehe ich aus.« Rasch nahm Viola den Becher, sie musste sich jetzt erst einmal ablenken, so aufgewühlt war sie. Meditatives Auf-den-Becher-Pusten half da vielleicht, sonst würde sie sich noch um Kopf und Kragen reden. Die beiden Freundinnen nippten schweigend in der Küche die heiße Schokolade. Nach einer Weile fragte Nicki: »Und Fred will wirklich bei jeder Probe Klavier spielen?«

»So war sein Angebot, und das würde ich auch annehmen, denn es macht vieles leichter.«

»Offen gestanden hätte ich das nicht für möglich gehalten.«

»Was hättest du nicht für möglich gehalten?«, fragte Frederik, als er in die Küche kam.

»Dass du bei den Proben Klavier spielen wirst. Instrumentalbegleitung für einen Chor, das ist ja normalerweise nicht so dein Ding.«

»Nun, ich finde, Viola und ihr Projekt haben Unterstützung verdient, die Lieder sind toll. Außerdem kann ich beim Boot auch Hilfe gebrauchen, insofern: Win-win-Situation. So, und jetzt, wo wir das geklärt haben, mal eine Frage: Ich rieche hier Hochprozentiges.« Fredrik schnupperte in der Luft. »Was haben die Damen denn in den Tassen? Warum hat mir niemand Bescheid gesagt?«

»Sorry, Bruderherz, wenn du möchtest, dann zaubere ich dir auch noch eine Tote Tante.«

»Mhmm, warum nicht? Nach dem nassen Tag kann ich was Warmes gebrauchen, und zusätzliche Kalorien sind auch nicht schlecht, war doch ganz schön kräftezehrend. Und wer weiß, was der Tag noch alles mit sich bringt.«

Beim letzten Halbsatz zwinkerte er Viola hinter dem Rücken seiner Schwester zu. Die verschluckte sich prompt an ihrer Schokolade und schnappte hustend nach Luft.

»Langsam, langsam.« Frederik klopfte ihr zart auf den Rücken.

»Dank, geht schon wieder. Ich hab nur was in den falschen Hals bekommen.«

»Wenn ihr nichts dagegen habt, schaue ich mir mal die Noten für morgen an«, erklärte Frederik. »Ich bin im Wohnzimmer, rufst du, wenn die Schokolade fertig ist, Nicki?«

»Okay, geh nur.«

Als Fredrik fröhlich summend den Raum verlassen hatte, schaute Nicki ihm nach und schüttelte den Kopf. »Ich weiß nicht, der ist irgendwie anders, wie verwandelt. Dieses Dauergrinsen im Gesicht. So habe ich Fred nur ein Mal erlebt, und das war, als er sich in der zwölften Klasse ganz heftig in Sonja Dirkfeld verknallt hatte. Erinnerst du dich noch an die?«

»An die rothaarige Sonja? Schon, nur habe ich das mit Frederik und ihr nicht so mitbekommen.«

»Es lief auch nur ein paar Wochen.« Nicki schüttelte noch mal den Kopf. »Spielt einfach so bei unserem Chor mit – irre.«

Mit dem Segen der Schwester

Bei dem gemeinsamen Abendessen mit Manuel, Nicki und Frederik erlebte Viola eine Achterbahn der Gefühle. Immer, wenn sie Frederik anschaute, klopfte ihr das Herz bis zum Hals, am liebsten hätte sie die ganze Welt umarmt, ihr Glück herausgeschrien. Sie hatte sich in ihn verliebt, Hals über Kopf, ohne Wenn und Aber, kein Abwägen, keine Zweifel ... es war einfach passiert. Als seine Hand unter dem Esstisch sanft ihren Oberschenkel streichelte, hätte sie fast die Gabel fallen lassen.

Aber dann waren da noch die Heimlichkeiten gegenüber Nicki und Manuel, das Verstecken der eigenen Gefühle, die Sorge, wie Nicki – trotz aller gegenteiliger Beteuerungen – tatsächlich damit umgehen würde, dass sie und Frederik jetzt ein Paar waren.

Zum ersten Mal seit ihrer Ankunft in Sulzhagen nahm Viola Nickis Einladung, den Abend mit ihr zu verbringen, nicht an.

»Sei mir nicht böse, Nicki, aber der Tag hatte es wirklich in sich, und morgen früh wollen wir ja wieder zeitig zum Boot aufbrechen. Ich werde mich jetzt ins Bett legen und noch eine Seite lesen.«

»Geht es dir auch wirklich gut, du bist nicht krank oder so?«

»Nein, mach dir keine Sorgen.« Hals über Kopf verliebt – fiel das möglicherweise unter die Rubrik *oder so?*

»Ich wünsche euch allen eine gute Nacht.«

»Gute Nacht, Viola.«

Als Viola in ihrem Bett lag, hatte sie Schwierigkeiten, sich auf ihren Krimi zu konzentrieren, immer wieder schweiften ihre Gedanken ab, immer wieder musste sie an die zurückliegenden Stunden denken. Plötzlich klopfte es leise gegen die Badezimmertür. Sekunden später schaute Frederik in ihr Zimmer.

»Ich habe zur Sicherheit noch einen Whisky mit Manuel getrunken und mich dann auch verabschiedet. Allerdings fällt es mir schwer, dort drüben alleine im Bett zu liegen und zu wissen, dass du hier im Zimmer bist.«

Viola schaute ihn verliebt an. »Niemand verlangt von dir, dass du die Nacht allein verbringst.«

»Du würdest also auf deinen Krimi verzichten, Vi?«

Viola schlug ihre Decke zurück. »Ich habe noch gar nicht angefangen zu lesen. Vielleicht fällt dir etwas Besseres ein?«

Frederik legte sich zu ihr, umarmte sie und Viola versank in seinen Zärtlichkeiten.

***

Als sie am nächsten Morgen zusammen zum Hafen gingen, sah Viola alles mit anderen Augen: Der Himmel schien blauer, die Sonne strahlender, die Hafenatmosphäre idyllischer zu sein. Hand in Hand liefen sie zum Boot, und während der nächsten Stunden arbeiteten sie konzentriert nebeneinander, unterbrochen von gelegentlichen Kusspausen. Als die Kirchenglocken zum Mittag läuteten, schaute Frederik erstaunt auf seine Armbanduhr. »Himmel, der Vormittag ist aber rasch vergangen. Was hältst du davon, wenn wir die Pinsel auswaschen und erst einmal eine Mittagspause einlegen?«

»Gegen eine Pause und einen Imbiss hätte ich nichts einzuwenden.«

Frederik trat zu ihr. »Augenblick mal, bevor wir Pause machen …« Er zog sie an sich und küsste sie zärtlich. Viola gab sich diesem Kuss ganz hin.

»Hab ich's mir doch gedacht. Dieses dämliche Grinsen hatte natürlich einen Grund. Überraschung!«

Die beiden schreckten auseinander. Nicki stand am Kai und lächelte von einem Ohr zum anderen. »Eigentlich wollte ich euch ja nur etwas zu essen vorbeibringen, aber ich sehe schon, ihr seid beschäftigt. Das versteht ihr also unter Bootsreparaturen, aha.«

»Halt den Mund, Schwesterherz, und komm an Bord.« Frederik trat an die Bordwand und reichte seiner Schwester die Hand.

»Nimm mir lieber diesen Korb hier ab, ich bin ja nicht gebrechlich.« Nicki sprang an Deck, ging zu Viola und umarmte sie. »Das war das Schönste, was ich seit Langem gesehen habe. Ich freue mich für euch«, flüsterte sie ihr ins Ohr, und laut sagte sie: »Im Korb findet ihr was zu essen und zu trinken, und denkt daran, dass wir heute Abend Chorprobe haben, nicht, dass ihr über die ganze Knutscherei die Uhrzeit vergesst. Und schon bin ich wieder weg, ihr Turteltauben.«

Nicki drückte ihrem Bruder im Vorbeigehen noch einen Kuss auf die Wange und ermahnte ihn: »Wenn du ihr das Herz brichst, kriegst du Ärger mit mir.«

»Hab ich nicht vor.«

»Gut so, dann sehen wir uns später im Gemeindesaal.«

Viola schaute Nicki hinterher, die leichtfüßig am Kai entlanglief. Nickis Reaktion nahm eine Riesenlast von ihrem Herzen.

Da war nur noch eine Sache, über die sie nicht nachdenken wollte: Die Zeit in Sulzhagen war kurz, schrecklich kurz. Was sollte danach werden? Sie hatte ihr Herz an Frederik verloren, alle Vorsicht über Bord geworfen – aber was sollte aus ihnen beiden werden, wenn sie nach Dresden zurückkehrte und Frederik seinen neuen Job in München antrat? Sie beschloss, diesen Gedanken fürs Erste beiseitezuschieben. Warum sollte sie nicht auch einmal etwas Romantik erleben, nicht immer nur vernünftig sein?

»Jetzt, wo wir den Segen meiner kleinen Schwester haben, könnten wir doch auch später essen und ich zeig dir mal die Kabine.«

»Du bist ein alter Lüstling, Frederik Lingen, nix da, ich hab Hunger.«

»Aber du musst zugeben, einen Versuch war es wert.«

»Erst essen wir mal, bevor wir über eine Mittagspause nachdenken. Wobei deine Kabine dann schon mehr als nur zwei schmale Stockbetten bieten müsste.«

»Lass dich überraschen.«

Nur sechsundzwanzig

Irgendetwas stimmte hier nicht. Es war fünf Minuten vor sieben, und seit einer Viertelstunde trudelten die Sängerinnen im Gemeindesaal ein, standen in kleinen Grüppchen zusammen und unterhielten sich. So weit, so gut. Trotzdem hatte Viola ein ungutes Gefühl. Sie zog ihr Handy aus der Tasche und ging die Chorliste durch. Mittlerweile konnte sie die meisten Namen mit einem Gesicht verbinden, deshalb erkannte sie schon nach wenigen Augenblicken, dass von den sechsunddreißig Sängerinnen insgesamt noch zehn fehlten.

Erst jetzt fiel ihr auf, dass ihr Handy noch im Flugmodus war. Das hatte sie sich zur Gewohnheit gemacht, wenn sie sich auf einen Auftritt oder eine Probe vorbereitete. Sie stellte schnell die Verbindung her, und augenblicklich tauchte eine Kurznachricht nach der anderen in ihrem Postfach auf.

Sorry, heute schaffe ich es leider nicht.

Na toll, dachte Viola, hast du auch einen Grund? Wenn ja, dann wurde der in der Nachricht nicht erwähnt.

Stehe auf der B105 im Stau. Vollsperrung. Keine Ahnung, wann ich hier wegkomme.

Mein Mann muss länger arbeiten, kann heute nicht.

Babysitter hat abgesagt. Heute leider ohne mich.

Mein Ex-Mann wollte die Kinder abholen, ist aber nicht erschienen, Mistkerl! Da muss ich wohl für heute absagen, kann die Kleinen nicht allein lassen.

Muss länger arbeiten, Kollegin hat Urlaub, ich kann es nicht ändern.

Viola schnalzte missbilligend mit der Zunge. Die Liste der Gründe war bunt und vielfältig, aber bei allen lief es auf eines hinaus: Heute würden sie nicht zur Probe erscheinen. Und bei allen hatte es sich wohl erst kurzfristig so ergeben. Fieberhaft überlegte Viola, welches Stück sie als Erstes singen könnten. Die Absagen machten ihr zu schaffen. Sie spürte einen Kloß im Hals.

»Was guckst du dir denn an?« Frederik stellte sich neben sie und warf einen neugierigen Blick auf ihr Handy.

»Hoppla, sind das alles Absagen für heute Abend?«

»Ja. Was sollen wir denn jetzt machen?«

Frederik warf einen prüfenden Blick in den Saal und murmelte: »Fünfundzwanzig, sechsundzwanzig. Okay, es fehlen also zehn Sängerinnen, aber sechsundzwanzig sind da, und wahrscheinlich bekommst du damit jede Stimme besetzt.«

»Aber wenn das so weitergeht ... Wenn jedes Mal so viele Sängerinnen fehlen, werden wir Probleme bekommen. Diejenigen, die gefehlt haben, brauchen eine Wiederholung, und die, die bei der Probe dabei waren, werden sich durch diese Wiederholung langweilen und das Ganze wirkt wie ein Bremsklotz.«

Jetzt trat Nicki zu den beiden. »Meine Güte, was zieht ihr denn für ein Gesicht? Was ist passiert? Hat der Schutzpatron der Chorsängerinnen Schluckauf bekommen?«

»Deine Scherze waren auch schon mal besser, Schwesterherz. Nein, Vi hat eben zehn Absagen für die heutige Probe erhalten. Zehn. Eine Begründung ist häufiger als die anderen: Die Frauen haben keine Kinderbetreuung.«

»Mist, verdammter, jetzt geht das schon wieder los.«

Viola horchte auf. »Was meinst du mit ›geht das schon wieder los‹?«

»Beim Shanty-Chor gab es im Grunde das gleiche Problem. Also, mal abgesehen von den Doppelkorn-Gelagen, dem Chor-Nixen-Gerede und der unsäglichen Bühnenbekleidung hat uns die fehlende Kinderbetreuung richtig zu schaffen gemacht. Ich hatte im Stillen gehofft, dass das bei unserem

Chorprojekt anders wird.« Nicki runzelte nachdenklich die Stirn, zwang sich aber schließlich zu einem schiefen Lächeln. »Wir werden keine Lösung aus der Tasche zaubern können. Ich schlage vor, wir denken später noch mal nach, und starten jetzt mit der Probe. Die anderen gucken auch schon ganz neugierig, besser, wir legen los.«

»Du hast recht, der Rest des Chores ist schließlich gekommen, fangen wir mit dem Einsingen an. Habt ihr übrigens Kirsten gesehen? Kirsten? Ach, da bist du ja.«

Kirsten löste sich aus einem der Grüppchen und kam zu Viola hinübergeschlendert. »Heute würde ich gerne ausprobieren, wie es sich anhört, wenn du die erste Strophe alleine singst. Möchtest du?«

Kirsten strahlte. »Na klar. Ich habe sogar heute Mittag schon zu Hause geübt.« Und ohne zu zögern begann sie zu singen:

»Ich lebe in einer bescheidenen Wohnung
Bekomm ein solides Gehalt im Büro
Ich handle stets wohlüberlegt, bin sehr gründlich
Und scheu das Risiko.«

Ihre Stimme war warm und kräftig und auch in der tieferen Lage volltönend. Im Raum herrschte für einen Moment Stille. Dann nahmen die Grüppchen ihre Gespräche von vorher wieder auf und Viola sagte leise zu Kirsten: »Das wird wunderbar, ich freue mich so, dass du bei diesem Projekt dabei bist.«

Dann klatschte sie in die Hände und rief laut: »Guten Abend, Küstenfrauen, bitte stellt euch alle in einem Kreis auf, wir wollen mit der Probe beginnen.«

***

Frederik, Viola und Nicki saßen an diesem Abend noch lange

zusammen im Wohnzimmer, und natürlich waren der Chor und die fehlenden Sängerinnen eines der Gesprächsthemen.

»Ich habe gleich nach der Probe eine kurze Nachricht an Manuel geschickt«, erzählte Nicki und drehte dabei ihr Weinglas zwischen beiden Händen. »Schon heute Morgen hat er gesagt, ich muss ihm unbedingt berichten, wie es gelaufen ist. Er ist jetzt im Auto auf dem Rückweg von seiner Ausschusssitzung in Stralsund.«

»Es ist nett, dass er fragt, wie es läuft«, sagte Frederik. »Aber kann er unser Problem lösen?«

Viola, die neben ihm auf dem Sofa saß, schüttelte nur resigniert den Kopf. »Ich vermute mal, die Antwort lautet nein. Was soll er da schon machen?«

In diesem Moment wurde die Haustür aufgeschlossen. »Hallo zusammen!«, rief eine tiefe Bassstimme.

»Wir sind im Wohnzimmer, bring dir ein Glas mit, Schatz«, rief Nicki zurück.

»Hab mich schnell noch umgezogen. War das eine Hitze heute … Und heute lief es also nicht so ideal?«, fragte Manuel, als er in T-Shirt und Baumwoll-Bermudas endlich im Wohnzimmer erschien. Er stellte seine Umhängetasche auf den Boden, küsste Nicki zur Begrüßung und ließ sich mit einem wohligen Seufzer in den Sessel sinken.

»Eigentlich ist alles klasse«, murmelte Viola.

»Gratulation, das freut mich wirklich.« Manuel kniff ein Auge zu und musterte Viola. »Du sagst ›eigentlich klasse‹. Ich hatte Nickis Nachricht so verstanden, dass es irgendwo hakt.«

»Na ja, ich denke, es gibt da ein Problem, aber dafür werden wir wohl keine Lösung finden. Ich hatte heute richtig viele Absagen von Frauen, die unglaublich gern mitmachen würden, die aber keine Betreuung für die Kinder haben. Die eine ist alleinerziehend, bei den beiden anderen haben die Männer Nachtschichten. Der eine ist bei der Polizei in Ribnitz, der andere im Krankenhaus. Schade, es wird schwierig mit den Proben, wenn die Frauen nicht regelmäßig kommen können.«

Viola schaute Manuel an und bemerkte ein breites, zufriedenes Lächeln. Einmal mehr glich der Pfarrer einem Bären, in diesem Fall einem zufriedenen Bären, der mit einer Tatze im Honigtopf war.

Irritiert fragte sie: »Was verheimlichst du mir, da ist doch was im Busch? Wieso lächelst du so zufrieden?«

Manuel zog aus seiner Umhängetasche eine Mappe und entnahm ihr ein paar Blätter.

»Das hier, liebe Viola, wollte ich dir eigentlich erst morgen beim Frühstück präsentieren, aber dann eben schon jetzt. Das hier ist sozusagen mein kleiner Beitrag zum Gelingen des Chorprojekts.« Er hielt einen Stapel von mehreren computergedruckten Blättern hoch, die von einer Büroklammer zusammengehalten wurden.

Viola schaute ratlos auf den Zettel, der zuoberst lag. Er sah wie eine Adressliste aus. »Ich verstehe nur Bahnhof.«

»Das ist schnell erklärt.« Manuel ließ die Zettel auf die Sessellehne sinken, ließ sie aber nicht los. Er fuhr fort: »Schon als Nicki im Shanty-Chor gesungen hat, war die Kinderbetreuung ein heiß diskutiertes Thema unter den Sängerinnen. Neunzehn oder zwanzig Uhr sind beliebte Anfangszeiten für Chorproben. Das ist aber auch genau die Uhrzeit, zu der bei den jüngeren Kindern Abendessen und Bett auf dem Programm stehen. Und nicht jede Frau hat einen Partner zu Hause, der das mal eben übernehmen kann. Und es wohnt auch nicht immer die Mutter oder Schwiegermutter im Ort. Neben den ganzen anderen Gründen, ich sag nur Chor-Nixen, hat das dazu geführt, dass mehr und mehr Sängerinnen abgesprungen sind. Also dachte ich mir, dass unseren neuen Chor dieses Schicksal nicht ereilen soll.«

»Aber wie willst du das lösen, wir können uns doch keine Babysitter schnitzen?«

»Na, na, wie steht es schon in Johannes 20,27: ›Sei nicht ungläubig, sondern gläubig!‹ Die Lösung halte ich schon in der Hand. Ich habe bei meiner letzten Konfirmanden-Gruppe per Mail nachgefragt. Insgesamt waren es fünfzehn Jugendliche, vier davon sind verreist, zwei haben nicht geantwortet. Neun dagegen haben Zeit und stehen als Babysitter in den kommenden Wochen zur Verfügung. Und weil wir bei dem Chorprojekt im Grunde kaum Ausgaben haben – außer für das Notenmaterial, versteht sich –, kann die Gemeinde sogar einen kleinen Zuschuss zum Babysitter-Tarif leisten. Also müssen die betreffenden Frauen lediglich zwei Euro fünfzig die Stunde zahlen, was für Babysitter ein echtes Schnäppchen ist.« Lächelnd reichte er Viola die Blätter, die sprachlos abwechselnd auf die Liste und den Pfarrer schaute, der sichtlich Spaß daran hatte, dass sein Coup gelungen war.

»Ich weiß nicht, was ich sagen soll. Das ist toll.«

»Die Frauen müssen sich nur in die Liste eintragen, und Uschi wird alles organisieren. Die ehemaligen Konfis freuen sich jedenfalls auf den Ferienjob, und ich wette, sie stehen auch während der Schulzeit noch zur Verfügung. Jetzt in den Ferien ist nach dem Probenende jedenfalls immer noch genug Zeit, um auf die Piste ... ähm ... ich meine, an den Strand zu gehen, wo sich, soweit ich weiß, im Moment für unsere Fünfzehnjährigen das Ferienleben abspielt.«

Viola sprang auf, umarmte Manuel und drückte ihm einen Kuss auf die Wange. »Danke, was für eine fantastische Idee!«

»Gern geschehen, aber jetzt musst du mich wieder loslassen. Ich freue mich nämlich schon auf meinen kühlen Weißwein. Und der wird gerade lauwarm.«

»Einzelschicksal, auf das ich bei meiner Dankbarkeit gerade mal keine Rücksicht nehmen kann«, erwiderte Viola und lachte fröhlich. »Zum Glück habe ich die Handynummern aller Frauen, die abgesagt haben. Die rufe ich gleich morgen früh an.«

Ich war eine Chor-Nixe

Das Zirpen der Grillen und ab und zu das Umblättern einer Buchseite, das waren seit einer Stunde die einzigen Geräusche an diesem heißen Augustnachmittag. Viola und Frederik hatten ihre Liegestühle in den Schatten eines Apfelbaums gerückt, so dicht nebeneinander wie möglich. Ab und zu streckte Frederik die Hand aus und streichelte über Violas bloßen Arm, ohne dabei den Blick von seinem Buch zu heben. Es war, als wollte er sich vergewissern, dass sie wirklich neben ihm saß. Viola überlegte gerade, ob sie ins Haus gehen sollte, um Kaffee zu kochen, da quietschte hinter ihnen das Gartentor.

Viola schaute neugierig über die Schulter. Es war Kirsten, die über den Rasen zu ihnen kam. Etwas in ihrer Miene, ja, die ganze Art, wie sie sich bewegte, ließ bei Viola die inneren Alarmglocken klingeln. Sie klappte ihr Buch zu und erhob sich. Jetzt schaute auch Frederik hoch und erkannte ebenfalls den Gast. »Oh, wir haben Besuch.«

»Hallo, Kirsten, was für eine nette Überraschung«, sagte Viola.

»Ich will gar nicht so tun, als ob ich zufällig hier vorbeikäme. Entschuldigt bitte, dass ich einfach so bei euch hereinplatze. Ich dachte nur … also, da gibt es etwas, was wir besprechen müssen. Natürlich nur, wenn es euch gerade passt.«

»Natürlich passt das. Setz dich doch zu uns«, erwiderte Frederik und sprang auf. »Warte, ich bin gleich wieder da.« Nach wenigen Sekunden war er mit einem Gartenstuhl zurück, den er für Kirsten aufklappte.

»Möchtest du etwas trinken?«, fragte Viola. »Ich hatte gerade daran gedacht, für uns einen Cappuccino zu machen.«

»Ein Cappuccino wäre nett, aber nur, wenn es keine Umstände bereitet.«

»Das macht keine Umstände, wie gesagt, ich wollte für Frederik und mich sowieso welchen holen. Bin gleich wieder da.«

»Brauchst du noch Hilfe, Vi?«, fragte Frederik.

»Aber nein, bleib du nur hier bei Kirsten im Garten.«

Viola lief rasch ins Haus. Zum Glück war die Espressomaschine schon vorgeheizt, schnell schäumte sie die Milch auf, und kurze Zeit später trug sie ein Tablett mit drei Bechern zurück in den Garten.

»Und das war der Grund, warum meine Eltern der Meinung waren, dass ich Klavierunterricht nehmen sollte.«

»Frederik hat mir gerade erzählt, dass er zuerst angefangen hatte, Trompete zu lernen, was aber zu Ärger mit den Nachbarn geführt hat.« Kirsten schüttelte den Kopf. »Leute gibt's …«

»Stimmt, der alte Jensen war so ein Miesepeter, der hat ständig gemeckert, wenn Nicki im Garten die Musik zu laut aufgedreht hat«, erinnerte sich Viola.

»Ihr kennt euch wohl schon sehr lange?« Kirsten schaute zwischen den beiden hin und her.

Viola nickte. »Mmh. Nicki ist eine alte Schulfreundin von mir«, erwiderte sie, und das stimmte ja auch. Es war nicht nötig, darauf einzugehen, dass Frederik und sie erst seit wenigen Tagen ein Paar waren.

»Aber jetzt sag doch mal, Kirsten, was wolltest du mit uns besprechen?«, fragte Fredrik.

Schonzeit vorbei, dachte Viola. Frederik machte es richtig, besser man schlich nicht erst um den heißen Brei herum.

Kirsten trank einen Schluck und stellte dann den Becher auf den Rasen. »Ihr müsst wissen, ich war eine Chor-Nixe.«

»Du meinst, du hast bei dem Shanty-Chor mitgesungen? Das hat meine Schwester auch.«

»Ja, und Nicki und ich waren damals auch die Ersten, die das Handtuch geworfen haben. Da kam vieles zusammen: der Minirock, das Paillettentop, die anzüglichen Bemerkungen, eben das ganze Programm. Mal ehrlich, Minirock und Top, bei meiner Figur? Ich habe nicht gerade Modelmaße. Ich fühlte mich immer so unwohl, und dann sollten wir auch noch Tanzschritte machen und ständig lächeln. Gleichzeitig mit mir und Nicki sind noch zwei weitere Freundinnen gegangen, und das war praktisch der Anfang vom Ende für die Frauenstimmen im Shanty-Chor.«

»Keine Sorge, Kirsten, Miniröcke werden die Küstenfrauen nicht tragen«, versicherte Viola. »Aber ich verstehe immer noch nicht, worauf du hinauswillst. Der Shanty-Chor ist für dich doch jetzt Geschichte. Und für die anderen Küstenfrauen auch.«

Kirsten seufzte. »Für die Küstenfrauen vielleicht, aber nicht bei mir zu Hause. Lars, mein Mann, ist nämlich im Vorstand des Shanty-Chors.«

»Jetzt sag bloß nicht, er hat etwas dagegen, dass du bei uns singst?«, fragte Viola. Ärger kochte in ihr hoch, solche Chauvis sollte man verbieten.

»Nein, so ist Lars natürlich nicht. Im Gegenteil. Er war einer der wenigen, die sich beim Shanty-Chor gegen die Kleiderordnung für die Frauenstimmen ausgesprochen hatte. Aber genau das ist das Problem: Die anderen Sänger im Chor nehmen Lars nicht wirklich ernst, obwohl er eine tolle Vorstandsarbeit macht. Und jetzt singt seine Frau auch noch bei der Konkurrenz. Ihr könnt euch vorstellen, wie die sich das Maul zerreißen werden. Ich kann das meinem Mann nicht antun. Er würde nie verlangen, dass ich bei den Küstenfrauen aufhöre, aber es war ein Fehler, dass ich überhaupt mit dem Frauenchor angefangen habe. Ich möchte nicht, dass mein

Mann gezwungen ist, mich gegenüber den anderen Sängern zu verteidigen. Deshalb höre ich auf.«

»Du kannst nicht aufhören! Du bist eine Bereicherung für den Chor, du hast eine tolle Stimme. Das ist eine Gabe, und es wäre eine Schande, wenn du diese Gabe verschwenden würdest«, platzte Viola heraus.

»Ich sehe aber keine andere Möglichkeit.«

Frederik hatte zu Kirstens Ausführungen bisher nichts gesagt, er rieb sich nur nachdenklich das Kinn.

»Wäre es dir recht, wenn wir heute Abend bei dir vorbeikommen? Ich hätte da eine Idee, die ich mit dir und deinem Mann besprechen möchte.«

»Heute Abend? Sicher, warum nicht. Lars wird so gegen sechs aus dem Büro zurück sein.«

Frederik lächelte zufrieden und schlug mit der flachen Hand auf seinen Oberschenkel. »Fein, wäre euch dann um sieben Uhr recht? Viola, du hast doch die Adresse von Kirsten?«

»Sicher, die habe ich.«

»Perfekt! Dann sind Viola und ich heute Abend bei euch.«

Kirsten trank ihren Cappuccino aus und stellte die Tasse wieder zurück auf den Boden, bevor sie aufstand. »Ich hab ja keine Ahnung, Frederik, was du besprechen willst, aber wenn ich dadurch weiter im Chor mitsingen könnte, ach, das wäre großartig.«

»Ich denke, das sollte kein Problem sein.«

»Dann bis heute Abend.« Eine sichtlich verwirrte Kirsten verließ den Garten.

Frederik lehnte sich zufrieden in seinem Liegestuhl zurück und schlug sein Buch wieder auf.

»Willst du mir nicht verraten, was du vorhast?«

»Dann würde ich dir die Überraschung verderben. Sagen wir mal so, wir packen die Herren vom Shanty-Chor bei ihrer Ehre.«

Kirsten, ihr Mann und ihr siebzehnjährige Tochter Suse wohnten in einem hübschen Einfamilienhaus am Ortsrand von Sulzhagen. Am Gartentor konnte man sogar schon das Meer hören, zumindest bildete Viola sich das ein. Es war fünf Minuten vor sieben, Frederik hatte darauf bestanden, rechtzeitig loszugehen, um auf keinen Fall zu spät zu kommen.

»Hoffentlich geht das gut«, murmelte Viola.

»Vertraust du mir?«

»Von ganzem Herzen«, erwiderte Viola, ohne lange nachzudenken. Es war die reine Wahrheit, sie vertraute Frederik blind und fühlte sich an seiner Seite jeder Schwierigkeit gewachsen. Es war, als würde er ihr, nur durch seine Anwesenheit, zusätzliche Kraft und Entschlossenheit verleihen.

»Dann kann ja nichts schiefgehen.« Frederik öffnete das Gartentor und ließ ihr den Vortritt.

Kirsten führte die beiden auf die Terrasse hinter dem Haus. Auf dem Tisch waren die Windlichter schon angezündet, obwohl man deren Schein in der Abendsonne kaum erkennen konnte, und auf einem kleinen Beistelltisch standen ein paar benutzte Teller. Offenbar hatte die Familie bereits zu Abend gegessen.

»Lars, das sind Viola Fischer, die Chorleiterin der Küstenfrauen, und Frederik Lingen, der Bruder von Nicki Overrath und Schwager unseres Pfarrers. Wir können uns doch alle duzen, oder?«

Lars stand auf und schüttelte den beiden die Hand. »Kirsten hat mir heute beim Abendessen erzählt, dass sie nicht mehr bei den Küstenfrauen singen möchte, weil ich dann im Vorstand des Shanty-Chors Probleme bekommen könnte. Ich sag euch gleich, ich bin damit nicht einverstanden. Aber mit einem hat sie natürlich recht: Es wird Ärger geben, vor allem weil meine Mitsänger natürlich merken, dass der Shanty-Chor schon länger auf dem absteigenden Ast ist. Der Weggang der Frauen, auch wenn das keiner zugeben will, hat dazu geführt, dass wir einen Teil des Repertoires nicht mehr aufführen können.«

»Sag mal, Lars, gibt es nicht demnächst ein Konzert? Ich meine, ich hätte da beim Bäcker ein Plakat gesehen«, sagte Frederik.

»Ja, das stimmt. Ende des Monats, am 25. August, findet das Kulturfest in Sulzhagen statt. Traditionell ist das eine Veranstaltung, bei der wir singen.«

»Ich kann nicht verstehen, dass der Shanty-Chor in den Küstenfrauen eine Konkurrenz sieht. Wir haben ein vollkommen anderes Repertoire, und Singen hat doch etwas mit Gemeinschaft zu tun«, sagte Viola.

»Da kennst du meine Mitsänger schlecht, Viola, die haben nur Sorge, dass bei dem ersten großen Konzert der Küstenfrauen ein größeres Publikum als bei ihrem Konzert erscheinen könnte.«

»Ich denke, diese Sorge könnten wir deinen Mitsängern nehmen«, erklärte Frederik. »Was hältst du davon, wenn die Küstenfrauen und der Shanty-Chor gemeinsam ein Konzert geben? Der Herren sind doch schon lange im Geschäft und könnten so etwas wie die Patenschaft für den neuen Frauenchor übernehmen. Wir schlagen dann mehrere Fliegen mit einer Klappe.« Frederik zählte an den Fingern die einzelnen Punkte ab: »Zum einen kommen beide Chöre mit einem kleineren Repertoire aus, um ein komplettes Konzert zu füllen. Zum anderen packen wir die Herren bei ihrer Ehre. Wenn sie zusammen mit den Küstenfrauen auftreten, kann dir im Vorstand auch niemand mehr dumm kommen, denn du hattest ja den brillanten Einfall für das Gemeinschaftskonzert. Und letzter Punkt: Bei einem Gemeinschaftskonzert kann keiner die Publikumsgröße vergleichen, im Gegenteil, wir erreichen vielleicht sogar ein größeres Publikum, weil beide Chöre mit ihrem Programm unterschiedliche Musikgeschmäcker ansprechen.«

Kirstens Mann dachte kurz nach, dann nickte er heftig. »Das ist eine brillante Idee. Ja, das könnte wirklich klappen. Bei uns im Vorstand gibt es nämlich bereits rauchende Köpfe, was für ein Programm wir bis zum 25. August noch auf die Beine stellen können. Wir haben morgen Vorstandssitzung, ich werde deinen Vorschlag, Frederik, direkt einbringen.«

»Dann kann ich also meinen Sängerinnen bei der nächsten Probe sagen, dass wir unser erstes Konzert auf dem Kulturfest in Sulzhagen geben werden?«, hakte Viola nach.

»Davon gehe ich aus. Aber besser, du wartest, bis ich mit dem Veranstalter gesprochen habe. Gegen die Argumente wird sich niemand stellen können. Ich gebe dir morgen Abend gleich nach der Sitzung Bescheid, dann kannst du ganz sicher sein. Möglicherweise könnten wir am Ende sogar gemeinsam noch ein Lied singen. Wie wäre es mit *Sailing* von Rod Stewart?«

Frederik lächelte. »Das Stück habe ich schon als Teenager geliebt. Doch, ich könnte mir vorstellen, dass das als gemeinsames Schlussstück im Konzert gut ankommt.«

»Hallo, Herr Lingen, wer ist denn hier die Chorleiterin?«

»Sorry, Vi, ich wollte dir nicht vorgreifen.«

»Nein, schon gut, war nur Spaß. Lars, ich werde die Noten dafür besorgen und dann Kirsten mitgeben, sodass euer Chorleiter weiß, was wir da singen werden.«

»Großartig, so machen wir das.«

»Aber dieses eine gemeinsame Stück bleibt die Ausnahme, mein Lieber. Und wir werden auch keine Tanzschritte machen.« Kirsten musterte ihren Mann scharf.

»Wo denkst du hin?«

Viola zwinkerte Kirsten vergnügt zu. »Dann erwarte ich dich, Kirsten, bei der nächsten Probe wieder mit dem Solopart.«

***

»Und was wollen wir jetzt machen?«, fragte Viola. »Es ist so ein schöner Abend, ich habe überhaupt noch keine Lust, nach Hause zu gehen.«

»Lass uns noch ein bisschen am Strand entlanglaufen.«

»O ja, und nachher gehen wir irgendwo im Ort etwas essen.«

Der Zufall wollte es, dass sie sich genau an dem Strandabschnitt wiederfanden, den Viola am liebsten mochte.

»Komm mit, ich möchte dir etwas zeigen.« Viola griff nach Frederiks Hand und zog ihn in Richtung Dünen, dort, wo die schmale Holztreppe nach oben in den Kiefernwald führte. Und da war es wieder, ihr altes Lieblingshaus. Ein bisschen traurig sah es aus, immer noch unbewohnt. Die bunten Stockrosen waren inzwischen verblüht, nur noch die vertrockneten braunen Samenstände verrieten, wie viele Blüten hier noch vor Kurzem gewesen waren.

»Versteh ich nicht«, sagte Frederik und wies auf das fleckige Verkaufsschild. »So ein hübsches Haus, und es ist immer noch auf dem Markt, offenbar schon seit einer ganzen Weile. Warum hat das noch niemand gekauft?«

Hinter der Hecke blökten Schafe. »Wahrscheinlich wegen der lauten Nachbarn.« Viola kicherte. »Komm, denen müssen wir auch noch guten Tag sagen. Aber nur kurz, ich hab Hunger.«

Mareike

Arm in Arm gingen Viola und Frederik zurück zum Pfarrhaus.

»Gehst du schon mal vor? Ich habe im Kofferraum eine ganze Tasche voller Bücher, und ich brauche unbedingt neuen Lesestoff.«

»Bist du sicher, dass du heute Abend zum Lesen kommst?«

»Hach, ich liebe es, wenn du so schlüpfrige Anspielungen machst, Frau Fischer.«

»Hol dir nur ein neues Buch, du wirst ja sehen, was du davon hast.« Viola lächelte breit. Sie liebte es, mit Frederik herumzualbern.

Er küsste sie zart auf die Wange und ging dann weiter zu der Seitenstraße, wo er Berti geparkt hatte. Viola kramte in der Tasche ihrer Shorts nach dem Haustürschlüssel. Währenddessen ging sie schon den Plattenweg zum Pfarrhaus entlang, in Gedanken damit beschäftigt, wie sie den Rest des Abends mit Frederik verbringen würde. Doch schon nach wenigen Schritten erkannte sie, dass dort im matten Schein der Außenleuchte jemand neben der Haustür wartete. Eine schlanke, fast hagere Gestalt, eine Frau. Unwillkürlich beschleunigte Viola ihre Schritte.

»Guten Abend, kann ich Ihnen helfen?«

»Das kommt ganz darauf an, ob Sie hier wohnen. Die Overraths scheinen nicht zu Hause zu sein.« Ohne jede Überleitung stieß sie im Stakkato hervor: »Mareike Peters, ich bin die Verlobte von Frederik. Endlich kommt hier mal jemand nach Hause, ich warte schon seit über einer Stunde.«

Viola sträubten sich die Nackenhaare. Es dauerte einen

Augenblick, bis sie begriff, was die unbekannte Besucherin vor der Haustür da gerade gesagt hatte.

»Sie ... Sie sind Frederiks Verlobte?«

»Sag ich doch.« Was für eine unangenehme Person. »Und falls Sie einen Schlüssel für dieses Haus haben, wäre ich Ihnen unendlich dankbar, wenn Sie jetzt mal aufschließen könnten, ich steh mir hier langsam die Beine in den Bauch. Es war eine ziemlich lange Fahrt von Hamburg hierher. Und Sie sind?«

Diese aggressive Art zu fragen! Einen Gesprächspartner zu zwingen, den vorgegebenen Satz zu vollenden, das hatte Viola schon immer gehasst.

»Viola Fischer, eine Schulfreundin von Nicki Overrath. Lassen Sie mich bitte mal an die Tür, dann kann ich auch aufschließen«, antwortete Viola kühl. Frederiks Verlobte, das konnte nicht wahr sein! Viola musterte die Frau.

Blond. Perlenohrringe, Pagenschnitt, die schmalen Lippen mit rosa Lippenstift geschminkt. Der Typ hanseatische Schönheit. Viola schloss die Tür auf und schaltete das Flurlicht ein. Sie machte einen Schritt zur Seite und ließ Mareike Peters eintreten. Im Lampenlicht wirkte die hochgewachsene Frau noch hagerer. Und jetzt, wo Viola sie deutlicher sehen konnte, fielen ihr um die Mundwinkel der anderen beginnende Fältchen auf, die sie verbittert aussehen ließen. Was Viola aber nach Luft schnappen ließ, als ob ihr jemand einen Schlag in die Magengrube verpasst hätte, war die Silhouette der Frau. Unter dem dunkelblauen Kleid mit Goldknöpfen war deutlich erkennbar, dass sie schwanger war. Viola starrte auf den kleinen Babybauch, unschlüssig, was sie jetzt tun oder sagen sollte. Die Entscheidung wurde ihr von Frederik abgenommen.

»So, da bin ich. Wir können ...«

»Hallo, Frederik, gut siehst du aus!«

Frederiks Gesicht wurde blass, als er erkannte, wer ihn da begrüßte.

»Was ... was machst du denn hier?«

»Also bitte, begrüßt man so seine Verlobte?« Mareike trat zu ihm und küsste ihn auf den Mund.

Viola drehte sich um und ging wie ferngesteuert zur Treppe. »Ich lass euch dann beide mal alleine«, sagte sie leise, mit gepresster Stimme, über die Schulter hinweg.

»Vi, warte.«

»Besser nicht, besser nicht!«

Während sie die Treppe zu ihrem Zimmer hochstieg, liefen die ersten Tränen über ihre Wangen. Viola unterdrückte ein Aufschluchzen. Sie wollte weinen, schreien, auf etwas einschlagen – aber ganz sicher nicht, wenn Mareike Peters noch in der Nähe war.

In ihrem Zimmer warf sich Viola auf das Bett. Der schöne Abend, ach was, der Abend, die Tage, die Liebesbeteuerungen, die Zärtlichkeiten … war das alles Betrug gewesen, hatte Frederik ihr etwas vorgemacht?

Eine halbe Stunde später klopfte es leise an ihre Zimmertür, Sekunden später stand Frederik im Raum. Er sah immer noch blass aus. Viola setzte sich in ihrem Bett auf und lehnte sich mit dem Rücken an das Betthaupt.

»Wo ist sie jetzt?«

»Mareike hat ein Zimmer im Hotel.«

»Großartig, dann kannst du ja gleich bei ihr bleiben. Ich hoffe, du hast ein Doppelzimmer für deine Verlobte gebucht.« Viola bemühte sich nicht einmal, den ätzenden Tonfall abzuschwächen. Die ganze Wut, die Enttäuschung, die sich in der letzten halben Stunde in ihr angestaut hatten, brachen sich Bahn. »Wie konntest du es wagen, mich so zu belügen!«

»Ich habe dich nicht belogen, Vi. Ich schwöre dir, dass wir nicht verlobt sind und es auch nicht waren. Ich habe ihr nie die Ehe versprochen.« Frederik fuhr sich mit einer hilflosen Geste durchs Haar. »Sicher, sie hat das gerne immer mal wieder erwähnt, dass es doch gut wäre, wenn wir heiraten würden. Es wäre eine tolle Verbindung, blablabla. Aber ich habe ihr mehr als einmal gesagt, dass ich nicht heiraten möchte. Okay, vielleicht hätte ich ihr klar und deutlich sagen sollen, dass ich nicht *sie* heiraten möchte. Ich weiß nicht, warum sie hier aufgetaucht ist.«

»Vermutlich, um dem Vater ihres Kindes mitzuteilen, dass er Verantwortung übernehmen muss«, fauchte Viola. »Bist du der Vater?«

»Wie kannst du das annehmen, natürlich nicht! Ich habe dich heute noch gefragt, ob du mir vertraust. Und du hast gesagt: von ganzem Herzen. Du musst mir jetzt vertrauen, Viola. Ich habe mit Mareike schon seit über einem halben Jahr nicht mehr geschlafen. Kurz nach Silvester habe ich meine wenigen Sachen in ihrer Wohnung zusammengepackt, und danach haben wir uns nur noch ab und zu zum Essen getroffen. Ich hatte sie damals um eine Auszeit gebeten, um mir über meine Gefühle und meine Zukunft in Hamburg klar zu werden.«

»Und trotzdem steht sie hier schwanger vor der Tür und erklärt, dass sie deine Verlobte ist. Wenn es auch nur den Hauch einer Möglichkeit gibt, dass du der Vater bist, Frederik, dann musst du zu deiner Verantwortung stehen.« Jetzt waren Violas Worte vor lauter Schluchzen kaum noch zu verstehen. »Bitte geh, ich muss jetzt allein sein. Und komm nicht morgen zur Probe, tu uns das nicht an.«

Es zerriss Viola das Herz, als sie mitansehen musste, wie Frederik den Kopf senkte und langsam das Zimmer verließ. Am liebsten wäre sie aufgestanden und ihm nachgelaufen, um ihn in den Arm zu nehmen. Aber sie blieb sitzen und starrte mit brennenden Augen aus dem Fenster in die Nacht.

Der letzte freie Ort der Welt

Ein Donnerstag ohne Frederik. Viola hatte ihn den ganzen Tag über nicht zu Gesicht bekommen. Sie wusste nicht, ob er ihr absichtlich aus dem Weg gegangen war oder womöglich schon mit Mareike das Weite gesucht hatte. Nicki hatte sie auch nicht fragen können, die war bereits frühmorgens in Richtung Optikgeschäft verschwunden. Gegen Mittag war ihr Manuel begegnet, aber Viola hatte nicht den Mut gehabt, sich ihm anzuvertrauen. Am Ende hatten sie nur drei, vier belanglose Sätze gewechselt, bevor er zu seinem nächsten Termin aufgebrochen war.

Viola war bewusst, dass sie eigentlich die Chorprobe vorbereiten musste, aber sie konnte sich auf nichts konzentrieren. Immer wieder schweiften ihre Gedanken zu Frederik ab. Schließlich gab sie ihre Arbeit am Schreibtisch auf und machte sich auf den Weg zum Strand. Stundenlang saß sie auf ihrer Picknickdecke und schaute aufs Meer. Der Anblick hatte etwas Beruhigendes.

Hemingway soll einmal gesagt haben: »Das Meer ist der letzte freie Ort auf der Welt.« Ein Spruch, den Nickis Vater während des Sommerurlaubs damals bei fast jedem Strandspaziergang zitiert hatte. Viola blickte auf die Wellen und spürte die Freiheit, die dieser letzte freie Ort vermittelte. Plötzlich kam sie sich klein und unbedeutend vor. Gleichzeitig wuchs in ihr aber auch die beruhigende Gewissheit, dass ihre Sorgen klein und unbedeutend waren. Eine Person wie Mareike konnte ihr nicht die wundervollen Tage mit Frederik nehmen, die sie erlebt hatte.

Vertraust du mir?

Ja, von ganzem Herzen!

Gestern Abend war sie verwirrt und verletzt gewesen. Der ungeheuerliche Auftritt von Mareike hatte sie vor den Kopf gestoßen, hatte sie kurz vergessen lassen, warum sie Frederik liebte. Hatte nicht jeder das Recht, als unschuldig zu gelten, solange nicht das Gegenteil bewiesen war?

Vertraust du mir?

Ja, von ganzem Herzen!

Daran hatte sich nichts geändert, das wurde Viola klar, als sie auf das Meer schaute.

Entschlossen stand sie auf. Sie würde jetzt versuchen, die Chorprobe ohne Frederik hinter sich zu bringen, und dann würde sie in ihrem Leben für Ordnung sorgen. Sie wusste nur noch nicht, wie.

***

Die Chorprobe ohne Frederik hinter sich zu bringen, das war leichter gesagt als getan. Viola hatte sich bei den letzten Proben so sehr auf sein Klavierspiel verlassen, dass sie gleich zu Beginn der Chorprobe zweimal den falschen Einsatz gab. Die Sängerinnen nahmen es mit Humor.

»Hey, Viola, was ist los, bist du in Gedanken bei unserem fehlenden Pianisten?« Gesa konnte ja nicht wissen, wie sehr sie mit ihrer launigen Bemerkung ins Schwarze traf. Viola zwang sich zu einem schiefen Lächeln und erntete dafür wiederum von Nicki einen prüfenden Blick. Wenn jemand hinter ihre Fassade schauen konnte, dann ihre beste Freundin.

Viola nahm die Noten vom Klavier. Als sie die erste Seite von *Ab und zu ein paar Geigen* aufschlug, musste sie schlucken. Nein, das war nicht das Lied, das sie heute Abend hören wollte. Hastig wischte sie sich mit der flachen Hand über die Augen und hoffte, dass niemand mitbekommen hatte, dass darin Tränen schwammen.

»Ähm … Wir sollten heute Abend mit der A-Cappella-Version von *Rolling in the deep* beginnen, das wäre eines der Lieder, die wir bei unserem Konzert singen werden.«

Violas Ankündigung sorgte für erstauntes Gemurmel im Chor. »Wie jetzt?«, »Haben wir ein Konzert?«, »Erzähl!«

Die Begeisterung der Küstenfrauen war förmlich mit Händen greifbar, und für einen Moment vergaß Viola alle trüben Gedanken und freute sich nur, dass sie so viel positive Energie mit einem einzigen Satz hervorbringen konnte.

»Wir, das heißt Frederik und ich, haben mit Kirstens Mann gesprochen. Die meisten von euch wissen vielleicht, dass er im Vorstand des Shanty-Chors ist, und der Chor würde gerne mit uns zusammen ein Konzert geben. Keine Sorge, wir werden dabei unseren eigenen Auftritt haben, wir teilen nur die Konzertzeit unter uns auf. Ende des Monats ist es so weit. Am 25. August, das Datum könnt ihr euch schon mal merken, werden wir anlässlich des Kulturfestes in Sulzhagen zum ersten Mal auf der Bühne stehen. Höchstwahrscheinlich werden wir zuerst singen, dann gibt es eine Umbaupause, und danach sind die Männer an der Reihe. Am Ende werden wir ein gemeinsames Lied singen. Wir haben da an den Rod-Stewart-Klassiker *Sailing* gedacht. Das ist Pop, und trotzdem passt es auch irgendwie zum Shanty-Chor.«

»Wenn jetzt feststeht, dass wir ein Konzert singen, müssen wir uns aber auch um die Bühnenkleidung kümmern. Da sollten wir direkt Maßstäbe setzen«, meldete sich Maren, eine der Sopranistinnen, zu Wort.

»Okay, darüber können wir nach der Probe sprechen. Habt ihr denn schon eine Idee?«

»Noch nicht. Aber dazu wird uns schon etwas einfallen«, rief eine Stimme aus dem Alt. Es war Uschi, die diesen Vorschlag in die Runde warf.

»Glaube ich sofort, Uschi, aber jetzt wird erst einmal gesungen«, erklärte Viola und schlug die ersten Töne an.

»Sag mal, was war denn heute mit dir los? Und wo zum Teufel steckt Frederik?«

Der Chor hatte den Saal verlassen, und Nicki hatte das Deckenlicht im Gemeindesaal bereits ausgeschaltet.

»Ihr seid gestern Abend ja spät erst nach Hause gekommen, und heute früh haben wir uns auch nicht gesehen«, begann Viola.

»Ihr habt euch gestritten?«

»Als wir gestern nach Hause kamen, stand Mareike vor der Haustür, eine ganz unangenehme Person.«

»*Die* Mareike? Mareike aus Hamburg?« Nickis verächtlicher Tonfall war für Viola ein Indiz dafür, dass Mareike bei früheren Treffen keine Sympathiepunkte gesammelt hatte.

»Ja, *die* Mareike, und sie hat erklärt, dass sie mit Frederik verlobt sei.«

»Was?«, fuhr Nicki dazwischen.

»Keine Sorge, ich denke mittlerweile, das war eine Lüge, trotzdem hat mich das gestern ganz schön aus der Bahn geworfen.«

»Ach, Süße.« Nicki legte ihren Arm um Violas Schultern. »So blöd ist mein Bruder nicht, dass er diese hanseatische Zicke ehelichen würde.«

»Mareike ist außerdem schwanger.«

»Heilige Scheiße. Kein Wunder, dass du heute völlig neben der Spur bist. Und was sagt Frederik dazu?«

»Er ist sich sicher, dass das Kind nicht von ihm ist. Wo er aber jetzt steckt, das weiß ich nicht. Ich habe ihn den ganzen Tag über nicht gesehen.«

»Ich werde ihn gleich anrufen, und dann müssen wir Klartext reden«, erklärte Nicki bestimmt.

Die beiden Frauen verließen den Gemeindesaal, und als sie in den Garten gingen, sahen sie eine einsame Gestalt, die im Dunkeln am Tisch saß. Frederik!

»Nicki, ich muss alleine mit ihm reden«, bat Viola.

»Wenn du Unterstützung brauchst, dann pfeife, die Kavallerie wartet keine zehn Meter entfernt darauf einzugreifen«, erklärte Nicki und drückte aufmunternd Violas Arm.

Als Viola über den Rasen zu ihm ging, schaute Frederik hoch. Neben ihm auf dem Gartenstuhl saß die große Gemeindekatze und ließ sich unter lautem Schnurren vom ihm streicheln. »Hallo, Frederik.«

Mit einem Mauzen sprang Tante Doris vom Stuhl und verschwand in den Büschen.

»Hi, Vi, ist die Probe zu Ende?«

Selbst jetzt, im letzten Licht des Sommerabends, sah Viola die dunklen Ringe unter Frederiks Augen.

»Wo ist Mareike?«

»Weg! Endgültig, ein für alle Mal weg.«

»Einfach so? Hat sie eingesehen, dass sie mit ihren Lügen nicht gewinnen konnte?«

In Frederiks Gesicht keimte so etwas wie Hoffnung auf.

»Du glaubst mir also, Vi?«

Viola hockte sich neben seinen Gartenstuhl und griff nach seiner Hand. »Es hat ein bisschen gedauert, aber dann ist mir klar geworden, dass es mein voller Ernst war, als ich gesagt habe, dass ich dir vertraue. Mir hat nur diese schwangere Möchtegern-Verlobte den Boden unter den Füßen weggezogen. Wo warst du überhaupt den ganzen Tag?«

»Zunächst mal in meinem Zimmer. Mir war klar, dass Mareike ein falsches Spiel spielt. Schließlich wusste ich, wie lange wir keinen Sex gehabt hatten, von mir kann das Kind also nicht sein.«

»Und dann?«

»Dann habe ich herumtelefoniert. Es gibt da ein befreundetes Pärchen, Franziska und Uwe, mit dem Mareike und ich öfter ausgegangen sind. Zum Glück habe ich direkt Uwe am Telefon gehabt, der ist mir noch einen Gefallen schuldig. Zuerst wollte er nicht so richtig mit der Sprache heraus, aber dann hat er schließlich doch geredet. Die beiden wussten seit Monaten, dass Mareike sozusagen zweigleisig gefahren ist. Spätestens seit dem Tag, an dem ich meine Sachen bei ihr gepackt hatte, hat Mareike sich mit Charlie vergnügt, dem englischen Barkeeper im Agosta, einer Cocktailbar. Die Abendessen mit mir in den teuren Restaurants waren sozusagen nur noch die Verzierung.«

»Sie hat dich betrogen? Ganz schön dreist.«

»Jep, und um ehrlich zu sein, hat das meinem Selbstbewusstsein einen ziemlichen Dämpfer verpasst. Aber egal, ich habe dann mit Charlie telefoniert und siehe da, er ist ganz verrückt nach Mareike. Charlie hat sich jedenfalls ins Auto gesetzt, und heute am frühen Abend ist er hier in Sulzhagen angekommen. Jung, gut aussehend, aber leider nicht vermögend. Vermutlich war das fehlende Geld für Mareike der Grund, hier aufzutauchen. Als Charlie vor ihrer Hoteltür stand, ist Mareike eingeknickt und mit der Wahrheit herausgerückt. Ich habe das Doppelzimmer für beide bezahlt, morgen früh werden sie sich auf den Weg zurück nach Hamburg machen. Ich hoffe, es war das letzte Mal, dass ich etwas von Mareike Peters gehört habe. Obwohl …« Frederik lächelte in sich hinein.

»Obwohl was, mein Lieber?«

»Charlie hat mir versprochen, dass er Frederik als Vorname vorschlagen wird, sollte es ein Junge werden.«

»Damit kann ich leben.«

»Ich auch. Womit ich nicht klarkomme, ist der Gedanke, dich verloren zu haben.«

»Du hast mich nicht verloren, Frederik. Mein Herz hat lediglich eine kleine Umleitung genommen, aber das Meer hat es wieder auf den richtigen Weg gebracht.«

Frederik stand auf und drückte Viola so fest an sich, als

wollte er sie nie wieder loslassen. »Ich liebe dich, Vi«, flüsterte er in ihr Haar.

»Ich liebe dich auch, Frederik.«

Kimono-Blusen

Wäre Violas Aufenthalt in Sulzhagen ein Kinofilm gewesen, hätte der Regisseur die nächsten zwei Wochen sicher mit kurzen Szenen und schnellen Schnitten dargestellt. Viele kleine Szenen reihten sich aneinander wie Perlen auf einer Schnur: der Alltag im Pfarrhaus mit eiligen Frühstücken, Mittagessen zu viert und immer wieder den verregneten Nachmittagen. Auch die gab es. Endlose Strandspaziergänge mit Frederik, den Viola jeden Tag ein bisschen lieber hatte. Und oh, die Nächte.

Da waren die langen Sommerabende im Garten, wo sie manchmal noch nach Einbruch der Dunkelheit bei Kerzenlicht zusammensaßen und ein Glas Wein tranken. Und natürlich die Chorproben und die Gespräche vor und nach den eigentlichen Proben.

Die Arbeiten an der Nordstern machten Fortschritte. Und eines Tages war es endlich so weit: Frederik und Viola segelten mit dem renovierten Boot ein Stück die Küste entlang.

***

Aber ein Ereignis war es, das Viola in besonderer Erinnerung behalten würde.

»Habt ihr kein Zuhause?« Lachend bahnte sich Viola nach der Probe einen Weg durch die Grüppchen von schwatzenden Frauen. »Darf ich mal durch? Danke.«

»Hast du noch etwas Zeit?«, fragte Uschi. »Wir diskutieren hier nämlich gerade etwas sehr Wichtiges.«

»Klar habe ich noch Zeit. Jetzt bin ich aber neugierig.«

»Es geht um die Frage, was wir anziehen sollen? Was tragen die Küstenfrauen beim Auftritt?«

Mit einem unschuldigen Augenaufschlag sagte Viola: »Ich hatte an Miniröcke gedacht. So mit Pailletten drauf?«

»Buh!«

»Och nö, echt jetzt?«

Nicki hatte sofort gemerkt, dass es sich um einen Scherz handelte, und meldete sich zu Wort. »Jetzt mal im Ernst. Wir hatten ja schon kurz darüber gesprochen. Wenn die Herren vom Shanty-Chor mit ihren Fischerhemden und Halstüchern auftauchen – was wollen wir dagegenhalten?«

»Es müsste vom Farbthema zum Meer passen«, überlegte Maren. »Und ein Kleidungsstück, das für jede Figur in jeder Größe tragbar ist.

»Eine Bluse im Kimono-Schnitt! Ich habe dafür ein ganz einfaches Schnittmuster.« Wieder einmal war es Uschi, die mit ihrer ruhigen, tiefen Stimme die Organisation übernahm. »Das funktioniert in jeder Größe, man kann es lose fallend tragen oder mit einem Gürtel. Und es ist ganz schnell genäht.«

»Muss es auch«, sagte Nicki trocken. »Wir haben nur noch gut zehn Tage.«

»Meine Schwester arbeitet in einem Stoffgeschäft, die rufe ich gleich an«, versprach Maren. »Wir brauchen einen einfachen Baumwollstoff, sonst wird es zu teuer, am besten in blau. Was meint ihr?«

Schon hatte Uschi ihr Smartphone in der Hand und begann Notizen einzutippen. »Mädels, wer von euch hat eine Nähmaschine?«

***

Am darauffolgenden Sonntag hatte sich der Gemeindesaal in eine Schneiderwerkstatt verwandelt. Fünf Nähmaschinen ratterten. Am Bügelbrett roch es nach heißer Baumwolle. Wer nicht nähen konnte, half beim Zuschneiden und Zusammenstecken. Nach wenigen Stunden war das Wunder vollbracht: Jede Frau hielt ihre eigene Bluse in der Hand.

»Wisst ihr was? Es ist kurz nach halb fünf und unsere Probe fängt bald an. Sollen wir Viola überraschen? Schnell, wir ziehen alle unsere Blusen über«, schlug Maren vor.

»Oh, ja, und wir stellen uns auf der Bühne auf«, ergänzte Nicki.

***

Als Viola mit Frederik den Saal betrat, blieb sie überwältigt stehen. Im warmen Sonnenschein eines Spätsommertags standen sie da, ihre Sängerinnen, und strahlten um die Wette. Marens Schwester hatte einen schönen Stoff ausgewählt, in einem herrlichen, leuchtenden Blauton, der an die Farbe des Meeres erinnerte.

»Ihr seid …« Viola schluckte und setzte erneut an. »Ihr seid einfach wunderbar. Was ihr alles könnt!«

»Wir sind die Küstenfrauen«, sagte Kirsten. »Natürlich können wir nähen.«

Kulturfest

»Hallo, Sulzhagen! Mein Name ist Kai Berger, und ich begrüße Sie alle ganz herzlich zum diesjährigen Kulturfest. Radio Darß wird heute live von dieser Showbühne übertragen. Wir wollen auch gar nicht lange herumreden, sondern gleich mit dem ersten Knaller im Programm beginnen.«

Auf dem Marktplatz von Sulzhagen drängte sich das Publikum vor der Showbühne. Das Kulturfest war eines der Highlights im Jahr, und dass der örtliche Radiosender diesmal alles live übertrug, gab der ganzen Veranstaltung einen zusätzlichen Kick.

Hinter der Bühne stand Viola mit ihren Sängerinnen. Frederik hatte sich ein paar Schritte seitwärts positioniert, um das Geschehen auf der Bühne zu verfolgen.

»Hört zu. Ihr habt unglaublich hart gearbeitet und die Ergebnisse sind fantastisch. Ihr alle seid ein großartiger Chor. Wir gehen jetzt auf die Bühne und ihr singt einfach so, wie ihr bei den letzten Proben gesungen habt. Vergesst das Publikum vor der Bühne, singt einfach miteinander und füreinander. Vor allem aber: Habt Spaß!« Viola strahlte ihre Sängerinnen an. Einige lächelten zurück, bei anderen sah sie Lampenfieber und Nervosität in den Mienen. Sie hoffte, dass diese sich spätestens nach dem ersten Lied legen würde.

»Viola!«, zischte Frederik. »Ich glaube, wir sind jetzt gleich dran. Kai Berger hat mir das Handzeichen gegeben.«

»Alles klar, Küstenfrauen, wir gehen auf die Bühne und rocken das Ding. Langsam und ohne Stress auf die Bühne gehen, und dann stellen wir uns so auf, wie wir es in der letzten Woche geübt haben.« Viola ging bis zu der Metalltreppe, die direkt auf die Bühne führte. Hier war Kai Berger gut zu verstehen.

»Vor knapp sechs Wochen hatte ich sie live in der Sendung. Die Rede ist von Viola Fischer, der Chorleiterin des ersten Frauen-Popchors von Sulzhagen. Und heute stehen die Sängerinnen bereits bei uns auf der Showbühne. Einen Riesenapplaus für … die … Küstenfrauen!«

Viola holte einmal tief Luft und ging dann langsam die Metallstufen empor. Sie hatte ihren Sängerinnen eingeschärft, nicht zu hastig auf der Treppe nach oben zu gehen. Sie waren schließlich nicht auf der Flucht, und das Letzte, was sie gebrauchen konnten, war eine Sängerin, die mit ihren Pumps auf den Metallstufen umknickte und sich den Knöchel verstauchte.

Hinter Viola kam Frederik auf die Bühne und setzte sich direkt ans Klavier, während die Küstenfrauen in einem langen, gleichmäßigen Band die Bühne betraten und sich den Stimmen nach aufstellten. Geordnet und ohne Hast, genau so, wie sie es in der letzten Woche mehrfach geübt hatten. Viola hatte dafür sogar auf dem Boden des Gemeindesaals die Maße der Showbühne markiert. Sie nickte Frederik zu, der einen Akkord anschlug. Die einzelnen Stimmen im Chor nahmen ihren Ton auf und summten ihn kurz. Das Publikum, das eben noch begeistert geklatscht hatte, wurde ganz still. Viola wartete noch einen Wimpernschlag und gab dann den Einsatz zum ersten Lied. Gesa und Maren traten vor und übernahmen den Solopart von *Man in the mirror.*

Die Küstenfrauen übertrafen alle Erwartungen. Die vier Lieder, die man in den letzten Wochen so intensiv geprobt hatte, dieses Minikonzert, es verflog wie in einem Rausch. Mit jedem Lied steigerte sich der Applaus auf dem Marktplatz. Als schließlich der letzte Ton verhallt war, ging eine Art kollektives Seufzen durch das Publikum, es war, als würde jeder Einzelne kurz Luft holen. Dann brach vor der Showbühne die

Hölle los. Das Publikum tobte, die Menge pfiff und klatschte begeistert. Zugabe-Rufe wurden laut. Die Sängerinnen strahlten um die Wette.

»Und verbeugen!«, kommandierte Viola leise. Die Frauen fassten sich an den Händen und verbeugten sich gleichzeitig.

Nach der dritten Vorbeugung trat Nicki aus dem Chor und nahm ein Handmikrofon, das auf einem Seitentisch der Bühne lag. »Liebes Publikum, herzlichen Dank für Ihren Applaus. Sie wissen alle, dass wir erst vor gut sechs Wochen diesen Chor gegründet haben. Und dass wir heute vor Ihnen stehen, haben wir meiner alten Schulfreundin Viola Fischer zu verdanken. Ein Riesenapplaus für sie.«

Das Publikum musste dafür nicht lange aufgefordert werden. Viola verbeugte sich.

»Und noch einer Person möchte ich danken, nämlich meinem großen Bruder Frederik Lingen, der uns in den letzten Wochen bei den Proben und heute hier bei unserem Auftritt begleitet hat.«

Damit hatte Frederik offensichtlich nicht gerechnet, Viola sah ihm an, dass ihm das Lob und die Begeisterung eher peinlich waren. Sie ging zum Klavier, nahm seine Hand, zog ihn vom Klavierhocker hoch. Gemeinsam gingen sie zum Bühnenrand, um sich Hand in Hand zu verbeugen.

Kai Berger kam zurück auf die Bühne, klatschte noch einmal anerkennend und rief: »Das waren sie – die Küstenfrauen. Jetzt geht es weiter mit dem Shanty-Chor, den Sängern, die seit Jahren hier in Sulzhagen ihre feste Fangemeinschaft haben. Einen großen Applaus für die Herren von der Küste.«

Die Küstenfrauen verließen die Bühne über eine zweite Treppe, während sich der Shanty-Chor aufstellte.

Hinter der Bühne fielen sich die Frauen leise jubelnd in die Arme und feierten ihren Erfolg.

»Okay, alle mal herhören. Psst, seid doch bitte leiser, man kann uns doch hören«, ermahnte Viola ihren Chor, auch wenn sie am liebsten vor Freude laut gejauchzt hätte. »Haltet euch bitte beim zweiten Bühnenaufgang bereit, wir wollen doch nicht die Zugabe mit den Herren verpassen.«

***

Wenn überhaupt möglich, war der Beifall und Jubel des Publikums bei der gemeinsamen Zugabe noch größer als bei den Einzelauftritten. Diesmal ließen sich beide Chöre auf der Bühne feiern. Gut so, dachte Viola, damit sollte das Thema Konkurrenz bei den Herren endgültig passé sein.

Der Shanty-Chor hatte sich für seinen Auftritt auf dem Kulturfest etwas Besonderes einfallen lassen: Alle Sänger trugen flache Strohhüte, sogenannte Kreissägen, mit bunten Bändern. Der Chorleiter überreichte lachend Viola und Frederik einen eigenen Hut. Nach dem letzten Lied schleuderten die Sänger ihre Hüte ins Publikum.

Als sie endlich wieder hinter der Bühne standen, fiel Viola Frederik um den Hals und küsste ihn.

»Danke. Danke, dass du an meiner Seite warst, Frederik.«

»Das hier ist dein Erfolg. Du hast diesen Chor auf die Bühne gebracht.« Viola schaute sich um. Die Küstenfrauen standen zusammen mit dem Shanty-Chor in kleinen Gruppen auf dem Platz hinter der Bühne. Überall sah sie lachende und zufriedene Gesichter.

»Und was machen wir jetzt?«, fragte Frederik.

»Heute Abend wollen wir uns noch mal im Gemeindesaal treffen. Aber bis dahin ist ja noch Zeit. Ein paar von den Sängerinnen wollen sich jetzt erst einmal mit ihrer Familie auf dem Kulturfest umschauen.«

»Wir werden hier also nicht gebraucht?«

»Ganz genau.«

»Dann lass uns vor dem Trubel flüchten. Hättest du Lust, mit mir zur Strandbar zu gehen? Du bist eingeladen.«

»Wie könnte ich ein solches Angebot ablehnen«, erwiderte Viola und küsste ihn ein zweites Mal.

***

Vielleicht lag es ja am Kulturfest, aber die Strandbar, wo man sonst am frühen Abend kaum einen Platz bekam, war überraschend leer. Viola und Frederik hatten mehrere Tische zur Auswahl und entschieden sie schließlich für einen Zweiertisch mit direktem Blick aufs Meer. Sie hatten sich beide für einen Bellini entschieden, einen Sektcocktail mit frischem Pfirsichpüree. Viola genoss ihren eisgekühlten Cocktail. Selbst jetzt, am späten Nachmittag, war es noch erstaunlich heiß.

»Ganz gut, dass wir die Strohhüte behalten und nicht ins Publikum geworfen haben«, erklärte Frederik und lachte.

»Würde es hier einen Spiegel geben, würdest du vielleicht anders urteilen«, erwiderte Viola und prustete los.

»Hallo, ein Strohhut steht jedem Mann, ach, was sage ich, dieser Klassiker hier auf meinem Kopf würde sogar ein einfaches Schaf zu einer Schönheitskönigin machen.«

»Das will ich sehen, die Wette gilt.«

»Dann trinken Sie bitte aus, Frau Fischer. Ich weiß, wo die Schafe wohnen, und ich scheue nicht davor zurück, den Beweis für meine These anzutreten. Auch wenn mir das möglicherweise den Vorwurf der sogenannten Tier-Verulkung einbringen wird.«

Beide tranken ihre Cocktailgläser in mehreren Zügen leer. Am liebsten hätte Viola noch ein Glas bestellt, aber Frederik nahm ihre Hand und zog sie von der Strandbar weg in Richtung Sulzer Feuer, dem ehemaligen Leuchtturm.

Hand in Hand gingen sie durch den Kiefernwald, bis sie die Weide der kleinen Schafherde erreichten, die in der Nähe von Violas Traumhaus graste. Neugierig kamen die fünf Schafe näher. Ehe Viola protestieren konnte, hatte Frederik dem kleinsten Schaf seinen Strohhut aufs Haupt gesetzt, den mit dem blauen Band. Das Schaf ließ sich davon nicht aus der Ruhe bringen, und Viola machte, solange der Hut noch auf dem Kopf des Tieres saß, rasch ein paar Fotos.

Das alberne Fotomotiv währte allerdings nur wenige Augenblicke. Der Hut rutschte vom Kopf des Tieres herunter und fiel ins Gras. Frederik wollte nach dem Hut greifen, doch er war nicht schnell genug. Zwei weitere Schafe hatten den Strohhut entdeckt und knabberten genüsslich an der Krempe.

»He, das war meiner!«, beschwerte sich Frederik, »also bitte, ich wünsche guten Appetit.«

Die Schafe hatten aber offensichtlich schon etwas Schmackhafteres entdeckt, der völlig ramponierte Strohhut fiel zu Boden und blieb dort unbeachtet liegen.

Frederik fischte nach den Überresten. »Besser wir entsorgen das Ding.« Er schaute zu Viola, die immer noch ihr Handy in der Hand hielt. »Und? Was sagen die Fotobeweise? Habe ich meine Wette gewonnen?«

Viola zeigt ihm auf dem Display ihre Schnappschüsse. »Du hattest recht, Frederik, so ein Hut steht auch dem größten Schafskopf.«

»Aua, der hat gesessen.« Er griff nach ihrer Hand. »Komm, wir gehen noch einmal zurück zum Strand.«

***

Ganz eng nebeneinander saßen sie im Sand und schauten auf die Wellen. Frederik hatte seinen Arm um ihre Schultern gelegt.

»Das war es also mit den Küstenfrauen. Und morgen ist dein letzter Tag in Sulzhagen.«

Viola schluckte. Bislang hatte keiner der beiden das Thema *Die Zeit nach Sulzhagen* angesprochen, auch wenn sie in den letzten Tagen mehr als einmal mit bangem Herzen daran gedacht hatte.

»Na ja, es war klar, dass dieser Sommer nicht ewig dauern würde, nicht wahr?«

»Der Sommer nicht, aber wie sieht das mit uns beiden aus, Viola?«

»Ich liebe dich, Frederik. Ich finde, es muss unsere Aufgabe sein, einen gemeinsamen Weg zu finden.«

»Ist das dein Ernst?«

»Ja, natürlich!«

»Dann hätte ich vielleicht eine Idee.«

»Welche?«

»Das verrate ich dir morgen, jetzt will ich einfach nur den Abend mit dir genießen, als gäbe es kein Morgen.«

***

In Violas Brust schlugen zwei Herzen. Natürlich hätte sie den gesamten restlichen Abend am liebsten mit Frederik alleine verbracht. Aber sie hatte auch den Küstenfrauen zugesagt, dass sie später noch ein letztes Mal im Gemeindesaal zusammenkommen würden, um ihren ersten Auftritt zu feiern. Sie seufzte leise. Nicht nur um zu feiern, sondern auch um Abschied zu nehmen.

Hand in Hand wanderten sie zum Gemeindesaal zurück. Frederik spürte offenbar genau, was in ihr vorging. Denn kurz vor dem großen Haupteingang blieb er stehen, küsste sie sanft und sagte: »Vergiss nicht, dass wir noch die ganze Nacht vor uns haben. Du musst dich nicht entscheiden, du musst nicht auf deinen Abschiedsumtrunk mit den Küstenfrauen verzichten, der Abend ist noch lang.«

»Danke«, hauchte Viola.

Die beiden betraten den Saal und wurden mit Standing Ovations begrüßt. Im Hintergrund knallten Sektkorken. Lachend hob Viola beide Hände. »Jetzt seid doch mal still.« Das Klatschen verstummte und alle schauten erwartungsvoll auf Viola. Sie schluckte und sagte dann: »Ich weiß, dass ihr euch bei mir bedanken wollt. Aber tatsächlich bin ich es, die zu danken hat. Ja, ich stehe in eurer Schuld, denn ihr habt diesen Chor mit Leben erfüllt, und darauf könnt ihr stolz sein. Ihr habt mir einmal mehr bewiesen, warum Singen in meinem Leben so wichtig ist. Und dafür danke ich euch.«

Nicki trat einen Schritt vor und überreichte ihr ein Päckchen. »Hier, Viola. Von uns allen.«

»Aufmachen, aufmachen«, forderten einige Stimmen.

Viola zerrte mit zitternden Fingern an der Schleife und riss das Papier auf. Zum Vorschein kam der Loop-Schal aus der Boutique am Hafen, der Schal, den sie bei ihrem ersten Spaziergang dort gesehen und nie gekauft hatte. »Er ist wundervoll. Dieser Farbverlauf von leuchtend blau zu türkis ... der erinnert mich an einen sonnigen Tag am Meer.« Sie strich über das flauschige Material.

»Wir haben alle einen!« Erst jetzt bemerkte sie, dass jede der Küstenfrauen denselben Loop-Schal trug.

Uschi trat vor. »Viola, damit wollen wir dir zeigen, dass du eine Küstenfrau bist, egal, wo du singst. Und jetzt wollen wir anstoßen!«

Abreisetag

Der nächste Morgen begann mit Kopfschmerzen und einem dicken Kloß im Hals. Die Gründe dafür kannte Viola nur zu genau.

Die Kopfschmerzen waren leicht erklärt: Der Abschiedsabend mit den Küstenfrauen war feucht-fröhlich gewesen. Viele hatten etwas zu trinken mitgebracht. So folgten dem Bellini aus der Strandbar Weißwein, Sekt und sogar noch ein weiterer Cocktail. Viola hatte alles genossen und auch den Absacker des Abends, einen selbst gemachten Sanddorn-Likör, nicht abgelehnt. Rückblickend war das keine gute Entscheidung gewesen, aber abzulehnen wäre auch nicht infrage gekommen.

Sie sagte dem Kater mit viel Mineralwasser und zwei Kopfschmerztabletten den Kampf an. Gegen den Kloß im Hals halfen aber keine Pillen.

Der Sommer in Sulzhagen war vorbei.

In Dresden gab es keinen Frederik, keine Nicki, keine Küstenfrauen.

War es denn zu viel verlangt, dass sie beides wollte: ihre Arbeit im Opernchor und Frederik?

Sie saß auf ihrem Bett, hoffte auf ein Nachlassen des Pochens hinter ihrer Stirn und brütete ratlos vor sich hin.

Neben ihr regte sich Frederik und murmelte: »Bist du okay, Viola? Nein, ich seh schon, dir geht's nicht gut. Du bist ja ganz blass.«

»Erinnere mich bitte daran, dass ich nicht so schnell wieder selbst gemachte Liköre trinke. Oder noch besser, selbst gemachte Liköre und den ganzen anderen Kram. Ich hätte es wissen müssen.«

»Die Küstenfrauen haben es ja nur gut gemeint, mir war heute früh auch flau, aber ich war vorhin schon mal unten und habe etwas gefrühstückt, danach ging es dann.«

»Uhhh, Frühstück, bitte erinnere mich nicht daran.«

»Soll ich dir irgendetwas aus der Küche holen? Eine Scheibe Toast oder etwas Müsli?«

»Nein, danke. Wenn die Tabletten gleich wirken, geh ich runter und esse ein bisschen. Aber du könntest mich in den Arm nehmen.«

»Wäre nach der brillanten Idee mit dem Toast mein zweiter Vorschlag gewesen.«

Viola rückte zu ihm hinüber und kuschelte sich ganz eng an ihn.

Das tat gut. Sie atmete erleichtert auf.

Nach ein paar Minuten fragte sie: »Gestern hast du gesagt, du hättest eine Lösung für unser Problem. Eine Lösung könnte ich jetzt gut gebrauchen.«

»Na gut, es ist zwar noch nicht vertraglich vereinbart, aber ich habe München eine Absage erteilt.«

»Du hast *was?*«

»Ich habe abgesagt. Das heißt, ich werde zwar weiter für das Unternehmen arbeiten, aber eben nicht als Teil der Geschäftsführung in München, sondern so wie bisher als freier IT-Entwickler. Wo ich wohne, gucke ich dann noch, aber ganz sicher nicht in München. Ich bleibe hier im Norden, irgendwo an der Küste. Mein Boot ist ja auch hier oben. Und ich denke, Viola, das kannst du auch. Du bist doch Künstlerin, du hast Talent, du bist eine großartige Sängerin, und wenn wir erst einmal bei dem Festival gewinnen …«

»Augenblick mal, welches Festival?«

»Hoppla, jetzt habe ich die Überraschung vorweggenommen. Also: Ich habe die Küstenfrauen bei dem Musikfestival

›Küste singt‹ angemeldet. Das ist der größte Chorwettbewerb im Norden. Und wenn wir dort gewinnen, dann wird jeder dich, die Chorleiterin, kennen. Dann bist du bekannt als diejenige, die einen Chor aus dem Boden gestampft und innerhalb kürzester Zeit erfolgreich gemacht hat. Du könntest dir weitere Chöre suchen, und Engagements als Sängerin. Unsere Wege müssen sich nicht trennen.«

»Ach, Frederik ... ich ... was soll ich sagen.«

»Wir wäre es mit ›klasse Idee‹?«

»Nein ... ich meine ... allein dieses Festival, wann soll das sein?«

»Am letzten Wochenende im September. Du setzt dich ins Auto, kommst hierher, wir fahren zusammen zum Festival, singen alle anderen in Grund und Boden und gewinnen.«

»Aber das geht gar nicht, da habe ich Aufführungen, ich kann doch nicht einfach ein Wochenende den Dienst schwänzen und dafür auf einem öffentlichen Festival singen.«

»Aber ...«

»Nein, warte, das ist noch nicht alles. Der Chor der Semperoper ist nicht irgendein Chor. Es war immer mein Traum, genau dort zu singen, und jetzt bin ich festes Mitglied des Chors. Es gibt Sängerinnen und Sänger, die würden dafür morden. Verstehst du nicht?«

Frederik musste nichts sagen, sie sah seinem Gesicht die tiefe Enttäuschung an. Er löste die Umarmung und stand auf. »Doch, ich glaube, ich verstehe. Ich habe meinen Traumjob in München abgesagt, aber für dich war das hier alles nur eine Sommerromanze.«

»Nein, das stimmt nicht, Frederik, und das weißt du auch.«

Er blieb für einen Moment unschlüssig im Zimmer stehen, dann nickte er: »Ja, du hast recht. Ich weiß es, aber ich begreife den Rest nicht. Entschuldige«, er küsste sie sanft auf die Wange, »ich muss jetzt erst mal ein paar Dinge für mich sortieren und einen klaren Kopf kriegen. Ich … Ach was, melde dich, wenn du gut in Dresden angekommen bist.«

»Frederik, warte doch.«

Aber er ging ohne ein weiteres Wort aus dem Zimmer und zog leise die Tür hinter sich ins Schloss.

***

»Wo steckt nur mein Bruder?«

Nicki schüttelte missbilligend den Kopf. »Habt ihr euch gestritten?«

»So etwas in der Art, aber ich hatte gehofft, ich könnte mich noch von ihm verabschieden.«

Nicki brummte etwas, das so klang wie »diese Kerle«.

Viola stellte die letzte Tasche in den Kofferraum des Micras. »Ich muss jetzt los, sonst wird es zu spät.« Sie drückte zuerst Nicki und dann Manuel an sich, die neben ihrem Wagen standen. »Ich danke euch, ich danke euch von ganzem Herzen für die Hilfe, die Gastfreundschaft, dafür, dass ihr für mich da wart.« Viola wischte sich eine Träne von der Wange.

»Ach, Süße, nun heul nicht, es war ein toller Sommer, und wir sind immer für dich da.«

»Nicki hat recht. Wir müssen uns bedanken, dafür, dass du bei uns warst. Du hast so viel mehr geleistet als einfach nur vierzig Stunden gemeinnützige Arbeit. Du hast den Frauen hier einen Ort gegeben, wo sie Gemeinschaft erleben können«, sagte Manuel, und auch seine Stimme klang ganz belegt vor lauter Rührung.

»Fahr vorsichtig und melde dich, wenn du in Dresden angekommen bist«, forderte Nicki.

»Mache ich. Grüßt bitte alle von mir, ganz besonders natürlich auch Uschi, wenn sie am Montag ins Büro kommt.«

»Die Grüße richte ich aus«, versprach Manuel.

Viola stieg in ihren Wagen, fuhr los, hupte noch einmal

und winkte aus dem offenen Fenster zum Abschied. Als das Pfarrhaus im Rückspiegel verschwunden war, überlegte sie einmal kurz, dann bog sie ab. Nächstes Ziel: der Hafen von Sulzhagen.

***

»Nee, tut mir leid, junge Frau. Da kommen Sie zu spät. Die Nordstern ist schon seit heute Vormittag auf dem Bodden unterwegs.«

»Danke, da kann man wohl nichts machen.« Viola nickte dem alten Skipper zu und ging. Der Liegeplatz der Nordstern war leer. Frederik war fort. Diesmal ließ sie ihren Tränen freien Lauf, als sie zum Parkplatz zurückging.

Mein Herz will Meer

Ich finde, es muss unsere Aufgabe sein, einen gemeinsamen Weg zu finden.

Wie einfach das vor mehr als einem Monat an einem lauen Sommerabend in der Strandbar geklungen hatte. Aber der Sommer war vorbei, und die Wirklichkeit sah anders aus. In der Wirklichkeit, dem richtigen Leben fern der Ostsee, hatten sie kläglich versagt.

Es gab keine Lösung, jedenfalls fiel Viola keine ein. Am Anfang hatte sie mit Frederik oft und lange telefoniert, Viola hatte die Traurigkeit und Sehnsucht in seiner Stimme gehört. Keiner von beiden hatte sich getraut, das letzte Gespräch in Sulzhagen noch einmal zu erwähnen.

Mit einem Seufzer stellte sie ihre Umhängetasche auf den Boden und begann sich umzuziehen. Während sie das Kostüm für die heutige Aufführung vom Bügel nahm, ließ sie in ihrem Kopf die letzten Wochen Revue passieren.

Was hatte sie falsch gemacht?

Wo war sie vom Weg abgekommen?

Ja, ich will hier singen. Ich liebe es in diesem Chor, hier an der Oper, zu singen, aber mein Herz will Meer.

In den letzten zehn Tagen hatte sich Frederik gar nicht mehr telefonisch bei ihr gemeldet. Vielleicht hatte sie ihn mehr gekränkt, als er zugeben wollte.

***

Zehn Tage vorher
Das Festnetztelefon klingelte genau zum unpassenden Zeit-

punkt. Sie hatte erstens Hunger, zweitens wenig Zeit und drittens noch jede Menge zu tun. Dass Konni Ende Oktober ausziehen würde und im Grunde schon mehr oder weniger dauerhaft bei Christopher wohnte, machte alles auch nicht leichter. Egal, was man über Konni sagen mochte, sie hatte ihren Anteil an der Hausarbeit immer übernommen, inklusive solcher lästigen Pflichten wie das vorgeschriebene Wischen des Treppenhauses. Die zusätzliche Arbeit machte Viola zu schaffen. Was sie jetzt nicht selber putzte, blieb ungeputzt, und was sie nicht selber aufräumte, blieb einfach liegen.

»Viola Fischer, hallo?«

»Vi, hi, endlich erreiche ich dich.«

»Frederik, das ist aber eine ungewöhnliche Zeit für einen Anruf. Als in Ordnung bei dir?«

»Ja, ja, bestens. Sag mal, bist du gerade online?«

»Nein, ich versuche gerade, drei Dinge auf einmal in einer halben Stunde zu erledigen.«

»Das wäre jetzt total wichtig.«

»Okay warte, ich hole mein Tablet, das liegt hier auf dem Sofa.«

»Kann's losgehen?«

»Himmel, ja.« Viola hasste es, wenn sie unter Zeitdruck irgendetwas tippen sollte und man sie dann auch noch drängelte.

»Ich habe dir gerade einen Link gemailt, ruf den doch bitte einmal kurz auf.«

Viola fand den Link und rief die Webseite auf. »Das ist die ... die Oper in Rostock?«

»Genau, ich habe für jemanden in der Verwaltung ein IT-Problem gelöst, und er hat mir praktisch exklusiv verraten, was sie als Nächstes vorhaben. Sie suchen, halt dich fest, eine Solosängerin, Sopran, für eine neue Fassung von *Fidelio*.«

»Ein Solo-Engagement für *Fidelio* – die Oper von Beethoven?«

»Na ja, nicht ganz.«

Viola schaute genervt auf die Wohnzimmeruhr, ihr lief die Zeit davon.

»Frederik, ich versteh nicht, worauf das alles hinausläuft.«

»Scroll bitte einfach runter.«

»Okay … Premiere … mhmm … zwei Spielzeiten … innovative Inszenierung … *Fidelio* … *Fidelio*, das Musical?«

»Cool, oder?«

»Meinen die das ernst? Ich habe gehört, dass in München die *Zauberflöte* als Musical aufgeführt werden soll, aber Beethoven? Hier steht was von einer bunten Mischung aus Hip-Hop, Irish Folk, Rap und deutschem Schlager. Frederik, du nimmst mich auf den Arm, oder?«

»Halt, warte mal, bevor du das alles verwirfst. Rostock ist mit dem Auto gut von Sulzhagen zu erreichen. Du hast gesagt, du möchtest singen, und das ist immerhin die Oper Rostock.«

»Frederik, ich glaube, du hast mir überhaupt nicht zugehört. Ich muss jetzt Schluss machen, ich meine, ich muss jetzt aufhören zu telefonieren. Wir können später noch einmal darüber reden.«

»Wenn du meinst …«

»Ja, meine ich.«

***

Sie hatten nicht mehr darüber geredet. Lediglich ein paar Textnachrichten hatten sie noch ausgetauscht. Womöglich war auch ihm die Ausweglosigkeit bewusst geworden. Frederik hatte geschrieben, dass er sich entschieden habe, vorerst in Sulzhagen zu bleiben. Wahrscheinlich würde er sich dort sogar ein Haus kaufen. Ein Haus kaufen – das klang endgültig, kein Platz für Kompromisse. Auch auf diesen Punkt war Viola nicht eingegangen. Vielleicht war es feige von ihr, aber sie hatte Angst vor einem endgültigen Abschluss. Solange nichts zwischen ihnen ausgesprochen wurde, konnte sie sich ihren Träumen hingeben.

Aber würden sie einen gemeinsamen Weg finden? Viola glaubte nicht mehr daran. Allein, dass Frederik geglaubt hatte, sie könne Dresden verlassen und in Rostock Musical singen, zeigte ihr, dass da ein paar grundlegende Wahrheiten ausgesprochen werden mussten. Aber davor hatte sie Angst.

»Hi, Viola, du bist aber früh dran.« Die Stimme riss sie aus ihrem Grübeln.

Tanja, eine Mitsängerin, legte ein paar Unterlagen auf den Tisch und hängte ihr Kostüm an einen Wandhaken.

»Sag mal, warst du nicht in der Sommerpause an der Ostsee?«

»Ja, war ich.«

»Hatte ich doch richtig in Erinnerung, du hast doch so etwas in der Richtung erzählt, als ich dich damals auf deine Sonnenbräune angesprochen hatte. Wie hieß noch mal der Ort?«

»Sulzhagen, das ist auf der Halbinsel Fischland-Darß-Zingst.«

»Sulzhagen – genau, wusste ich es doch. Ob du's glaubst oder nicht, aber ich habe eben auf der Fahrt zur Oper ein Interview im Radio gehört. Da war eine junge Chorleiterin, die Kantorin einer evangelischen Kirchengemeinde, die mit ihrem Chor das renommierte Chorfestival ›Küste singt‹ gewonnen hat. Die hat erzählt, dass der Chor erst im Sommer gegründet worden ist und sie eigentlich gar keinen Anteil an dem Erfolg hat. Der Frauenchor wurde von einer Opernsängerin auf die Beine gestellt, kannst du dir so was vorstellen?«

»Kann ich«, sagte Viola trocken. »Das sind die Küstenfrauen.«

»Stimmt, so heißt der Chor. Kennst du den?«

»Ja, den kenne ich sogar sehr gut. Die Opernsängerin, die den Chor aufgebaut hat – das war ich. Es ist eine wunderbare

Frauengemeinschaft. Mit etlichen von ihnen bin ich in Kontakt geblieben. Vor einer Woche, nach dem Wettbewerb, ist mein Handy quasi heiß gelaufen. Sie haben mir Nachrichten geschickt, Fotos und sogar kurze Mitschnitte von dem Auftritt. Ich habe mich so gefreut. Die Küstenfrauen sind großartige Sängerinnen, die haben für diesen Erfolg unglaublich hart gearbeitet.«

»Das glaube ich dir aufs Wort. Dass ein Chor gewinnt, der erst seit zweieinhalb Monaten existiert, das ist schon außergewöhnlich. Sie werden deswegen sogar noch zu einem Empfang bei der Ministerpräsidentin eingeladen. Das haben sie aber auch wirklich verdient.«

Ein Empfang bei der Ministerpräsidentin, dachte Viola, davon hat Nicki gar nichts erwähnt. Laut sagte sie: »Wurde sonst noch etwas gesagt, ich meine zur Begleitung des Chors oder so?«

»Nein, die haben dann noch mit den Zweit- und Drittplatzierten gesprochen. Aber bei Sulzhagen, da klingelte was bei mir. Muss ein schöner Sommer gewesen sein.«

Viola schluckte trocken. »Ja, der Sommer war schön.«

Ab und zu ein paar Geigen

»Gute Nacht, Frau Fischer, kommen Sie gut nach Hause.«

»Gute Nacht, Herr Silke, Ihnen auch einen schönen Feierabend.«

Viola winkte dem Kollegen vom Sicherheitsdienst noch einmal zu und drückte dann die Glastür auf. Still war es hier hinter der Oper. Die Autos auf der Straße am Elbufer waren lediglich ein fernes Rauschen. Die Luft war mild. Indian Summer in Dresden. Meteorologen sprachen von einem außergewöhnlichen Hochdruckgebiet, einem verlängerten Spätsommer, Viola fand es einfach nur herrlich. Neben ihrem Auto wartete jemand, eine unbekannte Frau, die jetzt auf sie zuging.

»Guten Abend, Sie müssen Viola Fischer sein, richtig?«

»Ja, bin ich.«

»Entschuldigen Sie bitte vielmals, dass ich Sie so überfalle. Mein Name ist Daniela Ippen. Ich bin Kantorin der evangelischen Kirchengemeinde in Sulzhagen.«

Viola benötigte einen Augenblick, um zu begreifen, wer da vor ihr stand.

»Sie ... Sie sind Manuels neue Kantorin.«

Daniela Ippen lächelte: »Das sagte ich gerade.«

Jetzt musste Viola lachen. »Entschuldigen Sie bitte, so hatte ich das nicht gemeint. Was ich sagen wollte, war, dass Manuel, also Pfarrer Overrath, im Sommer davon erzählt hat, dass Sie kommen würden. Moment mal, Sie sind doch die neue Chorleiterin der Küstenfrauen, oder? Unter Ihrer Leitung haben die Frauen bei dem Chorfestival gewonnen.«

»Ja, ich bin jetzt die Chorleiterin, und wir haben tatsächlich gewonnen. Das ist nun eine Woche her und der Chor ist immer noch ganz aus dem Häuschen. Zu Recht, finde ich. Aber der Erfolg gebührt nicht mir, sondern Ihnen, Frau Fischer. Deswegen bin ich aber gar nicht hier.«

»Nein? Weshalb dann?«

Statt einer Antwort deutete Daniela Ippen vage in Richtung Semperoper, genauer gesagt in den Durchgang, wo die Lieferzone lag.

»Man hat mir gesagt, dass man dort entlang am schnellsten zum Platz vor der Oper gelangt. Würden Sie mich kurz begleiten?«

Neugierig folgte Viola der Kantorin, die ohne eine weitere Erklärung schweigend voranging. Da war es wieder – dieses unglaubliche Panoramabild. Das angestrahlte Residenzschloss, das beleuchtete Reiterdenkmal inmitten des Platzes, die Touristen, die selbst jetzt am späten Abend noch die beleuchtete Semperoper fotografierten, die Brücke über die Elbe. Ihr Lieblings-Panoramabild. Und doch war heute etwas anders. Viola brauchte einen Moment, um zu begreifen, was sie dort sah. Keine hundert Meter von ihr entfernt, direkt am Reiterdenkmal, stand eine größere Gruppe. Viola schaute genauer hin und erkannte dann mit einem Schlag: Es waren die Küstenfrauen, die dort auf dem gepflasterten Platz standen und auf sie warteten.

»Ich werde hier eigentlich nicht mehr gebraucht«, erklärte Daniela Ippen, »aber, wenn ich schon einmal da bin, kann ich auch die Einsätze geben. Kommen Sie, Sie werden erwartet, Frau Fischer.«

Viola lief auf ihren Chor zu. Als dann aber die Sängerinnen die ersten Töne sangen, blieb sie stehen.

»Ich lebe in einer bescheidenen Wohnung,
bekomm' ein solides Gehalt im Büro.
Ich handle stets wohlüberlegt, bin sehr gründlich
und scheu' das Risiko.«

Die Stimmen des Chores tönten weit über den Platz. Menschen blieben neugierig stehen, Handys wurden gezückt, um Fotos und Videos aufzunehmen. Viola aber gab sich ganz der Musik hin.

»Die Jahre zieh'n dahin,
die Tage kommen und die Tage geh'n.
Es geht mir gut und ich habe nichts auszusteh'n.«

Plötzlich löste sich aus dem Chor eine Gestalt, ein Mann hatte bislang unbemerkt in der hinteren Reihe gestanden. Es war Frederik, ihr Frederik! Und er sang:

»Doch was mir fehlt, sind ab und zu ein paar Geigen,
die mich tragen und begleiten,
während ich durchs Leben geh'.
Ja, was mir fehlt, sind ab und zu ein paar Geigen,
die mir das, was schön ist, zeigen,
damit ich's nicht überseh'.«

Viola starrte Frederik mit offenem Mund an. Aus den Augenwinkeln bemerkte sie, wie die Kantorin beide Hände hob und einen Einsatz gab. Ein lauter Trommelwirbel setzte ein. Viola schaute zur Seite. Neben dem Reiterdenkmal hatte sich ein ganzes Symphonieorchester aufgebaut. Sie hatte sich so sehr auf den Chor und Frederik konzentriert, dass ihr die Streicher und Bläser gar nicht aufgefallen waren. Der komplette Orchesterpart des Originalstücks von Maybebop füllte den Platz. Die Klänge zogen die Menschen in ihren Bann und sorgten bei Viola für eine Gänsehaut.

Der Chor sang den letzten Ton, das Orchester verstummte, und der ganze Platz hielt für einen Wimpernschlag den Atem an. Dann brachen die Zuschauer in Jubel aus. Viola stürzte nach vorne, warf sich Frederik um den Hals. Sie spürte seine Umarmung und hatte das Gefühl, dass er sie so fest hielt, als wollte er sie nie wieder loslassen.

»Hallo, Vi, ich hoffe, es hat dir gefallen?« Frederiks Stimme ging fast in dem Jubel und Beifall der Zuschauer unter.

»Das war ganz unglaublich. Woher hast du nur die ganzen Musiker?«

»Das Jugendorchester Ribnitz, ich habe ihnen ein Wochenende in Dresden versprochen.«

»Aber warum?«

»Warum? Das fragst du noch? Du hast es doch gehört, ich habe das Lied extra für dich eingeübt. *Die mir das, was schön ist, zeigen, damit ich's nicht überseh'.* Ich hätte es fast übersehen, fast hätte ich nicht erkannt, was ich da verliere – nämlich dich, Viola Fischer.«

»Ach, Frederik …« Violas Stimme brach, Tränen liefen ihr über die Wangen.

Frederik löste sich von ihr, griff in seine Jackentasche und zog eine kleine Schachtel hervor.

»Ich habe noch etwas für dich. Eigentlich sind es drei Sachen. Nummer eins.«

Viola nahm die Schachtel und öffnete sie. In der Schachtel lag ein Anhänger, *der* Anhänger. Eine Austernschale, innen vergoldet, mit einer kleinen Perle.

»Das ist der Anhänger vom Hafen. Der war doch gar nicht zu verkaufen.«

»Du kannst mir glauben, ich musste einige Überredungskunst aufwenden. Aber er hat dir doch so gut gefallen. Ich konnte jedenfalls am Ende die Goldschmiedin davon überzeugen, dass es ein sehr wichtiger Anlass ist. Na ja, und weil ich schon einmal da war, hier die Nummer zwei.« Frederik griff erneut in seine Tasche, sank auf die Knie und hielt Viola einen Ring entgegen.

»Viola Fischer, ich bitte dich: Werde meine Frau. Sag ja, ich komm zu dir, hier nach Dresden oder wo immer du sein möchtest.«

Viola schaute Frederik in die Augen, holte tief Luft und jauchzte: »Ja, ja, ich will!«

Frederik stand auf und küsste sie. In diesem Moment waren sie nicht mehr alleine. Nicki drängte sich nach vorne, umfing mit einem Arm Viola und legte den anderen um ihren Bruder.

»Oh, ihr zwei, ich freu mich so!«

Die Küstenfrauen umringten die kleine Gruppe. Viola wurde von den Chorsängerinnen gedrückt, von allen Seiten erklangen Glückwünsche, Zuschauer auf dem Platz klatschten Beifall, das Orchester spielte noch einmal den letzten Part des Liedes.

Viola strahlte den Mann an, den sie von ganzem Herzen begehrte.

»Frederik, ich liebe dich.«

»Und ich liebe dich, Vi.«

***

Der Platz leerte sich, die Musiker waren längst gegangen, die Küstenfrauen hatten sich verabschiedet, nicht ohne Viola daran zu erinnern, dass sie bald mal wieder vorbeischauen musste.

Arm in Arm saßen Viola und Frederik auf den Steinstufen vor der Oper und genossen den Panoramablick.

»Sag mal, Frederik, was war eigentlich das Dritte, was du mir zeigen wolltest?«

Frederik zog sein Handy aus der Tasche und öffnete die Bildergalerie. »Ich wollte dir mein neues Haus zeigen, unser neues Haus. Das Haus, wo wir im Sommer und an allen freien Tagen leben werden, wenn wir nicht hier in Dresden sind.«

Viola starrte auf das Foto. Das reetgedeckte Dach. Die hellblauen Fensterläden. »Aber das ist ja mein Traumhaus!«

»Falsch, mein Schatz, das ist unser Traumhaus am Meer.«

ENDE

Danksagung

Das Schönste am Romanschreiben ist, dass wir immer wieder etwas Neues dazulernen. Dazu haben auch in diesem Buch viele Menschen beigetragen.

Allen voran möchten wir Gabriele Berke, Vorstand Staatsopernchor, danken. Wir durften einen grandiosen Tag in der Semperoper Dresden verbringen, bei einer Bühnenprobe zuhören und abends eine Aufführung erleben. Zwischendurch gab es noch eine Backstage-Führung und Einblicke in den Alltag einer Sängerin. Gabriele Berke hat währenddessen geduldig unsere Fragen beantwortet. Alle Unstimmigkeiten oder Irrtümer in Sachen Opernchor gehen ganz allein auf unser Konto. Als kleines Dankeschön haben wir Frau Berke gebeten, für die Mitbewohnerin von Viola in Dresden einen Vornamen zu wählen. Hier betritt Konni die Bühne, Konni mit K.

Wir danken Oliver Gies, Maybebop, für das fantastische Lied *Ab und zu ein paar Geigen*, das wir immer noch nicht anhören können, ohne ein bisschen Gänsehaut auf den Armen zu bekommen. Oliver hat uns netterweise erlaubt, den Songtext in diesem Roman zu zitieren. Text, Musik und Arrangement stammen von Oliver Gies, MAYBEBOP GbR https://www.maybebop.de/. Dieses Buch wäre ohne euer Lied ein anderes geworden.

Unseren lieben Freunden Stefanie und Dietmar Moll danken wir für die juristische Beratung. Die beiden haben uns geholfen, der armen Viola nach ihrer unklugen Idee mit dem Schimpfwort auf dem Porsche möglichst viele Steine in den Weg zu legen, ohne dass sie am Ende des Romans als Straftäterin dasteht. Mit einer Begeisterung, die wahrscheinlich nur eingefleischte Juristen empfinden können, haben die beiden alle „Strafregister" für Viola zusammengetragen und uns auch noch erläutert.

Oliver Hellinger war so nett, uns den Schaden an der verkratzten Autotür zu beziffern – lieben Dank, Oliver!

Ohne unser beHEARTBEAT-Team bei Bastei Lübbe, allen voran Stephan Trinius und Anna-Lena Meyhöfer, würde es diesen Roman nicht geben. Es ist immer wieder eine Freude, mit euch zusammenzuarbeiten.

Das Lektorat mit Dr. Clarissa Czöppan ist aus unserem Schreibprozess nicht mehr wegzudenken. Ja, manchmal kommt es sogar vor, dass wir schon beim Schreiben denken: Was würde Clarissa dazu sagen? Und dann ändern wir den Satz.

Und dann ist da noch unsere Agentin Anna Mechler, die stets dafür sorgt, dass wir uns um den Vertragskram nicht zu kümmern brauchen und dass wir auf Jahre hinaus als Schriftsteller schon ausgebucht sind. Danke, liebe Anna!

Fünf Alpakas zum Verlieben!

Sonja Flieder
MEIN KLEINER
APFELHOF ZUM GLÜCK

244 Seiten
ISBN 978-3-7413-0180-3

Emmas Leben steht Kopf: Erst geht ihre Beziehung zu Bruch, und dann verliert sie auch noch ihren Job. Da hilft nur eins: eine Auszeit auf Oma Luises Hof in der Lüneburger Heide. Doch natürlich kommt alles anders als gedacht. Luise muss für mehrere Wochen ins Krankenhaus und Emma kümmert sich vorerst allein um den Hof – und damit unverhofft auch um eine übermütige Schar Alpakas. Natürlich sorgen die flauschigen Vierbeiner für eine gehörige Portion Chaos.
Aber mit der Zeit lernt Emma das Landleben und die quirligen kleinen Alpakas zu lieben. Und dann ist da noch Tierarzt Lukas, der ihr zwar gehörig auf den Keks geht, aber trotzdem ziemlich gut aussieht ...

beHEARTBEAT

Sonne, Meer und die große Liebe

Kira Hof
SOMMERNACHTSKÜSSE
AUF FEHMARN

344 Seiten
ISBN 978-3-7413-0475-0

Marie liebt ihr beschauliches Leben auf der schönen Ostseeinsel Fehmarn: Sie arbeitet im Immobilienbüro ihres Onkels, wohnt mit ihrer besten Freundin in einer WG und leitet die örtliche Theatergruppe. Nur die sich anbahnende Beziehung zu Tierarzt Jörn könnte für Maries Geschmack etwas mehr Pep vertragen. Hätte sie das nur nicht so laut gedacht.

Denn als der Schauspieler Ben auf die Insel kommt, wirbelt er mit seiner charmanten Art Maries Welt und Herz gehörig durcheinander. Und als ob das noch nicht genug wäre, verbindet die beiden auch noch ein schicksalhaftes Ereignis aus der Vergangenheit ...

beHEARTBEAT - Herzklopfen garantiert.

beHEARTBEAT

Mit Gummistiefeln und Friesennerz ins Glück

Anja Seefeld
HERZFISCHER -
STRANDTRÄUME IN
GREETSIEL

ISBN 978-3-404-19481-0

Katharina arbeitet in einer Düsseldorfer Anwaltskanzlei und verfolgt nur ein Ziel: Sie will zur Junior-Partnerin befördert werden. Dafür beißt sie sogar in den sauren Apfel und übernimmt einen mehr als zweifelhaften Grundstücksverkauf in Greetsiel.

Hier oben an der Nordseeküste trotz Katharina nicht nur dem sprichwörtlichen Schietwetter, sondern trifft auch auf den wortkargen Krabbenfischer Jasper, der ihr mit seinem rauen Charme gehörig den Kopf verdreht. Doch als sie herausfindet, dass ausgerechnet Jasper der Grundstückseigentümer ist, steht sie vor der bislang schwersten Entscheidung ihres Lebens: Soll sie ihrem Verstand folgen – oder ihrem Herzen?

Lübbe

Andreas Erlenkamp
EIN PROSIT AUF
DEN MÖRDER
Clarissas feines
Gespür für Wein
Mosel-Krimi

272 Seiten
ISBN 978-3-404-18538-2

Die pensionierte Kommissarin Clarissa von Michel beschließt, sich in dem idyllischen Dörfchen Niedermühlenbach an der Mosel eine Auszeit zu nehmen. Aber als bei einer Weinprobe der unsympathische Witwer Gisbert Römer plötzlich tot umfällt, wird Clarissa misstrauisch. Ist der Dorfcasanova wirklich an einem Herzinfarkt gestorben? Die ehemalige Kommissarin beginnt zu ermitteln …

Lübbe